凌翔阅读丛书

夏天的风

吹来草的叶子

小隐 著

中国社会出版社
国家一级出版社・全国百佳图书出版单位

图书在版编目（CIP）数据

夏天的风吹来草的叶子 / 小隐著 . —北京：中国社会出版社，2017. 11

（凌翔阅读丛书 / 凌翔主编）

ISBN 978-7-5087-5815-2

Ⅰ. ①夏…　Ⅱ. ①小…　Ⅲ. ①散文集—中国—当代　Ⅳ. ①I267

中国版本图书馆 CIP 数据核字（2017）第 256477 号

丛 书 名： 凌翔阅读丛书
丛书主编： 凌　翔
书　　名： 夏天的风吹来草的叶子
著　　者： 小　隐

出 版 人： 浦善新
终 审 人： 王　前
责任编辑： 张　迟　　**责任校对：** 赵易星

出版发行： 中国社会出版社　**邮政编码：** 100032
通联方式： 北京市西城区二龙路甲 33 号
电　　话： 编辑室：（010）58124856
销售部：（010）58124850
网　　址： www. shcbs. com. cn
shcbs. mca. gov. cn
经　　销： 各地新华书店

中国社会出版社天猫旗舰店

印刷装订： 北京楠萍印刷有限公司
开　　本： 147mm×210mm　1/32
印　　张： 9. 75
字　　数： 203 千字
版　　次： 2017 年 12 月第 1 版
印　　次： 2017 年 12 月第 2 次印刷
定　　价： 49. 80 元

中国社会出版社微信公众号

目 录

Contents

第二辑 拾趣小欢喜

每次弹琴、绘画、阅读的时候，有花香萦绕，时光会慢下来。城市里空间有限，只能买来盆栽小花，搁置于阳台和书架。心里却是眷念着老院的，回去的时候，我会带去不同的植物和瓦盆。老院自然天成，无须任何雕琢和修饰，只把那些植物种下封好土，阳光雨露会给予它们最好的成长……

第三辑　陪你把风景看透

人走在桥上，雨水和流水拍打出细密的涟漪，有垂柳绿着，有匆匆赶路的行人和撑着伞伫立看风景的人，还有讲话好听的撑船老人，如果在这个时候思念一个人，那一定是撕心裂肺的……

第四辑　怎不忆江南

春风化作绿波，温柔拂面，桃红点缀着水岸，生动心弦，你撑了梅花纸伞，路过烟雨中的石桥，走过千年深巷，无声的雨和纸伞缠绵，你可结着丁香愁怨？寻你千年，今生，相遇在江南，你的明眸浅笑，温柔了我的寂寞流年，那么你是否，还记得千年前的那次回首顾盼……

第五辑　散落在风中的记忆

多年前他与妻子的相遇，也是在有风的黄昏。那天他刚刚从校园广播站的播音室里走出，迎面一个姑娘撞来，海藻的长发，干净的眼神，棉质白色长裙，后来他们很自然地相爱，毕业后她成了他的妻……

|第一辑|

风居住的街道

风居住的街道

听《风居住的街道》这首曲子，我的脑海里浮现这样的画面：麦田、母亲、恋人、深秋的村庄。今天翻阅朋友圈，看到这首曲子的古筝版，点进去静静地听完。古筝版的听起来比原版清雅些。这首曲子，仿佛来自梦里。

初遇这首曲子的时候，正是深秋季节。楼下阿姨家的阳台上开满了乡土味的花儿，每个清晨路过，我都贪婪地望一望那些花草，思念故乡的老院和老院里母亲侍弄的花花草草。然后，我听到了这首歌，所有思念的情绪，淡淡的，萦绕在心中。

那是在丁立梅老师的书中。她在书中写道：那日，我在办公室里，正给桌上的一盆蟹爪兰浇水，女孩的手机突然响起来，这首曲子就冒冒失失地撞进我的耳朵来，我当即愣住，持水杯的手停在半空中。我读到这里，心里像被什么东西深深打动，于是在手机中搜这首曲子，静静地听。她还这样写道：问那个女孩这首曲子的名字，女孩说它有个好听的名字——《风居住的街道》，初听时，想哭，结果就真的哭了。这首曲子刚开始听的时候，我亦有同样的感受，想哭，真的想哭。随着手机里轻柔的音乐响起，仿佛在某个月夜，听母亲轻声哼唱的摇篮曲，又好似十几岁的少年时光，那样纯粹美好。

如果这世上有种缘分，不深不浅，只因一首歌或一阕词相识相知，那一定很美妙。丁老师因姑娘的手机铃声喜欢上这首曲子，我因丁老师的文章与《风居住的街道》结缘。我相信，该遇见的总会遇见，无论你我身在世界的哪个角落，都会在某个转身的刹那，听到那句：原来你也在这里。

深秋的江南微微带着寒意，我在白裙子外面加了件针织衫，听着这首曲子，想着有风吹拂的街道。

应该有座古老的村庄吧，村庄里居住着我最亲最爱的人。秋浓，清晨的露珠在园子里的黄菊上跳舞，母亲做好了早饭，叫醒还在睡梦中的我，雕花木窗外听到犬吠声。我穿了母亲新织的毛衣，走到园子里采摘那朵朵黄菊，门前的小径有风轻轻地摆，平静且温柔。

村庄安静得恍若梦里的桃源，风走过小径，在老街上停下。穿了蓝染花布裙的姑娘在街巷张望，等待她的白衣少年；侍弄完农活的妇人扛着锄头走在风里，宛若美丽的风景画；孩童手中拿着编织的花环，向金色的秋季奔跑着；小小的桂花也按捺不住了呀，铆足了劲地开，把那糯软的香洒得满街都是。呀，我像突然闯入了旧时光阴，可那些美好，明明又那么真实。

有风居住的街道，应该有着温软、多情的故事，我却不是讲故事的人。

这首曲子是矶村由纪子与日本著名二胡演奏家坂下正夫合作的经典曲目，二胡的忧伤加上钢琴的浪漫，像相爱却无法相守的恋人，让人心生怜惜。那么，他是佛的信徒，她是樱花姑娘，他们被世俗捆绑，却又深陷情网。最后她葬于樱花树下，成了他永生的难忘，而他则远离纷扰，在某个樱花盛开的季节，写下相思句，拨动爱情弦。

听这首曲子，我想到了那个被无数作家写过的情僧——苏曼殊。他在情与佛、现实与世俗之间辗转徘徊，樱花盛开的季节，用一首婉约深情的曲子怀念他游历的红尘，俗世也好，梵音也罢，在他孤寂的灵魂里，都不过是旧梦一场。

国庆假期回家的时候，我在火车上单曲循环播放这首歌曲，夜深，车厢内不再嘈杂，只有火车行驶的声音和耳机里风吹过的低吟。我翻阅手中的书，故乡情在字里行间流露，在梦里生根发芽。

日子像看不到尽头的远方，故乡在我一次次背起行囊的时候渐行渐远。离开与归来，好像是个循环，任我马不停蹄，还是错过了很多简单的美好。再次离开故乡回到诗意的江南，我把整个人整颗心都留在了这里，却把沧桑的痴梦交付给故乡。听完《风居住的街道》古筝曲，我打开“酷我音乐盒”循环播放最初的版本，忧伤的二胡和浪漫的钢琴合奏，有风，无人的街道，寻寻觅觅。

风居住的街道，那么轻，那么静，那么纯，如果我们在这里邂逅，不要说话，让风吹动你温柔的长发，淡淡的花香和着暖风拂面，只是浅浅的微笑，已胜过万语千言。

小村的故事

近日里读陆苏的散文，关于小村，关于花草，关于爱。我小时候同样生活在小村，但那时候总想逃离村庄，后来终于如愿以偿，走得越来越远，却发觉那个小村，已经深植在我的心中，无法割舍。

晚上回到家里，姐姐不知什么时候买了些鸡蛋，然后用清水煮熟，拿给我让我先吃点，说要等一会儿做饭。我并不喜欢吃清水煮的鸡蛋，茶叶蛋都不怎么吃的，所以我只等姐姐做饭，煮熟的鸡蛋愣是无辜地躺在盘里。

清水煮鸡蛋的味道，已经太久远，但那味道，却又这般熟悉。小时候特别渴望吃到煮鸡蛋，毕竟在 20 世纪 90 年代，煮鸡蛋已经是挺好的营养品，只有生日的时候才能吃到专属的煮鸡蛋。我的生日是 2 月 28 日，因为有阴历阳历之分，小时候就会黏着母亲，生日可以过两个，其实也不过是为了能多吃上几个清水煮蛋。

端午节在老家有煮鸡蛋的习俗，到了那天的清晨，家家户户都会煮新鸡蛋和新蒜，清晨醒来，母亲把煮好的鸡蛋捞出来放在冷水里，而我早已顾不得烫，拿起来就剥皮。母亲很少吃，她只吃蒜，小筐里的鸡蛋就被我和姐姐吃掉。那时候我真的以为母亲不喜欢吃鸡蛋，后来慢慢长大，才知道母亲不是不喜欢吃鸡蛋，她只是想要把最好的都留给儿女。

那时候过年去大姨家走亲戚，大姨也会煮很多鸡蛋，中午吃不掉，就让我们带回家。我坐在父亲的自行车大梁上，怀里揣着大姨给煮的鸡蛋。还没到家，天空就开始飘起雪花，等到骑回家，父亲的身上早已落满白雪，而我怀里的鸡蛋，还热乎着呢。那个晚上，母亲用煮熟的鸡蛋炒上小菜，屋子里炉火温暖，清贫的生活亦有着温馨的甜蜜。

童年的记忆里，就是这样清淡的煮鸡蛋味道，虽然淡淡的，我却从未忘怀。

少年的时候，我去外地读书，每次回家，母亲会上街买些鸡蛋，但我已经不喜欢清水煮蛋的味道，可能是童年吃得太多，那寡淡的感觉，实在不愿多尝。母亲到底是手巧的妇人，她把鸡蛋煎了盛在盘里，我卷着早晨烙好的薄饼，味道比清水煮蛋好吃得多。我爱上那咸咸香香的味道，因为煎鸡蛋会加入油盐，那个香在鸡蛋刚出锅的时候就能闻到，真的很诱人。

煎鸡蛋的味道伴随我后来的岁月，如今我离开故乡，离开那个小村庄，母亲做的煎鸡蛋却成了我的日思夜念。

记得刚毕业的那年，还在郑州工作，有次姐姐回家，我只让她帮我带了煎鸡蛋和烙薄饼，我吃着姐姐带回来的烙薄饼卷煎鸡蛋，和母亲在电话里聊着家常。

我已经很久没见过清水煮蛋了，如今生日也不屑于吃鸡蛋；过年走亲戚，各种零食瓜果吃个够，哪里还有煮鸡蛋的存在；端午节，故乡的风俗还在延续，只是对于异乡的游子来说，早已忘记节日为何物。在苏州的日子，偶尔姐姐会为我做盘煎鸡蛋，因为这道菜最简单方便，味道也好，但我和姐姐都不会烙饼，只煮了米饭，拌着煎鸡蛋吃，关于烙薄饼卷煎鸡蛋的故事，被遗忘在小村的炊烟里，亦被我弄丢在老去的年华中。

小村的故事，还有很多很多，过去的记忆被我藏在心底：细碎的时光，静谧的花草，还有母亲的思念。我知道，哪怕我走到山穷水尽，总有个小村，等着我安放疲惫的灵魂，因为，那是爱。

油炸鱼块

红烧鱼、酸菜鱼、糖醋鱼、水煮鱼，当各式各样的精美鱼宴诱惑着我的味觉时，最让我怀念的，依旧是妈妈做的油炸鱼块。

上个周末姐姐回了趟老家，回来的时候带了妈妈做的油炸鱼块。妈妈给我打电话说：给你带去了好吃的。我问是什么，她笑着说，你姐回来我买了两条鱼，炸好了给你带去，等你回来再给你蒸芋头吃。我傻傻地笑了，心底却是感动的。

这个世界上最爱我的女人，我亲爱的妈妈，无论我走得多么远，无论我身在何方，都牵动着她的思念。

姐姐回来后，我看到了那一大袋的油炸鱼块。姐姐说：咱妈说你爱吃，专门给你炸了这些。那又黄又焦又香的油炸鱼块，是一个伟大母亲对她远在异乡的女儿的爱呀。晚上姐姐把炸好的鱼块做成了鱼汤，在这样的寒冬喝着暖暖的鱼汤，仿佛妈妈就在身旁。

把鱼放到油锅里炸是老家的一种吃鱼的方法，这样做出的鱼肉或许不能媲美那些名菜，也没有红烧鱼、水煮鱼等这些菜名好听，但却仍是我吃过最美味的鱼。

每年的春节，在老家都有炸油锅的习俗，一般是在腊月的最后一个晚上。

小时候，每年的腊月三十晚上都会一家人围着火炉炸油锅，爸爸妈妈炸着，我和姐姐就坐在一旁等着吃。20世纪90年代物质生活还比较匮乏，很多好吃的只有在春节时候才会吃到，所以那时候的小孩最盼望的就是过年。炸油锅会炸很多好吃的，有丸子，有豆腐干，有腐竹，有鸡肉，还有鱼肉，年年不缺的就是鱼肉，我想大抵是“年年有余”的好兆头吧。我最爱吃妈妈炸的鱼肉，刚出锅，老远都可以闻到诱人的鱼香，一家人围着火炉看着春晚吃着炸好的食物，屋外厚厚的大雪冷冷的北风，屋内却是无限温暖。所以在多年后，我依旧时常梦到这样的场景，天寒地冻的除夕夜，守岁看春晚还有那飘着的鱼香味。

时至今日，老家依然是这样的习俗，春节前夕炸油锅，然如今冬日似乎没有了皑皑白雪和天寒地冻，有很多人家把炸油锅看成了春节前夕的一项工作，尽量及早做好，有的甚至在腊月二十七八就开始把食物炸好，守岁似乎也不再那么重要，而如今物质生活的丰盈，也让很多人对仅仅用油炸的食物没了太多的期待，那些酒店里琳琅满目的精美菜肴，早已充斥着人们的舌尖，谁还记得那些年飘香的美味，旧时光的美好终成了记忆里的一道风景。

妈妈是一个极其节俭的女人，但每次我和姐姐一回到家，她总会做很多好吃的饭菜，走的时候，她又会把我们的包里塞得满满的。每一次与妈妈通电话，她也总在电话那头叮嘱我们在外不要省，多吃些，衣裳该买就买，纵然都是一些家常的叮嘱，却温暖着在外漂泊女儿的心，而她自己，却总不舍得为自己添一件新衣裳，不舍得为自己做一顿好饭菜。粗茶淡饭，洗得掉了颜色的布衣，就是她全部的生活呀。

一盘油炸鱼，那是世界上深沉的母爱，那是远方女儿对妈妈深深的依恋。

晨读

清晨五点醒来，突然怀念那些早读的日子。五点多钟，孩子们揉着惺忪的睡眼不情愿地起床，匆匆忙忙地赶到教室背课文，饱满干净的青春洋溢在阵阵朗读声中，日子春去秋来，感觉总也过不完。

我从小学三年级就开始上早读，直到大二那年结束。小学的时候，在小村，五点多钟天空还未亮透，特别到了冬天，要离开暖暖的被窝需要很大的勇气。妈妈是我早读的闹钟，到了五点多钟，妈妈就摇醒熟睡的我，于是我很不情愿地穿衣洗漱。那时小村里同伴多呀，呼朋唤友结伴去上早读，胆大点儿的男孩子则喜欢在路上讲些鬼故事吓唬女孩子。现在想想，哪有什么鬼怪，可那时还是个孩子，鬼怪的故事听过几次便信以为真。

小学的早读大部分是读报，背诵古诗词和《小学生学习报》上的作文。早读七点下课，小村在这个时候慢慢苏醒。鸡鸣声此起彼伏，赶集的老妇提着自家栽种的蔬菜去变卖以补贴家用，太阳缓缓升起，露出羞涩的小脑袋，天边开始由月白渐渐红晕，老杨树摇着它的叶子，家家的烟囱炊烟袅袅，我和小村的同伴走在放学的路上。

我喜欢这个时候的小村，如果是深秋，还会有白霜、露珠，如果是寒冬，小伙伴们则踏着昨夜的积雪吱吱呀呀，偶尔还会有雪球从老树上滚落下来。当我背着小书包回到家里，妈妈已经做好早饭，稀饭馒头，还有家常小菜。童年的光阴，在这一粥一饭里悄然溜走，在每个早读的汉字里成为过去。

中学住校，那时早读就是从宿舍到教室的距离，虽然离开了小村，但我们学校在郊外，宿舍楼后面是大片的田地。麦子成熟的季节，晚上躺在宿舍的床上，听着远处的收割机轰隆声入睡，第二天五点多钟，又在收割机的声音中醒来去教室晨读。

最辛苦是高中那年的早读，各种需要背诵的知识，英语单词、语文等等。清晨起床，迷迷糊糊地到操场上排队，然后是二十分钟的晨跑，再狂奔到教室开始早读。虽然那时很辛苦，但现在回想起来，还是挺怀念的，青春到底成为过去，回不去的，往往最让人珍惜。

大学早读都在谈笑声中度过，辅导员极少去教室，早晨到了教室就开始拿着手机玩，几个人聚着谈笑，坐等下课飞奔到食堂。有首歌这样写：记得当时年纪小，你爱谈天我爱笑。我的大学便是如此，不知人间冷暖，总以为毕业遥遥无期，从不知道珍惜，可蓦然回首，就真的到了离别时刻。同窗天涯各一方，恋人再见如陌路，飘着栀子花香的那个夏季，说着以后常联系。

这世间的草木万物，人间温情，只有失去才会知道珍惜。毕业后再也不用清晨五点不情愿起床，啃着面包背着课文，咬着笔帽画着天空。小村清凉雾气里的炊烟，校园沾着露珠的花蕊，还有那个提着两个人早餐的少年，都被时光老人偷走。

离开生活了二十几年的河南，我来到江南小城——苏州。最初因刚毕业，从未想过未来会有怎样的生活，直到如今，我突然感到惶恐，原来我已经弄丢了那么多大把的好时光，于是开始重新早起，虽然“一日之计在于晨”这句话已经说烂，可它说的却是事实。

每当我看到清晨的阳光，心里就有种新生的喜悦。回不到早读的时光，亦不会再有父母老师每天的催促，可如果你也有隐隐的惶恐，我想你就不会再拉着窗帘不问朝夕地消磨掉整个周末和假期。

小村的夏天

小村的夏天和城市的不同，有蝉鸣，有树荫，有蒲扇，有星星和夜空。城市的夏天只有空调和霓虹，只有冰激凌和西瓜。当然我也不讨厌城市的夏天，毕竟，各有各的好。

童年夏天的记忆，留在了那个朴素简单的小村。六月，学校放暑假，小村的孩子像田野里的蒲公英，没有那么多的补习班，任由风吹呀吹，吹到哪里就在哪里玩耍。捉蝉、扑流萤、采摘野花，这些如今想来很浪漫的事情，在那时不过是孩子们的消暑方式。

听到第一声蝉鸣的时候，小村的人便知道夏季到了。那时也不觉得动听，因为太寻常。我离开故乡后，再没听过蝉鸣，城市夏天的绿是人为的，有土的地方不多，所以就没了蝉的存在。偶尔我会怀念童年里的蝉鸣，声声呼唤着再也回不去的时光。

采野花是小姑娘们最喜欢的事，田地里大片的小野花，没有刻意栽种，不知什么时候就在田地里落了根发了芽开了花。野菊花塞到枕头里可以安眠，于是我会采了满筐的野菊花，让母亲给我做小枕头。乡村那时没有流行喝茶叶，就会采了野菊泡茶，味道清爽甘甜，抑或折几片薄荷叶，泡在茶水里，等水凉的时候咕噜咕噜喝进肚。我始终记得父亲从田地回来后大口喝薄荷茶水的样子，仿佛喝下去整个燥热的夏季就过去了。

村庄夏天的绿，才叫铺天盖地。田野是绿的，树荫是绿的，小村的瓦檐上都是绿。那时小村还是土路，家家户户的晚饭都吃得早，然后就铺了凉席，坐在紫茉莉花下拉拉家常。白天也会有邻里的几人坐在树荫下乘凉，没有空调，风摇着杨树的叶，送来阵阵清爽，泥土把空气里的热气都吸收，留下的都是属于夏天的凉。

蒲扇、星星和夜空，是我童年里温暖的记忆。小村的夏夜特别富有诗意，天气晴朗的时候，星星像赶集似的，点亮漆黑的夜空，弯弯的明月挂在天边，我和母亲坐在小院的花下，母亲摇着蒲扇，说着家长里短的旧事，院外的杨树叶子浓密，庇佑着乡村人家，那时觉得时光漫长得仿佛永远触摸不到远方，直到后来离开生养我的故乡，才懂得怀念。

在外的时间越久，越怀念小村的光阴，生活慢慢地消磨掉曾经的戾气，心境往回收，才发觉真正想要的不过是春去秋来都能相伴的快乐。

有人说年少时要放马天涯，老去的时候就守着旧院，看庭院花开花落月圆月缺，安心着柴米油盐里的欢喜，可是又有谁真的可以做到老去时岁月平和？看久了火树银花，你还记得内心深处的纯净美好吗？如果迷途都能知返，就没有那么多的遗憾。我常常会想，如果我没有倔强远行，而是守着故土在生活里朝朝暮暮，就不会有后来的很多相遇。可我到底挥别了故乡呀，所以我只有偶尔想起那些纯粹的光阴，然后继续向前。

小村是我生命旅程中最美的一笔。我穿过都市的车水马龙，看着香樟树的叶子摇啊摇，这个时候，我的母亲应该在侍弄花草菜蔬吧。凤仙花开了，紫茉莉也不示弱，小狗跟在母亲的身后，摇着它黑白相间的尾巴，园子里的番茄黄瓜个个饱满诱人……

梨花开的那个春天

车子驶过城邦花园的时候，我看到簇簇雪白的梨花，干净地开在清晨的微风中。我还来不及细细欣赏，就听到了接下来的公交车报站，那洁白的梨花，则被抛至身后。

这是我三月清晨都会路过的风景，我与梨花匆匆擦肩，默默思念。苏州这里有香雪海梅园，有观前街的桃花，我却不知道哪里有大片的梨花园，如果有，我会寻去，在春暖花开的三月看一场梨花纷飞。

小的时候，外婆院里栽种过两棵梨树，对于勤劳的外婆来说，那不过是为了不浪费院里的土地，也让孩子们能吃到可口的梨子，我亦是年少，不懂欣赏梨花的美丽，还在梨树开花的时候，攀折下来花枝玩。外婆是个善良的老人，亦不怪我。

小孩子总是贪吃，所以最开心的是梨子成熟的季节。外婆拿竹竿敲挂在枝头的梨子，饱满的梨子扑通通地落下，我便拿了篮子拾捡。因了梨子的诱惑，我很喜欢去外婆家玩，外婆家距离我家很近，走路二十分钟。那年外婆家的梨子结得真多呀，我在外婆家住了好久，外婆做的水煎包很好吃，甜甜的梨子盛满我小小的童年记忆。

梨花的记忆还在那段纯净的友情里。娜是我大学闺蜜，毕业后我留在郑州工作，她回了老家原阳。那年郑州的三月还没那么暖，我去西安见喜欢的作家姐姐——吧啦，回到郑州后接到娜的电话，她说：来原阳吧，这里有很好看的梨花，都开了呢。只因那句梨花都开了，我不顾旅途劳顿，傍晚便踏上了郑州开往原阳的大巴。天色渐渐暗下来，车窗外只有星星点点的灯光，在黄河大桥的两边若隐若现。

抵达原阳县的时候，已经是晚上八点多，三月的原阳晚上还有些凉，娜站在车站路口等我，她骑着小电瓶车，我们虽然多日未见，却并没有感觉到生疏。我坐上她的小电瓶车，小城昏暗的路灯把我俩的影子拉得老长。娜说：穿这么少，晚上很冷的，先披上我的外套吧。她把放在车篓里的外套拿出来递给我。娜说带我去吃正宗的原阳烧饼，卖烧饼的阿姨笑着寒暄。那晚，我和娜挤在她教师宿舍的小床上，说着如今的生活和曾经的趣事。

第二天娜带我去了那片梨园，那是位于原阳县不远的村庄，村庄口种有很多的梨树，大概有好几亩吧，这个时候正开花呢。娜说：再不来梨花都谢了。我笑：还好没有辜负花期。天气不是很好，有些雾蒙蒙的，梨园的前面是小村，后面是望不到边的麦田，在这样的阴天里，麦田似乎更绿，梨花似乎更白。我亦是穿了长裙去的，我数着梨花瓣，望着梨花蕊，我们两个在梨园拍照、嬉闹，空旷的原野上似乎只听得到我们的欢笑。

春天转瞬即逝，接下来就是夏风的燥热，我为了心中的江南，辞掉工作来到苏州，娜后来去了郑州，我们两个就像水中的浮萍，在各自的生活中辗转着。

在江南我看过桃花，赏过梅花，亦没有辜负海棠深意，那些花儿是真美，我也用镜头记下了很多花开的瞬间，可唯独梨花，不曾见过大片的花海，只有三月清晨路过稀稀疏疏的几株，还从未细嗅芬芳。

前两天我打电话给娜，说了江南的点滴，还有生活工作的细碎。娜在郑州还是做教育工作，教小孩子绘画，我弹古筝、写文章，偶尔绘画，我们都在认真地生活，向着美好奔跑，那么不管未来如何，青春里有彼此已经值得珍惜。

外婆后来离世，院里的两棵梨树成了过往，我与娜的那段青葱岁月，亦停留在二〇一四年三月的镜头下。邂逅江南盛开的梨花，那片片花瓣，写着我深深的思念呀。花开，相惜。

染红了流年

我想念那一串串红和白，夏天，它们开在故乡，不张扬，却使整个夏日时光变得生动。在我出生的小村庄，几乎家家都会种上那么一两株，乡间花草，自是质朴。它有个亲切的乳名叫指甲花，那是因为它的汁液能够染红指甲。后来我才知道，它有个学名叫凤仙花。真的有着仙子般的娇容。

早晨下楼的时候，看到楼下阿姨家阳台上的凤仙花都开了，单瓣的花儿，一朵朵地开着，真好看。我停下脚步驻足了好大一会儿。

楼下住着的阿姨，勤劳得很，阳台上种植了很多花花草草，每次我路过，都很欣喜。记得她家阳台上架起的黄瓜，还有种植的薄荷、月季、紫茉莉，当然还有凤仙花。夏天一到，只有她家阳台最热闹，绿的叶，红的花儿，有种旧时光母亲菜园子的样子。

在我还是孩童时，还没有五彩鲜艳的指甲油摆满橱窗，唯一有的，就是那一株株或紫或粉或白的凤仙花，美好着我的年少时光。

田野简直就是大自然的鬼斧神工，乡下一年四季都很美，春天草儿发绿，夏天那些红的花、青的草生长得更加茂盛，就连秋天和冬天，都有黄色的菊花、褐色的橘枝和干净的雪花。女孩子天生爱美，不管是任何季节，总能拥有最简单也最单纯的快乐和美丽。春天的时候，邀了一群小伙伴去隔壁叔叔家的桃园，采了桃花簪在发上，或折了几折带回家，插在瓶中，邻居叔叔也不会嗔怪，孩子而已，采去吧。秋天也会采了野菊，编成花环，哪怕是万物寂静的深冬，也会掬一捧白雪，存储于酒瓶中，听老一辈的人说：把第一场雪存储在瓶中，待来年化作雪水，可治疗夏季时常出的痱子。那时候空调还是一种奢侈品，夏天最多吹个电风扇，更多的是摇着一把蒲扇，小孩子经常在夏天长痱子，很痒，可也神奇了，用了陈年的雪水洗过后，真的很快就好了。夏天是最快乐的季节，除了两个月之久的暑假和一抬眼就可以看见的满眼苍绿，就是母亲在老院儿栽种的一株株凤仙花。

那时总觉得时光慢，远方真的就是远方。

院子里有一片空地，勤劳的母亲在那片土地上侍弄些花草菜蔬。对母亲来说，土地是她一生的信仰，她在那片土地上尽情地播撒希望，收获幸福。小时候不懂那份情怀，如今远离了故乡，都市的车水马龙湮灭了乡村的清宁，茫然的人潮里、迷失的灵魂，总会忆起逝去的旧光阴，光阴里母亲及腰的长发和她侍弄的那片土地。在外求学，后来在异乡工作，离家的距离越来越远，回家的次数越来越少，那让我魂牵梦萦的小院子，也只能无数次出现在我笨拙的笔下。

凤仙花还有另外一个名字叫女儿花，我更喜欢这个别名，女儿花，比起指甲花的乡土味儿和凤仙花的灵气，多了份淡淡的情怀。

第一次知道这个别名，惊了心，可不是，农家小院儿，几乎都有一两株凤仙花开在门前，也不是刻意去种植的花儿，所以就有了邻家女儿的单纯亲切。我总想着女儿花应该有着一段凄美的故事，而且还和爱情有关，是大户人家的女儿动了心，还是普通的柴门女留了情。女儿心事无处诉说，那就执针绣上一对并蒂莲，自家园子里的花儿开了，采下一朵朵小花儿，花渍染红了指甲，是女儿的满腹思念吧。

采摘凤仙花一般在清晨，夏天的清晨有凉风，起个大早，院子里的花儿迎着朝阳开得饱满，采下一朵朵放在干净的纸上，那些花儿安静得仿佛惹人怜爱的小女儿。花朵需要经过一天的晾晒，但又不能直接暴晒在太阳下，需要有阴凉的地方，待花儿渐渐地消瘦，蔫了下去，就可以收起来了。

染指甲时最好用麻叶包起来，所以吃过晚饭，小孩子就会跑到家门外一片废弃的宅子里摘麻叶，那座宅子已经废弃了很多年，院子倒塌，院里的草疯也似的长着，我也不知道为什么那院子里会有麻，也可能是那一阵风吹来的种子吧，于是在那里安了家，生根发芽。麻叶摘来后，就开始在月光下敲开一小块儿白矾，和着消瘦了的凤仙花一起捣碎，加了白矾的汁液更容易上色，于是一个晚上十指都在花香中入眠。第二天清早醒来，第一件事就是抽掉麻叶，就看到了红艳艳的指甲，洗过几次后，沁入指缝中的红色已经淡化，只有指甲，依然红得惊艳。那些日子最得意的事情就是和小伙伴比谁的指甲染得更好看，即便是小孩子也懂得如何让自己更美呢。后来听母亲说起，凤仙花的汁液染在指甲上，还能保护指甲呢。看，这小小的乡土之花竟有这么多的好。

后来去网上查阅过凤仙花的资料，得知此花因其花头、翅、尾、足俱翘然如凤状，才有了凤仙花的名字。这种花不仅可以染出好看的指甲，它还是一味药材，其茎和种子入药，茎有祛风湿、活血、止痛之效果，种子有软坚消积的效果呢。了解到它的一些实用价值后，更是对这样一种不起眼的小花儿产生了敬意。世间万物的生长都有其自身的价值所在，即便是一株被人遗忘的植物，也绝不卑微。

凤仙花在城市中很少种植，偶尔见到，也是在有心人家的阳台。那些漂亮的花圃，我想也不适合凤仙花的性子吧，我自开来我自败，何须招摇地长在花圃中呢，它不娇贵，哪怕是贫瘠的角落，只要有土壤，就能散发芬芳。如今用指甲花染色的很少，只有一些依然爱美的老人，会偶尔采摘一朵凤仙花，捣碎，和着白矾，染红指甲，染红流年。

看着花花绿绿的指甲油摆满商场的橱窗，我突然想念采摘凤仙花的情景，风吹着，阳光铺洒了一地温暖，一朵，一朵，芬芳着青葱岁月。晨起，依然路过楼下阿姨的阳台，叶绿着，花开着，日子像那一朵凤仙花，美好着。

那一朵粉红

夹竹桃开花了，粉色娇嫩，白色清雅。五月，江南已经没有了姹紫嫣红，这个时候，它静悄悄地开了，在水畔，在桥边，在远处人家长满青苔的小院儿。

只是很不经意的，就闻到了一阵阵清香。抬头，看到一朵朵粉白色小花儿，安静地开着。夹竹桃开了呀，心里不由得惊叹。什么时候开的呢，不知道。就在你不注意的时候，悄悄地，为这个五月添一缕清香。

江南之地，水多，就在那水畔，开着一排排夹竹桃花。清晨的空气中都渲染了香甜，匆匆忙忙的行人打桥上走过，我坐在公交车上，路过很多流水，路过很多桥。阳光洒落一地柔软，掌心摊开一本诗集，和一朵花相伴，任是安静亦动情。

这里的夹竹桃是成片种植的，花开的时候，一大片一大片星星点点。夹竹桃花小，像邻家羞怯的小姑娘，据说这种花还可以做药材。世间万物的存在皆有深意，没有尊卑贵贱的分别，哪怕一株草木，一只蝼蚁。听过这样一个传说：一位叫作桃的美丽姑娘，爱上了家里的长工竹，因姑娘父亲的门第观念，最后两人殉了情，他们的爱情感动了上苍，于是世界上就有了这样一株叶似竹花似桃的植物。我真喜欢这个故事，这样他们就再也不会被世俗拆散了，叶子离不开花朵，就像他和她，多好。

初遇江南的时候，昆山的好友带我去古镇，去园林。她是我在网络上认识的姑娘，典型的江南女子。我记得第一次拥抱这片山山水水，心中的喜悦。甪直古镇的河道两旁开满了花儿，夹竹桃呵，一朵粉红一朵雪白簇拥着。离开古镇去亭林园的路上，两旁是潺潺流水，水岸植遍这样的粉和白，有凋零的花瓣落在流水中，穿过拱桥，漂流到望不到的远方。不记得和她的交谈了，只是有一搭没一搭地说着话，似乎是关于夹竹桃的，江南怎么会种植这么多夹竹桃？真好看呀。有些对话是不需要记住的，就像有些刻骨铭心终会随着一朵落花消失。

小时候外婆家有一株夹竹桃，那是我见到的第一株夹竹桃，粉色的花儿。那一抹粉色成为我对外婆最后的记忆。夹竹桃开在外婆的青砖小院儿，外婆家门前有一片空地，一生勤劳良善的外婆就用青砖围成一座小园子，外婆不识字，也不懂什么花园，在她看来不过是不枉费了那一片土地，栽种些花和蔬菜罢了。园子中最大的就是这一株夹竹桃了，不知道什么时候种下的，只记得在我记事的时候它就在外婆的小园子里，年复一年地开着那团粉红。

花开的季节，我随着母亲去探望外婆，站在园子里采一朵粉红的花，别在发上，小时候我一直留短发，初中毕业那年才留了长发，所以那抹粉红就怎么也不容易别在发上，只好用外婆递给我的小发卡卡在我的短发上，一朵小花儿，一枚发卡。小时候是那样容易满足呀，于是戴着那一朵粉红的花蹦蹦跳跳地出去玩耍。如果遇上好运气，有骑着自行车背着相机的师傅路过，我就喜气洋洋地站在夹竹桃下，一朵粉红的花开在我的发上，镜头下定格灿烂的笑容。

外婆离世的时候，我没有送她最后一程，后来那几天，我总时常做梦，梦里是外婆慈祥的面容，在老屋门前侍弄着她的花草菜蔬，还有外婆做的一盘子水煎包，很香很香，直到醒来心里一阵空荡荡。我与外婆竟是天人永隔，那年春节回到家，我看到母亲瞬间苍老的容颜，想到了外婆。当有一天这个世界上生养你的两个人都离你而去，你也就成了最孤独的旅人。

母亲这一生走的最远的地方也没出过省，就连我说要带她来江南看一看梅花，她都说算了吧。她只是担心她的女儿在外一个人不容易，我又怎么会不懂呢？而我能够陪伴母亲的日子还有多长呢，我不敢去计算，都说时光动人，怎知那动人里带着多少不为人知的悲凉。外婆离去后，小院儿里的花草菜蔬也渐渐荒芜，只有那一株夹竹桃，依然伫立在老屋门前，粉色的花儿似在说着那些久远的往事。

正是夹竹桃盛开的时节，没有人会去在意那一朵朵或粉或白的小小生命，大抵是自然地已经忘记了它的存在。我路过江南水岸，一袭淡淡雅香沁湿我所有的情绪，那一朵粉红，那一段年少。

麦田里的乡愁

山一程水一程地走过，你我唯一可以做的，就是在渺茫的人间烟尘中，一点点地拾捡，曾有过的片段。有回忆的人生是美好的，至少，不会像一口枯井，了无生趣。

时光从来不会为谁停留，你我都是被光阴追赶的人，来不及紧紧握住彼此的手，就毫无防备地失散天涯。那些曾有过的时光，像一部老旧的电影，不经意地，在心底回放。

人的一生都是在寻找一个归宿，我把江南视作今生靠岸的港湾，在这片湿软的小城，添一片瓦檐，筑一座云水家园。那被我遗忘在心底的故乡，却成了眉心的一粒朱砂，梦里的一声长唤，安静地停留在岁月一隅，等我为它轻轻拂去烟尘。

丢失的终究无法找回，纵然偶尔想起，只是徒添一种叫作乡愁的美丽。

江南的郊外是连绵的群山，苍茫的湖水，飘荡的芦苇，极少见到一望无际的麦田。我出生的小村庄，没有丘陵山壑，唯一令我心动的是那一眼望不到边的麦田。

春暖花开的季节，田野里麦苗拔节生长，伫立在乡间小路上，还有丝丝寒冷的气息，抬眼望去，绿油油的一片，壮大到让人有种落泪的情绪。这是我见过最青翠的景色，仿佛一下子整个世界都有种葱绿的意境，远处，隐约着几户人家。中原的小村落，没有灰墙黛瓦，亦没有高高的马头墙，只有质朴无华的红砖小院，微微翘起的灰蓝色瓦檐。就是这样的乡土气息，在漂泊异乡的时候，时常出现在我的梦里。

在那片土地世代生长的人们，他们对脚下的土地，是虔诚的姿态。仲夏时节，田里的麦子呈现饱满的状态，金灿灿的麦田，是一场浩荡的夏日盛宴，农人开始攥足了劲儿收割，等了一季，守了一季，盼了一季，走过冷彻骨的寒冬，行至姹紫嫣红的春日，回到此刻收获的喜悦，这是生命由始至终的轮回。

孩童时期，田里的麦子还是用镰刀一点点地收割的。记得那个时候还会有一个麦假，每到收割麦子的季节，学校就会放一周的假期。一眼望不到边的麦田，农人挥舞着手中的镰刀，像舞者在属于自己的舞曲中舞动着。小孩子则会待在家里，守着已经收割回来的麦子，天气炎热，卖冰棍的小贩在村子或者田野叫卖，老远都能感到清凉的气息。

后来我去了镇上读书，大型收割机也进入农家，再没人会拿起镰刀一丛丛地收割麦子，我也再没见过那一把把弯弯的镰刀。麦子成熟的季节，学校也不再有假期，大型收割机替代了镰刀，收割的速度远远超越过镰刀的年代，原来需要半个月的忙碌，如今只要天公作美，一周就能把麦子全部入仓。在镇上读书的时光，每周回家一次，每到收割的季节，就会听到轰隆隆的机器声，甚至晚上下了自习，还能听到收割的声音，伴着隐约的点点灯光，农人在望不到边的田里劳作着。

中学毕业后我去了市中心求学，极少再见到望不到边的麦田。每到仲夏时节，总有一种淡淡的情怀萦绕心间，约了同窗好友，在某个周末的黄昏，沿着学校旁边的铁轨一直走，一直走，迎风吹来一阵香甜的麦香。

麦子一年年地入土、发芽、生长、收获，我也终于有一天远走高飞，飞出小村庄，挣脱避风的港湾，离开故土中原。在江南的烟雨中踱步，故乡的麦田在我一次次头也不回的倔强里成为珍藏的记忆，多年来飘散着的麦香，成了我心底挥之不去的烙印。

葵花呀葵花

老家的小院儿被母亲打理得井井有条，菜蔬、花草，一年四季都热闹非凡。母亲把废弃的灰瓦堆砌在一起，砌成好看的梅花状，就成了一个小园子。后来我在江南看见过大气磅礴的园林建筑，亭台楼榭，假山流水，花木丛生，虽然精心雕琢，但我还是想念母亲的老院子。

母亲堆砌的梅花小园子显然粗拙了许多，但于我，却有着千丝万缕的情深。园子里栽种着很多青绿的菜蔬，还有质朴的小花儿，仙人掌、凤仙花、紫茉莉、秋海棠、木槿花、大丽花、凉薄荷、九月菊，还有一些我忆不起来的花花草草。每年让我期待的，就是沿着瓦当栽种的一排排葵花，除了好看的花朵，还有好吃的葵花子。

许是因了葵花子的诱惑，对葵花的深情就不再那么明显，只想着什么时候能够吃上香喷喷的瓜子呢。春节一过，二月的春风吹开惺忪的泥土，母亲开始翻土，在小院里播种希望，葵花就是在那个季节种下的。去街上称几斤葵花子，回来把小小的葵花子放在泥土里，只是那么一枚小小的种子，在风雨阳光的呵护下，竟慢慢地生了根，发了芽，一点点地长大，开出金黄的花儿，结出香喷喷的果实。

母亲把葵花子一颗颗沿着堆砌的瓦当种下，我看着母亲种下的葵花，心里有了希望。

隔几天，再去园子的时候，就看到了一棵棵小嫩芽破土而出，起初只是两个像豆瓣那样大小的叶子，后来慢慢地长大。在肥沃的土壤中，葵花一天一个样，直到有一天再去看的时候，惊讶地发现它已经结了花苞。圆润的花苞，花苞里可是金灿灿的花瓣和饱满的果实呀，心里不由得一喜，吃葵花子的日子就快到了。后来花苞慢慢地张开，一瓣瓣金黄的花儿舒展开来，张着灿烂的笑脸。

小时候并不懂得葵花的天性就是向着太阳，好奇呀，清晨起来，看到葵花迎着朝阳，到了傍晚，太阳缓缓地西落，那一张张灿烂的笑脸依然向着太阳，于是就觉得奇怪，愣是想要把它们转过来，谁知我把它们转向另一边，它们又倔强地转向了太阳。也真是一种倔强的花儿呢，想必这个世界上再没有一种花儿每天喜迎着太阳吧，所以我想，葵花是太阳的知己。

葵花盛开的最好时，花心的果实也开始崭露头角。直到花瓣开始一点点凋落，花蕊也慢慢地零落成泥，一颗颗诱人的瓜子就成了美丽的风景。葵花子是谦卑的，花落，子成熟，慢慢地低下头来，花开时它们向着太阳昂着头，如今到了成熟的季节，竟是弯曲了腰身，谦卑地低下头等着主人采摘。母亲拿了剪刀一个个剪下来，一颗颗地剥落花心里的葵花子，有时候会炒了，那香味，真让人喜欢，有时候就生着吃，比起炒过的不容易上火。

有一年夏天，雨一直下个不停，母亲堆砌起来的园子终于在大雨的侵袭下倒塌，最让我心疼的，是那一排排的葵花，全部压在了地下。葵花子还没成熟，只有葵花开得正好。小孩子终究还是嘴馋，只觉得可惜了那一盘盘的葵花子。雨慢慢小了，母亲则披上雨衣修葺着小园子，那一年的葵花子，少了很多。

在来苏州之前，我去网上为母亲买了很多花草的种子，当然还有一包葵花子。早已不栽种食用的葵花了，我买来的也是那种观赏向日葵，茎细且低，花瓣也小，栽种在盆子里就可以成活。

六月我在故乡陪了母亲一段时间，没有工作，没有远行，只是待在家里陪着母亲侍弄侍弄花草，唠一唠家常，或者仅仅是听一段久违的老戏。母亲喜欢听戏，尤其喜欢听河南的豫剧，因为母亲的影响，从小我也看《梨园春》，对耳熟能详的戏文也略知一二。陪着母亲的日子，一天天地看着我为母亲买来的葵花子在土壤中生长、开花，虽然花朵很小，但那一朵朵小花儿簇拥着，也蛮讨人喜欢。

远离故乡，很少见到那一朵朵灿烂的葵花。只有春节我辞了工作提前回家，而我离家时盛开的葵花早已零落，等待来年的重生。匆匆忙忙的又要远行，那明媚着的葵花，竟是再无缘相见。

那天，母亲在电话里说：园子里的葵花开了，小葵花开起来也很好看，还有紫茉莉、凤仙花都开了呢。我听着母亲的声音，异乡的天空似乎也染满了花香，岁月又在远行。

雷 雨

夏天听雨，江南的雨，缠缠绵绵，才不会有雷雨的无礼与傲慢。而我故乡的雨，猛烈、狂躁，伴着雷声和闪电，噼里啪啦地下上一阵子，天空就出现了美丽的彩虹。

近些日子苏州经常下雨，俗称的梅雨季节，到处都感到潮湿。这样的雨下一两次，撑一把油纸伞走在小巷，也添了一丝情深意绵，但是下得久了，心里就无端地生出愁绪，绵绵无绝期。

这个季节故乡也经常下雨，故乡的雨没有这么温柔。老人有句俗话：夏天的天气就像小孩子的脸，说变就变。说的就是夏天的狂风大雨，很多时候明明晴好的天，傍晚时分，天就一下子暗下来，一大片一大片的乌云遮盖住夕阳西下的浪漫。风在这个时候也变得咆哮起来，直刮得院子里的丝瓜花一朵朵坠落，还在外贪玩的孩子一溜烟地往家跑，田地里的放羊人赶着羊群匆匆忙忙。也真奇怪，这个时候小羊偏偏来了胃口，就是不愿意走，津津有味地咀嚼着地上的青草，任是牧羊人吆喝。后来我再回忆起这些童年旧事，也会禁不住地笑出声来。

一定是那小羊贪恋青草的香。在暴风雨来临之前，地上的草更加青绿，嫩嫩的，晌午还被大太阳烤得耷拉着草叶，这个时候竟显得精神气十足，怪不得小羊不舍离去。不一会儿大雨倾盆而下，路途遥远的放羊人只好先找个人家屋檐避雨，这时候小羊可没刚才吃得起劲，缩着头躲在屋檐下，屋檐太小，小羊的大半个身子都在外面，打湿的羊毛贴着小羊瘦弱的身子，看起来很有趣。奔跑到家的小孩子躲在窗下听雨，外面雷声阵阵，一个闪电下来，小孩子吓得缩进母亲的怀中，赶快捂起耳朵。毕竟是孩子呀，雷声慢下来，就忘记了刚才的害怕，倚着窗，看雨滴顺着瓦檐落下噼里啪啦的作响，想象着天上是否住着神仙，那些雨水可是他们的眼泪呢。

雷雨开始得很猛烈，结束得也很急速。仿佛一场措手不及的爱情，你还来不及有所准备，想一想该穿怎样的裙裳开始这场约会，他就已经嬉皮笑脸地站在你家门前。你挡不住他坏坏的笑，当你被这场突如其来的爱情包围得无力全身而退，他却突然抽身离去，去得那么突然，仿佛从来没有发生过。

刚下过雨的村庄清新、美好，狂烈的大雨冲刷着村庄里的每一寸草木，杨树叶子更加苍绿，园子里的花朵更加娇嫩，地上的小草更加青葱，就连刚才乌云密布的天空，也更加澄明，一道细细的彩虹挂在天边，刚刚的一场狂风暴雨此刻归于宁静。

小孩子走出家门，吆喝了伙伴一起捉爬蚱，它是蝉的幼称，能做菜，剥了皮用油炸，老远都能闻到香味。有些稍微年长的孩子则会跑到小水坑里抓小鱼、泥鳅，那种很小的鱼用油炸了，也好吃，不用吐刺。最开心的是晚上房前屋后的蛙声，让我想起曾在语文课本中读到的诗句：明月别枝惊鹊，清风半夜鸣蝉。稻花香里说丰年。听取蛙声一片。七八个星天外，两三点雨山前。旧时茅店社林边。路转溪桥忽见。这首词写出了雨后蛙声连连、农家茅舍、清风鸣蝉的田园风景。这样的美好，怕是也只有在童年时候才那么奢侈，只叹当时年纪小，总嫌时光太漫长，在时光的长河里，跌跌撞撞，总想抓住最后的温柔，却丢了曾经的纯美。

中学的时候，我曾经有过两个很好的朋友。那时候不叫闺蜜，没有那么文雅的称呼。就是几个小女孩每天一起上课下课，吃饭睡觉，但那时候的友谊也最真。我爱看一部叫作《香樟树》的电视剧，剧中三个女孩子的友情始终打动着我，小衫家庭富裕，性格霸道却很善良；芳芳来自山区，内心卑微却单纯可爱；陶妮是她们三个中性格最温和的一个，就是这样三个性格迥异的姑娘在大学相遇，在校园里的一棵香樟树下许下友谊长存的誓言。

我迷恋她们的友谊，我和娜娜的友谊也是从那个时候开始的。暑假时，娜娜邀请我去她家玩，恰逢上她家附近唱戏。小时候村子里还经常会有戏班子来唱戏。也是雨天，我们一起躲在她家中看电视、吃零食，雨停了，就一起牵着手看戏，哪里看得懂呢，不过是迷恋台上艺人绣着花的衣衫，好看的发饰和妆容。一场戏罢，我们伏在后台看那些艺人卸妆，只觉得那是一种我们永远无法企及的美，美得惊心。也一起去小卖部买零食，踩着雨花，那些年少的时光，在一场又一场的大雨中定格。

十七岁，那一年的夏天始终都过不去，大雨连着下了一场又一场，我经历人生中第一次抉择。中考失利，灰暗的天气乌云始终散不去，倾盆大雨像一个胜利的敌人剿灭了我所有的梦想和骄傲。母亲带着我到处问学校，我不想就此结束自己的学生时代，又执拗不愿从头再来拼搏一次，就是那样的大雨呀，母亲拉着我的手，访遍了很多学校，最终我妥协。颓然、挣扎、妥协，九月开学的那天，依然下着雨，十七岁，在漫长的雨季中成了我永远忘不掉的记忆。

是在那个时候对雨有了深深的依恋。看《左耳》电影，十七岁，该爱了，那是讲述爱情的故事，也是讲述成长的故事。吧啦出车祸的那天，下着大雨，她躺在被雨淋湿的马路上，仿佛一切归于安静，淋湿的爱情，还有永远回不去的十七岁。

在江南听雨，听的是诗，在江南看雨，看的是画，似烟如梦，萦绕心扉。在江南，是红了樱桃绿了芭蕉的细雨霏霏，这雨，需要小情调，需要雕花的窗，粉白的墙，黛褐的瓦，临廊的竹。我听窗外的雨，是一首古筝曲，怀念故乡的听取蛙声一片，漫天的乌云压低了天空，明晃晃的闪电伴着猛兽似的狂风，放羊人赶着羊群，等待狂风暴雨过后的彩虹。

扁豆花

时常怀念故乡的花花草草，以及那散发着泥土香的童年旧事。如果这世界上有一种依恋，任你走遍万水千山，任你散落海角天涯，也牵动着你的心，那一定是故乡，一定是和故乡有关的点点滴滴。哪怕是一枚砖瓦，一丛野花。

楼下阿姨阳台上架起的扁豆，这个季节正开花呢，淡紫的小花儿，真好看。我特别喜欢楼下阿姨家的阳台，总是种植很多乡土花蔬，六七月份的时候，她家阳台上凤仙花开得极好，后来我还看到有凉薄荷、美人蕉、紫茉莉，还有我也叫不上名字的青绿菜蔬，这些开花的不开花的植物，在我故乡的老院儿，母亲也会年年栽种，一片空地，一丛篱笆，一抹绿意。

扁豆在我的故乡不叫扁豆，它没有这么洋气的名字，土名叫作“枚豆”。每年到了这个季节，老院儿的砖瓦上便一片葱绿，这种植物的生存能力特别强，想必是因乡野的缘故吧，哪有那么多的娇气，只要你把它的种子随意地丢进泥土里，来年它就为你送上一份惊喜。

老院儿只真正地栽种过一次，后来就再也没管过它，依旧是年年发芽，年年开花，年年结果。

扁豆的花儿很小，但开得浓密。一簇簇的，围着几片叶子，花谢后便是一个个的扁豆了。有时候它们长得茂盛了，就攀爬到院墙外的电线上，红砖绿叶，隐约着簇簇扁豆花，电线上偶有鸟儿停驻，嗅一嗅这抹淡紫，清清嗓子唱着歌飞走了。

童年的时候，我时常搬了一把木凳，坐在小院儿里做作业，初秋的风吹过，凉凉的，有时候会吹落一朵扁豆花，那时候的天空很明净，故事里都是完美的结局，母亲一声长唤：去摘一把枚豆，今天晚上给你清炒。于是欢喜雀跃地跑去，捋一把枚豆，手里都含着香呢，是枚豆的香，是淡紫色小花儿的香。傍晚的斜阳柔柔的，铺洒下一片金辉，安静的村庄里，听得到梦的低语。

我一直觉得那紫色的小花儿有无穷大的力量，仿佛藏着一个个淡紫的梦。

秋季，母亲常常做的一道菜就是清炒扁豆。农家饭菜，没有山珍海味、鲍鱼龙虾，只是一把扁豆、几缕青菜，小时候并不太喜欢吃扁豆，因为几乎每次都有它，要不然就是南瓜或者冬瓜，都是自家种植，母亲常说：自家种的无污染，绿色着呢。可那时终归是年纪小，嫌弃母亲做的菜太过寡淡。后来离开故乡后，极少再吃到家乡菜的清淡，每日的油腻终于让身体发出了警报，于是我开始怀念母亲的清炒扁豆，我知道那是爱的味道。

如今正是吃扁豆的季节，给母亲打电话：妈，国庆节我要回家啊。母亲在电话那头抑制不住的喜悦：好，好，家里的枚豆今年结得特别多，就等你们回来吃呢。听到母亲在电话那头的絮絮叨叨，眼前，浮现出动人的画面。年迈的母亲伫立扁豆花架下，深深地眺望女儿离开的方向。那一丛丛的扁豆花，是母亲的思念，亦是漂泊女儿的归途。

在苏州，菜市场也有叫卖扁豆的小贩，我会偶尔买上一些，回家来自己清炒了吃。我学着母亲的样子，把扁豆清洗干净，切成一小条一小条，然后放上蒜泥、葱花置于油锅中清炒，直至香味扑鼻，盛出来放置青花盘里。我轻轻地夹起一块，满嘴清香。虽然它没有鲍鱼龙虾的美味，却最懂得胃的需求呀。

后来我知道，扁豆不仅仅是一道美味的菜蔬，更是一味药材，具有健脾、养胃的功效。自古也有很多回归田园的诗人为扁豆花作诗填词，纵是平凡之花木，亦有其动人美丽之时。这个世间上的存在，无论花木菜蔬，还是鱼虾虫蚁，都是一种缘法。“一庭春雨瓢儿菜，满架秋风扁豆花”是写扁豆花的名句，多么美的乡野图画，仿佛眼前已经浮现出风中摇曳扁豆花的盛景。

此刻的我探出窗外，那一簇簇淡紫色的花儿又入了眼帘，楼下年迈的阿姨还在侍弄着她的那些菜蔬，她不知道，这一刻，她亦成了一道美丽的风景。秋风吹过，哦，扁豆花，带着我对母亲的思念，对故乡的眷恋，飘呀飘呀，飘到遥远的家乡。

一抹淡紫入眼帘
秋风吹，花亦残
不知该把思念
寄哪边
待到花落随风转
再不说，别离难
只把怀念寄笔端

丝瓜花香染秋风

秋季，花木不再姹紫嫣红，却也有属于这个季节的美好。秋季开的花儿，似乎更有种沉稳的好，像那故乡老院儿那爬满院墙的丝瓜藤，还有那一朵朵灿烂的金黄的丝瓜花。

是在某个早起想起它的，我和往常一样乘坐218路公交车，早秋的天，有些凉。丝瓜花就是在这一瞬间闯入我的视线，当我正在全身心地欣赏车窗外的秋景时，那一朵金黄，调皮地冲我眨了眨眼睛。“哦，那是丝瓜花呀，真好看。”心里不由得惊叹，原来这世间万物，从来不缺少美，就连丝瓜都开花儿了，慷慨地赠予我这一季清晨的美丽。

车子飞驰过去，我回过头与丝瓜花遥遥相望，竟看得有些痴了神。那一朵小花儿，多么精致，只是颜色，就已经让我带着美好的心情迎接这个清晨。当那一小朵金黄一点点地消失在我的视线，我才缓缓地回头，继续投入另一片风景。这隔了许久的故事，仿佛浪潮般，涌入我的心中，关于丝瓜花的秘密，关于内心深处的柔软。

丝瓜是一种常见的葫芦科植物，果实可入菜，清香可口，细闻花朵，又带着淡淡清香，而且在我的记忆里，丝瓜花一开，就有蜜蜂嗡嗡飞来，采花蜜。丝瓜菜其实很乡土，在我的老家，有土地的地方就有丝瓜，就有一朵朵的丝瓜花。

在我母亲的小院儿，就栽种了很多丝瓜，这种植物生存能力强，只要你曾播种过一次，基本上到了第二年就会自然而然地再次生长。夏秋交替的时节，丝瓜成了农家小菜，很日常，日常到被很多人遗忘，到了这个季节吃丝瓜，是顺理成章的事情。我还在故乡的时候，每年到了这个季节，丝瓜开花，缠绕着整个小院子，红砖墙上趴着一朵朵的丝瓜花，和淡紫的扁豆花一起，真的是一道很美的风景。

一场秋雨过后，丝瓜花落了一地，金黄的小花儿凋零，和清香的泥土相融，带着湿湿的香气。雨过天晴，蜜蜂在花瓣中央嗡嗡作响，丝瓜叶和花儿上还留有细密水珠，那像珍珠一样的雨滴，在丝瓜叶上翻一个滚，就啪啦落地了。

丝瓜花藤纤巧好看，一根根缠绕着，那么细，又那么惹人怜惜。小的时候我很喜欢摘一朵沾了雨水的丝瓜花别在耳畔，总让我想起来《木兰诗》中的那一句“对镜贴花黄”。多美的诗句，虽然我知道诗中的花黄并不是黄色的花儿，只是一种比喻，但我依然会戴着一朵丝瓜花站在镜子前看了又看。

乡间童年，没有精致的珠宝首饰，也没有穿不完的花裙子和会说话的布娃娃，但乡间童年又是可贵的，一朵丝瓜花，一只蝴蝶，就是孩子的整个天下，我就在这样的乡间自由长大，像一只蝶儿的成长，疼痛、坚强、破茧成蝶，飞跃沧海桑田。

回忆像一首古老的歌谣，唱呀唱，唱回我的故乡。

我一直记得第一次吃到丝瓜菜的情景，那年母亲的小院儿还没有栽种丝瓜，老屋的后面是一片废弃的宅子，还是孩子的我总喜欢去荒芜的地方玩耍，就是在那个时候，我偶然发现了长在荒草中的丝瓜，很小的一株，结了两个小丝瓜，丝瓜上还有丝瓜花未全部凋谢，我叫来姐姐一起看，姐姐说那可以炒了吃，后来就被她摘去回家做了第一道丝瓜菜，小丝瓜很嫩，清炒后清淡可口，那个晚上我第一次吃掉两个馒头。后来母亲不知在哪里弄来了一些丝瓜籽，第二年，小院儿就开始长了丝瓜，长势极好，一直攀爬到小院儿外的天线上，那面红色的砖墙，从此便多了丝瓜的点缀。

有一年离开故乡时我拍了一些丝瓜花照片，金黄色的小花儿上还有两三只蜜蜂，底子是一片青绿的丝瓜叶，绿得让人心生感动，还有落满尘埃的老墙，顺势生长的丝瓜蔓藤。我和丝瓜的合影也只有那一次，灿烂的笑容，一朵丝瓜花别在耳畔，当我再次翻看那张照片的时候，我的故乡，仿佛就在眼前。

丝瓜不仅可以入菜，等丝瓜长老后，瓤还可以拿来洗锅碗瓢勺，真的很多妙用。在江南的日子，菜市场也有丝瓜卖，前几日姐姐去菜市场买了两个丝瓜，还是清炒，还没做好我就闻到了阵阵清香，家乡的味道扑面而来。原来，哪里有土地，哪里就有丝瓜花，我的故乡就不会走远。

我现在居住的小区，人很少，基本上都是苏州本地的老人，小区里大家相处和谐，见了面总不忘简单地寒暄几句。楼下的那位阿姨很勤劳，她的阳台上种植有很多花草和菜蔬，其中就有丝瓜花，上次我写了一篇扁豆花，提到过她家阳台，到了她那般的年纪，在家里种花浇菜，日子倒也过得舒心呢。我路过她家阳台，看到一朵朵的丝瓜花，许是花儿太朴素，很多时候我会遗忘掉它的美，那些花花草草，在阳台上喜悦着，若不是今日在公车上偶遇的那一朵金黄，怕是我早已错过了丝瓜花的美丽。

这样土气的花儿，也算不得花儿，因为花圃里永远不会有它的身影，但它依然迎着秋风，认真地开着，为着下一秒的硕果累累。丝瓜花也算不得漂亮，可丝瓜花总有一张清纯、可爱的脸，灿烂着，金黄着，陪伴着泥土乡间，不悲不喜。自古伤春悲秋的诗句很多，写花花草草的亦有很多，关于丝瓜花的诗句，我翻阅了一些资料，留存的并不多，我最喜欢宋代词人赵梅隐那一句“刚偎人面染脂香”。想必是因了词中的字吧，只是一个染脂香，就让人心中充满温情。

车子依然在快速地行驶着，关于丝瓜的记忆，我也只能化作瘦瘦的文字。秋风起，即将归家的日子，想念那一朵朵灿烂的金黄，还有那一盘丝瓜菜的清香。

牵牛花里的秘密

走过花圃前，偷偷地，听一朵牵牛花的秘密，它在我耳畔小声说：嗨，好久不见。

曾经不喜牵牛花，一来觉得乡土，二来觉得那喇叭一样的花儿藏不住女儿家的心事。花儿倒也不恼，自顾自地开着，任是你多么地嫌弃。

小时候家里植有牵牛花，那时候村庄里的孩子叫它喇叭花，人人都这样叫，也真是乡土，农家小院你随便一看，就看到它了。依附在红砖瓦院儿上，冬天刚一过，春天的风就那么轻柔柔的一吹，牵牛花就开始发出了嫩芽。等到初夏季节，花儿就开好了。五六月前后，茂密的叶子已经拂满整片红砖墙，隐约着喇叭形状的花瓣。

故乡栽种的多为粉紫色的喇叭花，那颜色讨喜。有时候我会攀折下来玩，母亲也不嗔怪，毕竟那花儿在农人家里也算不得稀罕物，任由你折了去，有时还会笑一笑：这丫头。那言语里是怜爱和疼惜，也是我多年后想起心里珍藏的甜蜜。

后来去了小城读书，花店里各式各样的花儿争奇斗艳，再回家看到牵牛花时，突然开始觉得它土气。是呀，本来就是乡间儿女，哪能和供奉在花店娇贵的花儿相比。

什么时候又开始注意到那一丛牵牛花呢？应该是我离开

故乡的那年。终于飞出了朴素的小村庄，远了，更远了，还显不够，最后背着行囊头也不回地来到江南，故乡与我，已隔着万重山水。

家里的院墙翻新了，青砖小院被钢筋水泥代替，而那一院墙的牵牛花，也不知何时消失在我视线里。我开始购买很多普通的花木种子，多年前，这些种子是长了脚呀，无须刻意栽种或者培育，今年他家院儿里姹紫嫣红，明年你家院里也会突然多出一片灿烂，是轻柔的风送来了花香吧，那么随意又那么充满了欢喜。我把购买的紫茉莉、喇叭花等好多种子寄给母亲，期待会有一片花开等着我归去。

故乡的土地生一种极似牵牛花的植物，俗名叫作“黑白丑”。我一直都不明白为什么乡邻会给它起这样一个没有任何美感的名字，它的花瓣和喇叭花类似，只是花朵小了些，后来我在书中得知它的学名是“牵牛子”。想来属于同族花木。

黑白丑家里不长，都是在田地里自然存在，自然的生长开花结果。秋收季节，田里的玉米黄了叶，熟了果，玉米秆砍掉后，会在玉米秆上附着黑白丑的枝枝干干，真的是因太常见了，没那么多惊喜。玉米秆父亲用农车拉回家，晒干可以用来烧火做饭，那些黑白丑的枝叶以及花瓣也随着到家里，直到最后枯萎成干巴巴的枝叶，一起被送进火炉，温了食材，化作烟尘。

牵牛花的学名真好听，叫“勤娘子”。勤劳的娘子吗？听起来仿佛新婚的女子，勤劳、勇敢，用一颗热心去迎接人生的另一段旅途。这样的花儿也衬得起这样的名字，不媚俗，不张扬，处处散发着朴实的情感。城市极少有牵牛花，我几乎不曾寻到过。当然这样的花太过低调和乡土，城市断断是容不得它了，它也不讨好那些精美的花圃。

每朵花都有自己的使命，人生也如此，你可以没有才能，但你还可以拥有平凡的生活，牵牛花没有牡丹的娇媚，也不会有蜡梅的清冷，更没有桃花粉艳艳，但它有牡丹、蜡梅、桃花无可超越的质朴，再微小的生命也会开出灿烂的花朵。它是乡村素颜邻家女，唱着山歌等待有缘人执手相看。

几多愁的少年时光匆匆而过，藏在心中的羞涩爱恋，喇叭花下阳光斜射得正好，喂，不要大声，不要抖搂那些秘密，留给光阴去珍藏。

牵牛花花语：爱情永固。这样乡土的花儿和爱情沾染上，一定也是真真切切简单的爱情故事。她是乡间女儿，他们青梅竹马，他远离故乡，追寻梦想，牵牛花年年爬满院墙，每年花开时节，紫红色的小花儿替她诉说念想，他懂她的情深，衣锦还乡，村庄里的花儿还开得灿烂，他们牵手走过花下，留下笑声串串，初夏，他许她一生安然。

你的心里藏着多少秘密
轻点儿，轻点儿
不要让夏风偷走了记忆
花瓣里的露珠还未散去
嘘——
别把故事对别人讲起

凡俗的好

这世上，总有些凡俗的好，在一粥一饭里，在每天初升的阳光里，质朴简约。我的故乡便是。那里有我眷恋的亲情，有我深念的母亲。在故乡的寸寸时光里，我从一个梳着羊角辫的小女孩儿出落得亭亭玉立，在母亲一缝一补里告别青涩的岁月。

每个人心底都有一片柔软的土地，那里安放着的是故乡，是家，是爱。我的故乡，虽然没有江南风物那般多情，亦有着我无法割舍的眷恋。日子一天天过去，我数着归期，隔着万水千山。

归途

近了，近了，更近了。十几个小时的行程因了心底的期盼变得不再烦恼。火车缓慢地行驶，总嫌太慢呀，恨不得一下子就飞回去，我想归心似箭大抵说的就是此刻的情形吧。夜幕降临，车窗外一片漆黑，望不到山川河流，望不到田野乡村，偶尔有星星点点的灯火闯入，那么稀疏，在这样的秋夜里显得有些寂寥和落寞。夜是孤独的情人，只有夜色渐浓，我们才会卸下包袱正视自己的灵魂，陌生的旅人，天亮你又将去何方。

火车里有些嘈杂，坐在我对面的男孩子和他旁边的姑娘有一搭没一搭地聊着天，我听着他们的交谈，想着他们或许会有故事发生，夜深了，女孩儿有些困，男孩子借出一个肩膀给女孩儿休息，后来，他们互留了微信。我想他们的故事会结束在旅途吧，抑或，他们会有一段浪漫的故事等着开启。其实结局是什么似乎已经不再重要，人生本来就是场旅行，这一路我们邂逅很多风景，遇见很多人，能够陪伴走一程的也是缘分。天亮了，但愿世间花好月圆。

火车行驶到南京站的时候，突然嗅到阵阵桂花香。那香味没有太过浓烈，许是隔着车窗的原因，淡了去，抑或，那香味来自车厢里的某位妙龄女郎，既无从探究，就安心地享受着突如其来的淡淡花香吧。我扯了扯坐在旁边的姐姐，我说："桂花香，桂花香诶，你闻到了吗?"姐姐没有理会我，想必是睡着了不想被我打扰吧。我复又翻阅起手中的书，丁立梅老师的散文。有花香的日子，心里也是香的。丁老师的散文，适合回家的旅途上阅读，乡村、时光、记忆，一点点地铺展开。

天空微微泛白，秋日的清晨还有雾气，车子里播放着一首首老歌，叫卖早餐的列车员扯开了嗓子喊着"早餐，稀饭、馒头、小炒菜"。过了夜的车厢里充斥着各种味道，窗外可以看到赤裸的黄土地了，我知道，故乡就在不远处。棉花地里雪白的棉絮裸露在外面，一个个饱满又生动，黄色的小野菊迎着秋霜，清冷地开着，没有人去在意它们，在乡间，它们的存在仿佛那么理所当然，也没人拿它们宝贝似的当花儿栽种，秋来了，它们也开了。邂逅一池池荷塘，满池塘的狼藉，荷叶颓败了，荷花凋落了，只有几株莲蓬还在秋风中，看久了竟有种荒凉慈悲之美。农人等着挖莲藕呢，他们在池中栽种莲荷，也不过是等着季节到了挖一池莲藕，想着这生长在乡间的莲荷，无人赏之，盛开到凋落，都那么沉默。

太阳渐渐升起来了，中原的秋已显出萧条的端倪，杨树叶子落了一地，枝干上有零零散散的几个鸟巢。火车依然缓慢地行走，我望着不断倒退的风景，在心中呼唤：故乡，我回来了，母亲，我回来了。

家

风尘仆仆地归来，迎接我的是母亲期盼的目光，还有小院里开得灿烂的鸡冠花。这是母亲精心侍弄的家园，亦是我在外日夜思念的故土。

鸡冠花是一种很大大咧咧的植物，刚入家门，就看到它了，那么一大片，花儿也开得浓烈，仿佛要把它的美全部捧给你。记得小时候家里就有鸡冠花，听母亲说是因为这种花开的时候，特别像大公鸡的鸡冠，于是大家就叫它鸡冠花。我觉得这个叫法极好，乡土气息特别浓烈，就像它的花儿，开得掏心掏肺，如果放在精心打造的花圃里，倒有点儿没那么随性了。

家里现在的鸡冠花是我大学毕业那年从学校里采来的花种，大学校园里有很多鸡冠花，栽种在花圃里。那是深秋，花开得灿烂，想着即将离开大学校园，竟有些伤感，后来我便采了一捧花籽给予母亲，我本想着拿花盆来养着的，没想到母亲却豪放地说："撒地上吧，长得会更好。"果不其然，第二年我已经毕业，回到家里的时候，就看到了院里一株株的鸡冠花开了。在故乡小院里的鸡冠花确实比校园花盆里的长得好，花儿也开得更大，枝干高得能越过栅栏，最大的那一朵在正中央，双手都捧不住呢。

这是我毕业的第二年了，再回家看到鸡冠花，已经是它们在我的故乡安家落户的第二个年头。母亲说鸡冠花真好长，今年的鸡冠花并没有刻意栽种，只是去年的花谢后母亲便把它们连根拔起放在栅栏上，没想到春天一过，园子里到处都是鸡冠花的苗子，邻里看到了，也拔去几株栽在自家院子。

“你看，院门外的那些，没人种它，自己长的。”母亲指着门外的几株鸡冠花笑着说。我突然觉得鸡冠花有些赖皮了，风一吹，籽随着风儿落入泥土，管他是哪儿呢，只要有泥土我就安家。不过它这样的赖皮倒是让人欢喜的，春天姹紫嫣红你随便开，它才不和你争春，秋来了，百花凋零，它则轰轰烈烈地开了。它那么乡土，连名字都俗气得要命，要是在春日里当然无法让人眷念，尽管它的花那么大，在桃红粉白的春日里它也不起眼，所以你看呀，它就选择在萧条的秋日里开，火红的花儿真像是秋日里的一团火，怎能不让人记起呢。

鸡冠花的花语是“真爱永恒”。据说是因为鸡冠花生长在秋天，夏天的烦闷渐渐远去，秋风萧瑟，人们也开始随着百花凋零感伤，这个时候鸡冠花就开了，如火如荼，火红般的颜色花团锦簇，充满了活力，鸡冠花甚至已经是秋天的代表，因为它火红、热烈的色彩，就有了“真爱永恒”的寓意。我想鸡冠花也担当得起这样的花语，简单、质朴，就像真爱那般。

紫茉莉稀稀疏疏地开着，夜幕降临，天空下起了微微细雨。一株上开好几种花儿呢，粉白色、紫红色，只是今年家里栽种的紫茉莉花儿小，已经有好多开败结了黑黑的籽，母亲采了一些用小袋子装着，来年，这里又将是香满园。还有母亲从邻居家里移植来的蚂蚱菜花，粉红色的花儿，多层，开得也极好。

有泥土的地方，就有芬芳，有芬芳的地方，就是我的家乡。母亲摘下了院里的嫩丝瓜，厨房里飘来阵阵清香，这凡俗里的好，这般让人心安。

水　饺

下班后，想到晚餐该如何解决的问题，不由得踏进小区的超市。

如果不是那写着产地河南的家乡水饺，我的思绪亦不会这般飘忽不定。打动我的是包装袋上写的那句“家乡味道”，还有袋子背后写的产地。我怔怔地对着袋子看了好久，然后取了两袋去收银台结账。收银的阿姨不知道我对这两袋水饺的深情厚谊，亦不懂得这一刻思念的距离。

我出生的小村，有一眼望不到边的麦田和一排排质朴的民居。饱满的麦子把我养育，秸秆上的玉米是秋季最美的景色。家里的一日三餐基本上是稀饭、白馒头和不同菜肴，偶尔会煮上一碗面条，和江南的鱼米之乡相比，已经算是单调得很了。我喜欢过年，过年的时候，母亲会包很多水饺，元宝一样的水饺，是我最爱的年夜饭，每一次看到母亲的双手娴熟地擀面皮，捏水饺，我都觉得这双手真好看。

每年的春天，第一茬韭菜长成时，母亲会取出自家母鸡下的鸡蛋，割些韭菜，为我们一家人做水饺。菜园子里的韭菜还是外婆给母亲的根苗，母亲把它们一棵棵地栽种在菜地里，接受阳光雨露。韭菜绿得诱人，切碎后拌上刚煎好的鸡蛋，撒上食盐，倒入菜籽油，不掺杂一丁点儿的其他作料，就是这样的清淡，在我后来漂泊异乡的时候总让我怀想。饺子的馅儿拌好后，就是和面擀饺子皮，薄薄的饺子皮有一种通透的美。我总喜欢从橱柜里拿出母亲早晨烙好的烙馍，卷上韭菜鸡蛋馅儿，坐在低矮的板凳上看母亲忙碌的身影。江南的美食很多，只是再美的食物没了品尝时候的心境也失去了本该有的味道。

冬至家里也会包水饺，大多是肉馅儿的，后来我离开小村，去了外地求学，就再也没有吃过冬至时母亲亲手包的水饺。只是每一年的冬至，我都会接到母亲的电话提醒：冬至了，在外记得吃水饺。求学的那几年，每年的冬至我都去学校外边的小餐馆要上一盘水饺。不是听信了老人的民谚，冬至不吃水饺就会冻耳朵，只是这水饺的味道，是家的味道，是母亲的牵挂。

年年盼着冬至，冬至过了年还会远吗。

新年的年夜饭是在热腾腾的饺子香中度过的，除夕夜，鞭炮声响彻安静的小村庄，家家户户都洋溢着欢乐的气氛，弥漫着饺子的香味。母亲把煮好的饺子先盛上几个，瓷质的碗里舀上一勺儿汤水，在大门前滴上一滴。母亲说，这一年的好收成真亏了老天爷及时的阳光雨露，一年到头了，先让老天爷尝一尝，我们再吃。在农人的世界里，脚下的土地是他们今生的使命，风调雨顺是他们在年末最期盼的事情，没有比好收成更能让农人欢笑。这片土地给予我的，是养育之恩，让我深深眷恋。

从除夕夜到正月初三，基本都是和饺子为伴。村里的老人说：过了初三才可以吃面，要不然会有蛇从房梁上掉在煮面条的锅里，不吉利。我不知道这民间传说的真假，但我知道在村子里初三之前大家都不吃面。

光阴从来不为你我留下回头的机会，纵然有千般愁绪万般不舍。已经不记得有多久没有闻到菜园子里韭菜的芬芳，外婆离世了，家里的菜园子也没有了那一丛丛绿油油的韭菜，如今的菜园子只剩下母亲种的应季蔬菜，每一年回家，吃到的都是纯天然的菜。母亲说：自家种的吃着放心。

现在回到家，母亲依旧会为我和姐姐张罗着饭菜，煮上一盘香喷喷的饺子。鸡蛋和韭菜都是超市买来的，家里不养鸡鸭已经很多年，有多久连我自己也记不清楚了，应该是在我外出求学的那年吧，或许是那年。

总以为是自己在朝着时光奔跑，却不曾料到，时光早已把你我抛弃。盘子里煮好的水饺散发着诱人的香味，腾腾热气让这个深秋有了一丝丝暖意，我夹上一个水饺，慢慢地咀嚼着，时光里爱的味道。

母亲的戏曲

母亲在电话里说："村子里唱戏呢，我刚才去看了一会儿，就在村委会广场上。"我在电话这头静静地听着。

大概四五岁的光景，村子里经常有戏班子来唱戏，那戏班子的艺人穿着花枝招展的裙裳，脸上涂满油彩粉墨登场，台下一阵喝彩。母亲抱着我挤在看戏的人潮里，年幼的我并不懂得戏词里的故事，只是看着台上艺人惊艳的容颜，煞是好看。

夜晚看戏最入心。冬日里，雪落了一地，素白的雪落在了村庄的每一个角落。母亲为我穿上亲手缝制的小棉袄，搬了家里的小板凳领着我走进戏场。墨一样的夜色，戏台上霓虹闪烁，那是艺人的世界，我和母亲，也只不过是一个过客，听罢了，也该散场了，戏外的人生，陌路天涯。

落雪的深夜，我喜欢听母亲给我讲她那个年代的故事。

母亲像我这般大的时候，时常和同伴一起看戏，母亲那时候对戏的痴迷大抵就如我当年爱音乐那般吧。十七八岁，我买来一个小小笔记本，本子封面上印着好看的雏菊，一点点地把歌词抄在本子上，在田野，在花间，我和旧日玩伴唱着青春，唱着爱情，纵然音色是那样的不标准，甚至曲调早已跑得不像样，但那段时光依然是我美好的怀念。母亲那时候也是这样的年岁，母亲家的村子是附近的小村，基本上戏班子不会去，父亲家的村子却是方圆十里的大村，所以经常有戏班子在村头搭台子唱戏。母亲告诉我她和同伴相约好了一起看戏，可是外公不允许，眼看天渐渐地暗下来，老远就仿佛听到锣鼓的声音，还有艺人的咿咿呀呀。天黑了，同伴都相偕去了邻村看戏，只有母亲一个人倚在门边，不说话，亦不进屋。母亲说到这些的时候，我似乎还能看到她眼睛里闪过的喜悦，原来母亲也曾和我一样青春过。而青春永远都是一株芬芳的茉莉，哪怕隔着过往，也会在某个不经意的转身忆起。

后来呢，我问母亲。

后来外公拗不过母亲，便不再阻拦。同伴们早已走远，母亲只有一个人走在乡间的小路上，走向繁华如烟的戏场。

我问母亲害怕吗。母亲淡淡地笑了：怕啥，十七八岁心里只想着看戏。夏日的月光分外清凉，一场戏落幕，另一场戏登场，只有清凉的月光最懂得吧。看到那好看的艺人粉墨登场，我想母亲那一刻心中一定也藏着一抹温柔的情怀，或许会在某个刹那，心生恍惚，竟不知是人生如戏还是戏如人生。

小时候母亲看到电视里的戏曲节目，还会偶尔哼上两三句。那是我在老家读书的时候，七八岁，家里有了第一台电视机，黑白没有色彩，收看最多的台就是河南台。母亲和父亲都爱看这个台的节目，因为每到周末都会有《梨园春》播出。周末的晚上八点，电视机里会播放《梨园春》，父亲和母亲就会坐下来一起看，看那些打擂的选手唱戏，看那些名家评委的点评。我也会搬着小板凳坐在旁边，喜滋滋地看着电视里灵巧的人儿。

豫剧是我故乡的戏曲剧种，父亲和母亲最喜欢听的就是豫剧，《朝阳沟》《打金枝》等是那些年经常听到的剧目。所以后来我也就能说出几段戏词。

家里有一些老磁带，因为年数已久总是容易卡带。记忆最深的是有《朝阳沟》上下全集，母亲最爱听这一段“想想烈士比比咱，有什么苦来怕什么难，你要愿走你就走，我坚决在农村干他一百年”。那个年代的爱情和情怀，怕是只有那个年代的人才能真切体会。

我一天天长大，母亲也一天天老去，长大后我开始在外辗转漂泊，求学、工作，母亲也为了我和姐姐舍弃了听戏的闲情，亦不再每周准时地收看戏曲节目，只是整日整日地操劳家务，辛勤劳作，那些闲雅情怀，徒留给一个叫作记忆的老人。后来当我风尘仆仆地归家，母亲迎在村头，不经意间发觉母亲的额上又添了几缕皱纹，发上又多了几缕白霜。

来苏城前的那段时日，我在村庄里，整日陪着母亲，收拾屋子的时候，我无意间翻找出当年的那些磁带，母亲用毛巾擦拭了那台老旧的录音机。我说：这应该还可以听吧。母亲没有说话，拿过我手中的磁带，小心翼翼地安放在录音机里，熟悉的声音慢慢响起。我看到母亲眉眼间闪烁着一种妙不可言的岁月静好。

时光，就这样不经意地远去。那时候，父亲和母亲坐在屋子里看《梨园春》，偶尔会听到他们说哪个选手唱得最好，我坐在他们的身边，不识愁滋味，任时光慢慢地雕刻成记忆。

她是母亲

她是母亲，可以任由你闹；她是母亲，甘愿付出；她是母亲，从不觉得委屈。只因为她的名字叫母亲。

过年在家的几天，突然严重上火，嘴唇上出了很大的泡，张口说话就疼。母亲嗔怪："谁让你吃那么多的油腻东西，瓜子要少吃，最容易上火。"

平时我很少吃零食，过年趁着一家人都在家，父亲买了很多糖果瓜子。大年夜的晚上，我和姐姐守着电视看春晚，当然嘴也闲不下来，就吃了些瓜子。第二天早晨起来，隐隐感觉到嘴唇很疼，才知道嘴唇上已经长出了泡，整个嘴唇红肿着，我打趣说像香肠，丑得不行。母亲知道后先是絮叨，正当我为母亲的絮叨感到委屈时，一杯沏好的板蓝根茶端到了我面前："喝了吧，去去火。"我接过母亲手中的杯子。"晾凉再喝，别烫着。"母亲又补充道。我简单地答应着，心里早已被母亲的爱感动。

母亲平时也爱唠叨，我和姐姐不在家，她的唠叨对象就指向了父亲。父亲和母亲之间早已没了爱情，只有习惯和亲情牵引着两个人，但他们的关系并不好，争吵成为家常便饭。小的时候我甚至邪恶得想要他们离婚，因为整天面对母亲的唠叨和他们无休止的争吵，叛逆期的我感到从未有过的孤独。

人总会成长的，现在我终于明白，他们不断地争吵，都是为了这个家，为了他们的女儿，吵架只是双方的价值观的不断碰撞。但我很庆幸，他们小吵不断，却从不会打架。这争吵缘于母亲的唠叨和父亲的沉默，如果有一天我再也听不到他们的唠叨，我也将成为这个世界上的孤儿，再无温暖。

连着几天母亲都为我沏板蓝根茶，每天三杯，两天后我的嘴唇有了好转，泡结痂了，不再那么疼痛。在母亲的眼里，不论你多大，都是需要疼爱的孩子。

我有个很不好的习惯，只要在家里，就喜欢睡懒觉。父亲特别看不得我早上不起床，总怪母亲惯着我。母亲却说："在外工作够累了，在家里让她好好睡一觉吧。"有时候我起来晚，母亲则把早饭温着，生怕我起来后饿着。在这个世界上，只有母亲，才会如此宠溺自己的孩子吧。

工作中，你睡懒觉，老板会炒了你；嫁人了，你睡懒觉，婆婆会骂你；约会时，你睡懒觉，恋人会怪你。但在母亲面前，你可以像个孩子无忧无虑，不必担心丢了工作、婆婆生气、恋人分手。

母亲的爱，永远都不会离去。

曾经听过这样的故事，有位温婉的年轻妈妈讲起自己的母亲：她从小生活在单亲家庭，时常感觉母亲不爱自己，在叛逆期的时候，她想做尽坏事，只为了让母亲后悔。后来她在十三岁那年怀孕了，她得意地站在母亲面前，想要听到母亲用最恶毒的语言骂她，她的母亲并没有骂她，只是疼惜地看着自己的女儿，啜泣着说："我的孩子，你怎么那么傻，怎么那么傻。"最后她的母亲带着她去做了人流，并悉心地照顾她。从那之后她发誓要好好努力，为了爱着的母亲。几年后她考上了全市最好的大学，毕业工作，遇见了现在的爱人。没有人知道她十三岁的经历，现在的她也做了母亲，有乖巧的儿女和体贴的爱人。她的母亲，已经离开人世三年。

我听着故事，想着远在故乡的母亲。记得外婆离世的时候，春节回到家里，我突然发觉母亲又苍老了许多。我的外婆，母亲的母亲，那是母亲在这个世界上最亲的人，给她生的希望，教会她在这个世界上坚强地生活，如今却再也见不到了呀，那种孤独感，无人能慰藉。

这些天，我还是每天听着母亲的唠叨，却突然感觉这份唠叨也那么甜蜜。因为我明白，这个世界上，再没有一个女人可以像她那样即便是唠叨也不忘告诉你天冷了要加衣，在外工作不要经常熬夜，早上起来不要忘记吃饭。

我有个好姐姐，我很爱她

亲情，是我这一生的眷恋，那溶于血液的骨肉之情，任你再不屑，它都无法改变，且在你最无助的时候永远带给你温暖。

我的姐姐比我大四岁，如今在苏州陪着我生活。经常在和朋友的聊天中听到这样的问题：你自己在苏州啊。我则骄傲地回答：我和我姐姐。我用了骄傲这个词，因为在这异地他乡，能有亲人陪伴，于我而言是最大的幸福。很多在外工作的年轻人，几乎都是独自居住，那种回到家里连个说话人都没有的孤寂感，我虽然从未经历过，但亦能明白。

有朋友艳羡我和姐姐的关系，因为在外漂泊的这些年，我们两个人工作生活从未分开，发了薪资一起存储在固定的卡中，买的裙子姐姐穿了我再穿，从未觉得生分或者别扭，为此，我也常在心中感激上苍，给了我这样一个性情温和的姐姐。

我和姐姐小时候的关系并不好，有姐姐的姑娘估计都有体会吧。小时候，妹妹总喜欢跟在姐姐的屁股后头，可到底是年少，姐姐总想甩掉妹妹这个跟屁虫，感觉去哪儿身边都有个小屁孩跟着，心里自然不爽。童年的时候我们就是这样度过的。

我记得很清楚，读小学的时候，姐姐有个很好的朋友，她经常来我们家里玩，姐姐的那个朋友也有个妹妹，每次来的时候她都牵着她妹妹的手，而姐姐如果去找她玩，就不让我跟着，当时我很羡慕那个小姑娘，所以在心底对姐姐有些怨怪，但我还是挺敬怕姐姐的，她不允许我跟着，我就独自在家里玩，心里却委屈得要死。

姐姐读初中后，每个周末回到家里都会给我零花钱，那时流行印有《还珠格格》剧照的贺年卡，我就用姐姐给的零花钱买很多的贺年卡。在我小小的心中，已经懂得给亲人祝福，虽然姐姐每次回来对我还是不冷不热，但我爱姐姐，而且我甚至有点崇拜她。可能是姐姐比我大，有比我多的零花钱，所以在我的心里，对她又爱又怕。

有一年冬天，下很大的雪，我拿着姐姐给我的零花钱，买了10张贺年卡，最后我选了《还珠格格》中紫薇的那张，用铅笔歪歪扭扭地写上了送给姐姐的祝福。后来那张贺年卡我并没有给她，只是被我贴在床头的白墙上，最终随着时光流转，那些珍藏着祝福的贺年卡都被弄丢，再也寻不回来了。

我读初中的时候，姐姐已经去市区读高中，那时她不太愿意和我多说话。我觉得这和少女的成长有关，十七岁的姐姐心里应该觉得十三岁的我很幼稚吧，但她越是那样，我却越想和她亲近，想在十三岁的时候懂得十七岁的心事。

读中学的时候，我特别喜欢穿姐姐的衣裳，毕竟当时她在市区读书，衣服的款式都比较新颖，十三岁的小姑娘，已经懂得爱美，即便是姐姐的旧衣服，在那个小镇上也算得上是很漂亮的，所以我总期待月末姐姐回家，因为她会把不穿的衣服放在家里，那时她已经可以拿到几百块的大钞，穿衣也可以根据自己喜欢去买，而我还是依附于父母，所以我好渴望快快长大，可以像姐姐那样穿上美丽的衣服，有明媚的青春。

姐姐读高三的时候，为了考学去学了播音主持，她穿了件黑色黄点的针织高领毛衣，站在舞台上朗诵诗词，那时候她像个公主，而我是坐在台下仰望着公主的灰姑娘。后来姐姐去了南昌读大学，那时我正在读初三，那年春节，我给远在南昌的姐姐写了第一封信，信的内容如今早已记不得，但那封信中附带的贺卡，还在老家柜子里。贺卡上写着：家，永远是珍藏的远方。

我们的关系是姐姐读大学后才开始慢慢好转的，她不再觉得我像个跟屁虫，偶尔还向我分享她大学的趣事。后来我没有考上高中，父母想让我复读，但我并不愿意，姐姐就在那个暑假帮我找学校。如果说前十几年的时光，我和姐姐只是亲情的牵连，那么后来的日子，姐姐不仅是我的亲人，更是我人生路上的指引者。

在市区读书的时候，学校老师也不怎么管，我像脱了缰的野马没了束缚，每到周末就和班里的同学去网吧玩个通宵，平时学习也不怎么用功，后来到了第二年，很多同学都跟着学校合作的工厂去南方打工，那也是我最迷茫的时候，想要继续读书，又渴望外面的世界。姐姐知道后，便不断地开导我。加之妈妈的双重说服，我选择转学去县里的高中继续考学，那段时间真的多亏了她们，要不然你们不会遇见现在的我，或者，现在的我已嫁做人妇，过着每日柴米油盐、家长里短的日子。

刚转到县里的学校，生活上的不适应加之学习上跟不上，让我很苦恼。虽然我在市区的学校也学了绘画，但我并没用心去学，连最基础的素描都画不好，而我如果想要考大学，就必须要参加素描、水粉的考试。那时姐姐已经读到了大四，她不断鼓励我，给我很大勇气，我从最初的临摹到最后能对着模特作画，用了一年的时间去努力，在高考的时候拿到了不错的成绩。

我考上大学后，姐姐已经毕业，我选了郑州的某学校，姐姐为了不让我感到孤单，放弃在南昌工作的机会，回到郑州。在郑州的三年，周末的时候我去姐姐那里，她带我熟悉郑州，去买新衣裳，吃路边的美食。

大学时候我和我们班的班长恋爱，几个月后分手，同宿舍的姑娘陪我去学校外面的小饭店喝酒，姐姐知道后发来短信：不要让自己沉迷。后来我再不提过去的爱情。其实现在想想，那年真的就是爱吗？不过是爱着那段不知愁的岁月罢了。

大学的几年，我加入学校的文学社团，写作成了我生活的重心，毕业后再回想那些时光，我很感谢，在我迷茫的时候，有姐姐在身边，在我沉迷的时候，有姐姐在身边，我更感谢，在我独自在外的时候，有姐姐在身边。

我大学毕业，因心心念念的江南，我离开了郑州。当我要来苏州的时候，妈妈很不放心，爸爸也怨怪我瞎折腾，其实他们都是担心我人生地不熟的在外不容易。

在我的坚持下，父母不再多言，姐姐则辞了在郑州的工作陪我下江南。在苏州的这两年，我和姐姐的关系变得越来越好，除了工作，我们几乎每个休息日都要到处走走。

苏州是很适合生活的城市，这里有园林，有古镇，还有很多好看的小公园。我们每次出去都会拍照片，我用文字记录下走过的每一程山水，姐姐用镜头为我留下很多美丽的瞬间。每当我把照片贴到网上，有很多网友不解地问我：是不是走到哪里都带着摄影师，或者有个会摄影的男朋友。我回复他们：这些照片都是我姐姐帮我拍的，她不是专业摄影师，有时候拍了十几张照片我才选出来一张，但就算是只选出来一张，我也觉得幸福，因为这些照片曾见证过我和姐姐的欢笑。

那天无意中说起回家的事情，姐姐说：我就怕回去了你自己孤单。这句话瞬间戳到了我的泪点，我不敢想象偌大的苏州城，找不到亲人的那种孤寂。好姑娘总要嫁人，总要做妈妈，我知道姐姐总有一天会开始她另一段人生，我的好姐姐，如果到了那天，我会为你祝福，当年那个小小的跟屁虫已经长大，总要学着独自面对尘世的艰辛。

时光啊，请你温柔点，慢点儿走，善待这个恬静的姑娘，我愿她一生幸福，儿女成双。

那些散落在时光里的吉光片羽

那个午后，下了大雪。开始只轻轻地附在地面上，慢慢地大地、房舍、老树都仿佛穿了件圣洁的嫁衣。妈妈在厨房包饺子，爸爸在屋子里看电视，我拿出珍藏许久的梅花纸伞，去院子里拍照。在雪地，素白的雪映衬着纸伞上的朵朵红梅，美得好像在江南。

妈妈开心地说：这场雪下得真好，又是个丰收年！我高兴地与她唠着家常。勤劳朴实的妈妈，一生与土地做伴，土地就是她的画纸，在上面画出一家人的衣食住行，画出四季风景。许多年后，让我怀念的故乡味道，就是这浓浓的泥土香，温暖着我的心房。下雪天，我有千千万万的浪漫情结，诗书琴画，妈妈亦有她的万万千千浪漫情结，村庄与土地。

想起很早读过一篇陆苏的散文。她这样写道：一张琴一把锄，一个侍弄风花雪月，一个伺候五谷杂粮，一个管心，一个管命，虽然是风马牛不相及的两样东西，却有异曲同工之妙。雪是我的风花雪月，雪亦是妈妈的五谷杂粮，虽然不是同心境，却有着同样的美好。

天色渐渐暗下来，妈妈把包好的饺子下锅，热气腾腾。姐姐从大姨家走亲戚回来，我拉着她去拍照。小时候，我和姐姐也是这样玩笑打闹，那时候她好像还对我挺不屑，可能是觉得小屁孩很烦吧，而我就喜欢黏着她玩。就这样嫌弃着又爱着。岁月忽而已晚，我们都已经亭亭玉立。有时候我会想，如果时光不那么匆忙该多好，我们都不用面对嫁人离开父母的悲喜交加，爸妈脸上的皱纹还没那么肆无忌惮，冬日午后，雪悄无声息地下着，村庄安静而祥和。

小村的夜很安静，打开窗，能听到雪落下的簌簌声。院子里的灯亮着，照在雪上，梦幻得像哪位作家写下的童话。在小村，过农历，日出而作日落而息，所以日子缓慢得可以写成诗。早早入梦，梦里，竟也是这样的一片素白，还有那戴着红帽子系着红围巾的雪人，她说，她爱极了这样的冬季。

清晨的阳光在落了一夜的雪上影影绰绰，十六岁的那个姑娘，你可还记得曾经美好的相逢。十年前我们还是那样懵懂，十年后，你做了别人的妻，有了一双儿女。

她说：出来玩吧，很多年没见你了。

我说：嗯，等我。

中午我们去吃了读书时候很喜欢的豆豆米线，十六岁那年，豆豆米线两块钱一碗，二十六岁这年，豆豆米线五块钱一碗，我们说着那些往事，好像时光又回到了十年前。

校园梧桐树下，画笔在素描纸上沙沙地画着未来；操场的跑道上，留下热情灿烂的笑容；食堂里一块钱的鸡蛋饼，就能让我们快乐好几天；周末在网吧里玩个通宵，从来不知道困；大雪纷纷的冬季，窝在宿舍的小床上吃着零食说着彼此的小心事。

这座小城中唯一的景点，大概就是这条古老的明代县衙街了吧。时而有雪球从大树的枝丫上滚下，还是过年的氛围，没什么游客。大概平时也没什么人的，因为这本就不是旅游小城。我们就这样走着，聊着彼此的生活，好像岁月从不曾走远。

雪后天晴，小城和小村，有了烟火气息。不知道我们在古街上走了多久，竟到了日落黄昏。我们各自回家，互道珍重。我知道，我们还有第二个十年，第三个十年，第九个十年……

春天，我与故乡有个约定

门前的花草抽新芽了吧，田野里麦子在拔节生长吧，还有那谁家的油菜花田，是不是彩蝶翩翩？可有孩童折了菜花，簪在发间，男孩子麻溜地爬上小村口的那棵古柳树，听说可以用柳叶吹好听的曲，傍晚的炊烟在家家屋顶盘旋，那是谁家的孩子呀，擎着风筝跑呀跑，全然不顾母亲的呼唤。

很多个春天，我客居异乡，那些童年时的风景，只能封存在记忆里，在某个深夜，悄然入梦。那天和妈妈打电话，我说："妈妈，春天了，我回去看你。"妈妈很开心地说："好啊，油菜花现在开得正好。"我准备好心情，等待这场春天的归期。

有人说，等待是煎熬的，但我觉得等待是幸福的。一场初见犹如故人归的喜悦，一个温柔的拥抱，一段甜蜜的爱情，都值得我慢慢等。当等待的日子越来越近，我就越来越快乐，当等待来临的那天，我会捧出最喜悦的心，什么都不去做，只等如期而归。

这场被我叫作远行的归乡，我亦早早就开始等待。在等待的这些天，我时常会想起故乡的春天，妈妈的小院儿，心底便如春水遇见春风那样，泛起浅浅涟漪，内敛且欢喜。

那日我与姐姐说，想买些面晚上回来做稀饭喝。我想念妈妈做的鸡蛋稀饭，在南方，喝粥是米粥，而在我的故乡，则以面食为主，早晚都是稀饭。那是我最喜欢喝的，面粉的香味在稀饭刚烧好的时候扑鼻而来，夹杂着田野的清新气息。这一次归乡，看看熟悉的风景，喝一碗妈妈做的鸡蛋稀饭，真好。想到这里，我的心不免又欢喜起来。

远行，是筑梦圆梦，可童年时最纯真的梦，却被时光搁浅。曾经去远方是次旅行，如今，归乡却成了计划里的旅行，好在妈妈对我包容，任凭我怎样的倔强，亦不羁绊我追梦的步履。

这些年在小村外，除了绿绿的麦田和黄黄的菜花，有心人家还种了果树和花树。半亩梨园，半亩桃林，还有那半亩花田，在斜风细雨的春日里，诗意翩然。我想，总有那么一日，我会回到故里，归园田居，房前修竹屋后种菜，晴耕雨读，春秋冬夏做伴。

四月，适合回到小村。清明时节雨纷纷，不知道，回到故乡的那天，会不会也下着这样悠悠的小雨，遇见一个遥指杏花村的牧童。

我曾把心安放在故乡的花花草草间

春天生出千千万万的乡愁，在清明雨纷纷的时节，我将这场远行安放在故乡的花花草草间，向你轻轻诉说着年少的梦。

夜晚的车厢里有归乡的气息，伴着明明灭灭的灯火，打着哈欠的旅人，期盼的眼神，以及对家乡的深深思念，都饱含在这次旅途里。眼皮打着架，困了趴在座椅前的小桌上小憩，醒来时被透过车窗洒进来的阳光晃了下眼，水田变成绿油油的麦田，菜花点缀在大片绿地，偶尔还有人家栽种的桃林花开得娇艳，城市悄悄跳入眼帘，不太蓝的天，熟悉的空气里，有我熟悉的青春与执念。

郑州是我必经的一站，在这里，我离开又归来，在这里，我眷恋又厌倦，在这里，我的情感如潮水般汹涌万千。路边的绿化带上，还残留着昨天汽车留下的尾气，春天挥了一下手，那棵新栽下的紫荆花树已是花开盎然，还是熟悉的经三路和花园路，热闹开始陆陆续续上演，而我，不过是这座城匆匆的过客，只是它曾收留过我青涩的爱恋，参与了我生命里最美的三年。

最喜欢坐在邻近车窗的位置，可以很好地欣赏沿途风景。只是行人太匆忙，风景无心驻心间，在高速上堵车将近三个小时后，我终于像风一样自由地奔向故乡小院。母亲早已等在家门前，菜花是对我无言的相迎，二月兰带给我深深的震撼。

我的故乡小院。万水千山，终于不再与你深夜两思念。

站在小院，风送来菜花香绵绵，许久不曾遇见故乡的春天，原来，它美得如此盛大又无言。

二月兰是两年前我带给妈妈的花种，本来只是想撒到小院，芬芳小日子。第二年妈妈直接把开过花的根苗以及种子全部丢到小院外，只留下够撒在院内的花种。谁知这种花如此倔强，春风刚送来一点儿暖，它们就破土而出，在三月的末端送上大片大片的淡紫色小花。

下午的阳光极好，我和妈妈把笑容洒在油菜花田。妈妈说："现在很多人家都把油菜花种到家门前的小空地上，田地基本都是麦子。"我想，可能是油菜花的软香以及可以引来蜂蝶儿翩翩，所以人家就不再满足于看花去田间，直接种在家门前，芬芳日子里的每一寸温柔与浪漫。我又问妈妈："田地里那片花树现在都开花了吗？"妈妈答："现在还没开，如果你五一回来呀，就都开得很好看。"

我和妈妈聊着花花草草，聊着生活与梦想，直到夕阳落在刚发了嫩芽的杨树枝干，余晖在长发上跳舞，门外有喊着热馒头的小贩。"晚上想吃啥呀？"妈妈问我。"烧稀饭锅里打鸡蛋吧。"我轻轻地说。原来世间再多的山珍海味都不及妈妈做的那碗稀饭呀！

旧光阴，在心底蔓延。

春天风也温柔，水也灵动，万物自然舒展，诠释着生命的真意。妈妈在厨房叮叮当当，锅碗瓢盆奏着欢快的乐章。夜幕降临，风停花眠，我与妈妈坐在梅苑，说说这儿，聊聊那儿，明日，又该起程。

第二辑

拾趣小欢喜

给生活留点情趣

某个冬日的夜晚。我躺在床上翻阅着手中的书《家居插花生活》。优美的文字仿佛宋词那样，清丽绝美，配上简约的日常插花介绍，整个人都仿佛要撞进花的世界里。

植物，是简静的存在，它让这个躁动的世界有那么一刻娴静。不起眼的小瓷碗，几片薄荷叶，几瓣馨香的栀子，就是一件养心的艺术品。

总觉得那些小物太平凡，甚至都不曾入眼，却原来只要心里装着美，何处不是姹紫嫣红呢。在作者轻声絮语的文字中，我看到了草木植物的灵性。你瞧，春去秋来，花儿都开好，对它微笑吧，为平淡的心湖投下涟漪。

在这样的深夜，时间拿来浪费一下又有何妨，如果是浪费在美好的事物上。卸下白天的疲惫，为自己留下些闲适的夜晚，读到动情处，温柔的音乐在耳畔响起，昏暗的灯光暧昧得不像样，这是自己与自己的痴缠。

记不得什么时候开始养花，只是每次弹琴、绘画、阅读的时候，有花香萦绕，时光会慢下来。城市里空间有限，只能买来盆栽小花，搁置于阳台和书架。心里却是眷念着老院的，回去的时候，我会带去不同的植物和瓦盆。老院自然天成，无须任何雕琢和修饰，只把那些植物种下封好土，阳光雨露会给予它们最好的成长。

收到子期寄来的信，字字句句都是懂得。写信。是为生活留的情趣。

她向我说着岭南风情，漓江水的多情，山水的清澈，还有这个初冬的祝福。

这些年，珍藏着每位朋友寄来的手写信，那墨迹落在信纸上的情谊，在光阴中越发馨香。我把它们整齐地折叠好放进信封，再放上几瓣风干的花朵，花染了墨的香，墨亦添了花的气息。

在这个快节奏的年代，还能有人为你执笔写信，那是不可言说的幸福。

子期寄来的信最多。她说梦到我们无数次的相见，这样的梦，大抵是香甜的吧。有梦做，日子就会在希望中开出花。

真正的美学藏在日常生活中，温柔地修剪一株小花，让窗外的月光洒在花心上，落在你的发上，还有邻家妹妹弹奏的夜曲。曾经想要寻找那些遥不可及，后来慢慢开始希望，守候身边的小欢喜。原来你我穷其一生最后都要回归日出日落的平淡。

我在心里许愿雪花纷飞。古老的姑苏城，仿佛回到两千五百年前，灰墙黛瓦，枯枝暖炉，晚来雪降，闲话家常。

万条垂下绿丝绦

在江南，随便地往街边走走，就是一座小桥，一湾流水，一树垂柳。江南的柳，柔弱无骨，仿佛娇羞的江南女儿，让你陷在她的柔情里。

在江南一年之久，见惯了小桥流水畔的垂柳，早已成了寻常，亦没了初见时的欣喜若狂。想来人都是对常见的事物不懂得珍惜吧，是呀，容易得到，就会觉得是该得的，也就没了千山万水相遇的那份视若珍宝。想来写写柳枝的柔美，却总是因为太普通，就提起笔又放下，搁浅了去。现在江南已经到了初秋，周末时光，坐着公交车出去赏秋，蓦然回首发现了流水畔的那一排排垂柳，有秋风吹过，柳枝随着秋风微微摆动，那么轻柔和美好，看的人心里不由得感动起来。回到家里后，我打开电脑，一定要写下这缠绵的柳丝，一定要用拙笔记下这一丛秋色。

垂柳就该生长在这片烟水迷离的江南之地，就像莲荷，只有在江南，才让人觉得有了灵性。琼瑶的《梅花三弄》中的主题曲唱着“犹记小桥初见面，柳丝正长，桃花正艳”。这里写的是杭州城的柳，写的是春天刚发了嫩芽的柳，在琼瑶阿姨的笔下，让人心中不免对江南生出遐想，多水的江南，古老的灰瓦白墙，还有流水畔的那株柳丝做媒，春风牵起的姻缘。

在古诗词中，垂柳亦成为文人墨客的喜爱。长亭古道，相看两依依，送什么好呢，那就折一枝驿道的柳吧，从此山高水远，莫忘知交，莫忘知交。驿道的柳，增添了一些离愁别绪，那柔软的柳枝，仿佛瞬间有了强大的力量，承载着离人之间的情谊。我想应该叫作惜别柳吧，惜别柳这三个字也美到惊心，世间事，莫问劫缘，纵惜惜，亦别离。

“碧玉妆成一树高，万条垂下绿丝绦，不知细叶谁裁出，二月春风似剪刀。”贺知章的这首诗亦写的春天的柳，万条垂下绿丝绦这句用得最妙，写出了柳的柔。如果把柳拟人化，一定是一位女子，碧玉妆，那千千万万的柳丝，垂下来，是女子的丝带在舞动。小学时学过的这首诗，当时年少，不懂诗人的情怀，春风怎会似剪刀，原来是春风吹绿了柳叶，细细的柳叶，仿佛被裁出来的那般。诗人的思想总是丰富，人人都习以为常的柳，在诗人的眼中，竟化作了一首首诗篇，生动着凡俗的日子。

柳丝飘飘，柳花亦好看。黄色的小花儿，像毛毛絮那样，点缀着一棵棵细柳。那小花儿很容易被人忽视，直到暮春时节，满街的柳絮乱飞，才恍然明白，这飘着的柳絮，像白雪一样，竟是柳花凋零后的出现。童年，村庄里，天蓝蓝，有柳絮飞到地面，飞到流水畔，水面上似附了一层雪白的毯子，小孩子会在黄土地上拾捡一撮撮的柳絮，棉花一样，温暖极了。

如果记忆不被搁浅，那些渐行渐远的年少旧事，再次像一幅画卷铺展在我的面前。故乡多植的是杨柳，没有江南垂柳的软。在小河坑岸，就能邂逅那么一两棵。春日里清明时节雨纷纷，村庄在初春的细雨中恍若隔世桃源，母亲折了柳枝，插在门边，搁置床上，清晨睁着惺忪的睡眼，听到母亲在厨房忙碌的身影，看一眼床上的柳丝，心里便知道了“哦，清明节到了”。听老人说，清明节不能吃面条，不能用剪刀，更要折了柳插在门边搁置床上，为的是辟邪。当然这些都是祖上传下来的规矩，这些规矩看似迷信却实际只是祖上对一年美好生活的向往。

清明节当天，小孩子很开心，因为可以折了柳条编成花环，还有手巧的小姑娘会编各种手环、戒指。村庄里的童年天真且快乐，很多的野趣只等我多年后一点点地拾捡、忆起。大人在清明节这天也是宽容的，小男孩子爬上树，折了一枝又一枝的柳，小女孩儿则在树下拾捡，最后编成的花环戴在发上，黄色的小柳花在柳叶间，那样生动着，一天的好时光就在这样的喜悦心情中溜走。

后来我离开故乡，没人折柳相赠。父母的爱总是那么含蓄又深刻，他们不懂诗人的浪漫，却把最真切的爱融入一针一线、一粥一饭中。在外的这些年，很少再有折柳编花环、插柳枝的乐趣，而那些美好的情怀，也被渐渐地遗忘在小村庄。

或许，我们都是多情的，离开了，懂得了珍贵，得到时，却肆意挥霍，就像那些年少的时光。江南的初秋，柳丝依然缠绵，只是没了春日初柳的娇嫩，更多了一些厚重的情感，就像现在的我，路过江南的柳，想念童年的故乡。

合欢，合欢

在路上偶遇凋零的合欢，心头顿生怜惜，只是花开花落，乃是自然轮回，你我凡俗女子，也只能把情怀刻画成诗。有时候会在水岸邂逅合欢，那粉白的如丝一样的小花儿，有了水的映衬，则更加清丽脱俗。

读书的时候，校园里有几株合欢，在操场栏杆外。

我在郑州读的大学，学校里除了一排排挺拔的杨树，便是这几株合欢入得我心。大学的时光，像合欢一样动人。光阴有多快呢，就在你不留意的时候，说走就走了，你想要伸出手触摸它的温度，却只看到阳光透过指尖落下的斑驳碎影。初识得合欢，便是从那时开始，我总想着会有一个像合欢花一样的姑娘，安静地伫立花树下，读一本不知名的诗集，初夏的微风轻轻地吹，吹皱了白衬衫，吹动了花裙裳，吹得合欢花扑落落地撒下一地花瓣。

到了六月，校园里满满合欢花的清香。初夏的阳光明媚温暖，我每次去图书馆都会经过那排合欢树。图书馆就在操场的后面，大学那几年，我最喜欢的就是学校的图书馆，多少个青春岁月，我坐在图书馆的二楼靠窗位子，翻阅一本本诗集和小说。刚刚入了夏，操场上很多男孩子挥汗如雨，打篮球、跑步，隔着操场栏杆，看着他们热情地挥洒青春，有花香在身边萦绕。夏天和少年，永远都是美好的代名词，翻阅到小说的某一页，它这样写道：男孩儿穿着洁白的衬衫，他的周围，似乎都染了肥皂的清香，女孩儿的百褶裙上落满阳光的碎影，他们并肩走在校园的合欢树下，花开着，正好，他们相爱着，正好。

毕业后的某一天，我还曾去校园寻过合欢的美丽。逝去的美好终究无法拼凑回到最初，我也终于明白，人生中最美好的时光，已经不复从前。合欢年年依旧，人却在年年老去。来到江南后，经常见到一树树的合欢，关于年少的旧梦，总会不经意地击中我的内心，微微感动，微微想念。

江南的六月带着诗意，路边的合欢开了，每次路过金鸡湖大道，都会看到那吐着娇蕊的合欢，粉嫩的花瓣，一簇簇的。合欢花生得娇美，单是那粉红泛着白的花絮，就让人心生柔软，何况还有那么好听的名字。合欢，和和美美，欢欢喜喜，多好的寓意。合欢花的小叶朝展暮合，到了晚上就会自动合拢，在古时，还有相赠合欢之趣，相传是赠予争吵的夫妻或者朋友，寓意言归于好。你看古人的情怀总是那么既美妙又含蓄，就连争吵后都会互赠花儿打开心结，这样的方式，是不是也带着一丝浪漫的气息呢？

以前我总想，合欢属于带着妖气的植物。小时候看电视剧中，那些长得美丽又善良的妖精，大多在合欢树下盘踞，她们会遇见一书生，相知相爱，最后突破世俗的枷锁。所以每次提到合欢，我就觉得有种妖气，这妖气一定和爱情有关，而且还要有良善。记得大学时候和女友说起合欢，我说：合欢树下有美丽的妖精和爱情故事。女友就笑我天马行空。

其实很多事情都是我们给予的意象，意象有了，心便有了安放之地。

合欢还有个别名叫“爱情树”。听起来就让人欢喜，沾染了爱情的花木总带着一种说不出的好，仿佛天生就披上了彩色的纱衣，让人总免不了对它向往。我猜想，故事里的女子有着清澈的眸，故事里的男子温润如玉，他们的相遇充满了巧合又仿佛是必然，相见恨晚，执手两依依，那么，故事的结局一定很美，是有情人终成眷属，他和她相守合欢树下，一生不诉别离。

中国民间对合欢树的传说亦有很多。相传虞舜南巡苍梧而死，他的两个妃子娥皇、女英遍寻湘江，还是没有寻见。最后二妃泪尽滴血而死，泪滴洒落潇湘竹上，后来竹子便有了斑驳泪滴，而她们的精灵与虞舜的精灵“合二为一”，变成了合欢树，合欢，从此就代表了忠贞不渝的爱情。我喜欢中国式的爱情传说，不管是嫦娥奔月、牛郎织女，还是湘妃竹、合欢树，都寄予了古时人民对幸福的向往，对爱情的虔诚。

世间风物，总有太多的美好。关于合欢的种种故事，在我心中拼凑出一幅爱情图。合欢花般的夏天，我依然记得，那穿了百褶裙的姑娘手捧一本诗集，花落了一地，暗香刻画一段青春的旋律。秋日里花木凋零，合欢亦要接受世道轮回，未完的深情，留给下一季。拾捡一枚凋落的花瓣，风干在时光里，留存永恒的回忆。

夏天的风吹来草的叶

葱葱郁郁的绿里
可住着夏天
萤火虫扑闪着翅膀
把微光装进锦囊
写过的句句诗行
折成纸鸢飞向你的身旁
虚掩着的窗
屋子里是谁羞怯的模样

——夏天

每天路过很多湾溪水，又相遇很多片绿意，我就这样沉醉在浪漫夏季，忘记今夕何夕。我生活的城，是人人向往的江南水乡，这里的春秋冬夏都能写成诗行。梅雨敲窗，芭蕉绿得仿佛能看见光，在这样风情的城市里，适合与时光恋爱。

街角的合欢像约好似的，露出扇形的小花蕊，下班的路上看到它们，微凉的黄昏中，朵朵小粉色像是怕惊了谁的梦，开得小心翼翼。我并无意要惊扰合欢的花开，当公交车不解风情地继续前行，我也就把这段相遇遗忘。风景千千万万，真正能收容进行囊的能有多少？所以我只愿意做个过客，离开的时候就把思念丢进风中。

夏天午后的风很有情调，就那么轻轻地吹呀吹，湖水的气息扑面迎来，夹杂着风的香气。荷花露出微笑，是风敲开了它羞涩的心扉吧，可惜我不是诗人，无法用韵脚描述它的亭亭玉立。有关荷花的故事，就像江南梦里惊起的涟漪，每年都会在六月如期而至。我亦会像赴约那样，每年的六月都去看荷。

荷塘月色湿地公园太远，那去就近的园林吧。园林里的荷花虽然不多，但在水中央也是巧笑明眸。总觉得好多植物到了江南都变得水润，比如夹竹桃和翠竹，再比如此刻的荷花，伫立风中袅袅婷婷。以前在故乡的时候，常听朋友说江南水温柔，所以就在心里对自己许下愿望，有生之年在这座以水为魂的城市住些时日，后来遇见江南的朋友，她把这座城的万种风情用照片和文字向我缓缓道来，于是我也在某个风起花弄影的夏季抵达，圆多年前许下的梦。

郑州的公园里也有荷花，那些年我亦会在这个季节去赴约，但在我的心中，始终觉得荷花是属于江南和佛前的。刚来这座城的时候，去重元寺看过荷花，那时已是夏末，正下着朦胧细雨，饱满的花期已经过去，只有稀稀疏疏的几株荷还倔强地不肯离去，我在荷花的开合间似乎明白了佛的禅机，寺院与江南，荷花与流水，就这样在日子里迎来送往。

我去看荷花的时候，遇见大片的美女樱，紫粉色的小花，开在园子里。美女樱也是被风吹开的吧，昨夜还含着花苞，今日就悄悄地绽开。想起故乡的小院儿，不大，却被母亲打理得诗意美好。我来江南那年夏天，给母亲留下很多花种，其中就有美女樱，这种花在乡野不多见，第二年夏天花开的时候，母亲用手机拍下了美女樱的样子，我春节回家时，母亲拿出来给我看，说这种花开得很好看。我和母亲就那样看看手机里的美女樱，漫无目的地聊着家常，冬天的阳光透过窗棂洒下温暖的光，岁月静好得让人忘记远行。

夏天的风吹开了花，亦吹绿了叶。这个时候的叶绿没有春天的嫩，显得饱满而干净，我被这样团团绿意撞个满怀，于是对姐姐讲：夏天到了呢。其实哪里用得着提醒，出门看看就是整个夏天。每片叶子的脉络都那么清晰，在风中摇呀摇。

草在结它的种子，风在摇它的叶子，我们站着不说话就十分美好。就是在这个风摇叶摆的午后，我读到这句诗。叶子与叶子之间也有秘密吗？如若不然，为何它们会在风中窃窃私语？那是我们听不懂的故事，是阳光正好的日子里，尘埃下散落的微光，生命里相守的甜蜜。

不知夏天的风还要吹开多少蠢蠢欲动的心扉，不知满城的绿还要撩弄多少人的深情，我只明白，这风里，有远方送来的祝福，这绿里，有读不完的诗篇。

春雷惊雨

躺在床上翻阅三毛的书，听到窗外轰隆隆的声音，以为是错觉，便又仔细听了听，是春雷呢。手机里正播放到那首最近特别喜欢的曲子——《风居住的街道》。在安静的夜里，听听春雷惊梦的声音，在二胡的忧伤和钢琴的曼妙中怀念那座朴素的小村庄。

我已经很多年没见过故乡的春色，自从来到江南，便只有春节能回家瞧瞧，可那是冬季呀，草木枯萎，杨树叶子光秃秃地只看到风中的鸟巢，最后在我的记忆里，故乡仿佛就只剩下萧条。

读大学的时候，每到清明雨纷纷的季节，母亲就会在电话里对我说着青绿潮湿的村庄春景：老屋门前的杨树发了嫩芽；田地里麦子越发青翠；栽种的紫茉莉也破土重生；还有屋后的小河沟里流水潺潺；今早烙的鸡蛋饼里放上葱花，味道真的不错；清明节柳树叶已经泛青，不过还是得穿小棉衣，早晚温差大着呢。我听着母亲的絮絮叨叨，好像看到烟雨蒙蒙的村庄，在春天苏醒。

想起故乡的春雨，老家有句俗话：春雨贵如油。小时候也不太懂这句话的意思，有时候望着窗外淅淅沥沥的春雨，不大，就那样轻飘飘地下着，20 世纪 90 年代村庄里还是泥土地，下了雨则是泥泥洼洼，就不能出去玩耍，心里还有些恼春雨呢。后来到了十几岁，读了几句伤情别愁的诗词，便爱上了那朦胧的雨季，青春的词典上，从此刻上了伤春的印记。

雨雾里的村庄清新美好，虽然那里没有江南的芭蕉调情，亦没有乌篷船的点画，就连蓝染花布都有些奢侈，但村庄里藏着我的童年，记录着我十几岁的青葱光阴。某天我回头去望，记忆里的人和事渐渐遗忘，唯有对村庄的情，愈加浓烈。

那时候村庄里还都是红砖黛瓦，远远望过去，宁静安详。因为小时的成长经历，如今看到江南那些有着瓦檐的老屋，心里总觉得亲切。春天的燕子归来，在梁间筑巢，衔着新泥，告诉人家春的来到。长大后我便极少再看到露着瓦檐的旧房子，取而代之的是层层楼房，就连下了雨泥泥洼洼的道路，也被柏油马路代替。春雨沥沥，那些感觉总也过不完的闲愁时光，如今已经成为奢侈。

春雷过后，便听到了窗外的雨声，我居住的楼下有大片青翠的竹子，此刻应该被雨水洗刷得清澈明净吧。真喜欢那片竹子呢，有风的时候，它沙沙作响；有雨的时候，它青葱欲滴；有阳光的时候，它洒下斑驳竹影；就连隔壁家的小狗也会偶尔钻到竹丛里捉迷藏，趁你不注意就“汪汪”两声。

村庄里的油菜也金灿灿地开花了吧，可我到底为着心底的乡愁背离了它。从前在郑州的时候，母亲打来电话说：家里的油菜都开花了呢，回来看看吧。于是我寻着周末便买了回家的车票，三个小时就嗅到了阵阵油菜花香，我采了小黄花簪在耳畔，母亲则拿着那台笨拙的小相机按下快门，偶尔也会采摘几枝带回家，插在玻璃瓶子里，搁上水之后能活好几天。

窗外的春雨好像停了呢，听不到雨滴敲打窗子的声音了。今晚突然因为这场春雷，写下这些文字，又去查春雷的典故：惊蛰过后，暖湿空气与负隅顽抗的冷空气激烈对峙，便形成春雷。春天的雷声也多了几分温柔，好似春风吹拂偶尔飘起的春雨。

其实不管在哪里，只要心里住着小村庄，便会素简如莲。就像我喜欢的那个词：深居简出。既然时光回不去，那就用文字的针线，把它们穿成串，留作纪念。

拾趣小欢喜

办公桌上的两盆绿萝这几天越发的绿，记得刚把它们搬过来的时候，叶子是稍微有些枯的，我把那些黄掉的叶子摘下，丢入培育的土中，就让它们落叶归根吧。每天清晨，我习惯把前一天杯子里没喝完的水浇灌给绿萝，后来就为我的办公桌增添满满绿意。

近日里少养植物，因为我担心照顾不好它们。苏州的家里有一盆剑兰，已经消瘦得不成样子，看着就让人心疼。记得那盆剑兰刚到我家的时候，长势可真好，还开过几朵小白花，藤都蔓延到旁边的书页上了呢。剑兰在我书架上，与书香做伴，亦为我带来阵阵清香，可是后来我总想不起来去浇水，直到叶子枯黄，剩下几片依稀勉强着生长。

每年回家的时候，我都会给妈妈带花苗或者种子。有时我想要给她带几件漂亮的花盆，可妈妈总是豪迈地说：要什么花盆，撒到地上，长得还好呢。果然如此，妈妈把种子撒到园子里，把根苗栽种地上，亦不怎么打理。有富饶的土地和天上的雨水浇灌，何须人工再精心雕琢。电话里妈妈向我讲着园子里花苗吐绿，种子发芽，春风吹起的时候，真是一天一个样，等到春夏交替，花香绕着小园，妈妈用手机拍下各种各样花的美丽，再回家，就会拿出来给我欣赏。

我真替妈妈高兴，在小村守着日子，没有争分夺秒，亦不怕岁月沧桑。

小村里过农历，所以总比外面的光阴慢半拍。城市对于妈妈来说，有种疏离感，我曾邀请她来苏州玩，结果她说喜欢小村的清静。妈妈是时光里的美人呀，哪怕无情的岁月爬上了她的额头，当年美丽动人的黑发也染了白霜，但她那平和的心境，永不老去。

有时候我会在电话里讲羡慕妈妈的生活，当然她不懂我心中的那些诗情画意。她不过是个普通的妇人，养两个女儿，在小村不惊不扰地过着该有的日子，侍弄下小园子，栽花种菜。前几天读到这样一句话：现在的人有块田地就是成功人士了，要这样算，我爸妈也是成功人士，我们小村的人个个都是成功人士。如今的人们每日奔波在四方格中，若真的有块土地可以种种花，那可不是令人欢喜嘛。抬头看不见天，低头望不到地的商品房里，阳台上还要考虑放些家用电器或者琐碎的物品，别说栽花种菜，要在阳台上摆满盆栽都会觉得奢侈。

花木本应属于自然，我们同样如此，不论是小村，还是车水马龙的都市，都在自然的怀抱里。曾经的都市也是小村，只不过被聪明的人类改造，泥土消失了，花木在围栏里圈养，而它们的本质，原该属于大地的。

妈妈小园里被自然灌溉的花草，随生随灭，四季轮回，没有谁去刻意修剪，自有种天然去雕琢的美意，若我的那盆剑兰在妈妈的小园，应该就不会有枯萎的命运。充沛的阳光是它亲密的伙伴，肥沃的土壤是它生长的家园，天上的雨水把它浇灌。真好。

晚　风

听这首歌的时候，是在寂静的夜里，我坐在床上裹着毯子码字。手机随机播放着好妹妹的民谣，当播放到这首歌的时候，我的心被爱和暖填满。

不记得什么时候开始喜欢上好妹妹的音乐，在她们的声音里，我听到了纯净的青春，仿佛十八岁那年的白色裙摆。如果说每首歌都代表不同的心情，《晚风》这首歌让我有种回到故乡的感觉。春风吹暖的午后，杨树叶子哗啦啦的能听到叶脉成长的声音，鸟雀在林间飞翔，炊烟在瓦檐上飘呀飘，母亲在小院忙呀忙，孩童在泥土芬芳的田间跑呀跑，风筝在天空摇呀摇。

丫头，别疯跑了，快回来吃饭。

这是母亲的声音，怨怪中带着爱怜。

小孩子不理会，追着风筝跑，追着蒲公英跑，追着梦跑，追着晚风跑。母亲抬头看看日渐沉下去的太阳：丫头，饭菜都凉了。小孩子这才依依不舍地作别这幅天然去雕琢的画作，回家。

今天姐姐回来说：咱爸给我打电话了。我问：什么事情呀。姐姐回答：没事儿，就是随便聊聊，问问最近怎样。我没有再说话。昔日里那个说着有我不怕的大人，竟也老了呢，开始变得孩子气，开始喜欢给女儿打电话，聊些家长里短。其实小时候我和父亲的关系并不好，“女儿是父亲的小情人”这句话并不适合我和父亲之间的关系，以致后来我离家后很少把电话打给父亲，每次都是父亲打来电话，我接听，聊上几句。人哪，越老越没了戾气，越老越渴望依靠，仿佛再也吹不动的晚风，只能在夜幕即将四合的时候，把我带回久不曾提起的故乡。

我很感谢童年时的乡村生活，让我能够把梦放飞在辽阔的田野上。有人问我女孩子最大的圆满是什么，这么伟大的问题我自是答不出来，但于我而言，最大的圆满便是和家人无忧又无惧地生活在小村，推门有花香，关窗有笑语，爱人、家人、孩子，小屋、小狗、小猫，花红、叶绿、树高，这就已足够。我在“花制作”买的裙子中，都会附赠贺卡，卡片上这样写：中国人骨子里的情怀是有座小院儿。我被这样简单的话语打动。有个院子，多好，山长水阔，守着小幸福偏安一隅。

能陪伴的时候莫要离去，能相守的时候莫要分开，我对一位最多只有三年生命的朋友说：用仅有的时间陪陪爸爸妈妈吧，毕竟，他们的无助是最深的。生命不是用长短衡量，只要今生无憾，即便只有二十几年又如何，至少没有辜负相遇的深情。

有些歌，适合静静地听，有些人，适合默默地爱，有些感情，需要深深的陪伴。温柔的晚风，轻轻吹过爱人的梦中；温柔的晚风，轻轻吹过故乡的天空；温柔的晚风，轻轻吹过城市的夜空。无论去往哪里，都别忘了带上这一缕温柔的晚风吧。

丫头，别疯跑了，快回来吃饭。

知道了，这就回。

月色如水

那个坐在门前数着月亮的小小女孩儿，已经出落得亭亭玉立。年幼不懂得光阴无痕，终于有一天远去，而那些泛黄的时光，犹如回不去的千年月光，纵是依旧明净如水，早已不复当年情深。

乡村的月澄明，那清水般的月色，宛若邻家女子清眸。小村庄升起炊烟袅袅，月色悄悄爬上柳梢头，田里劳作的农人踏着月光归来，家里早已备好了粗茶淡饭。犹记旧时光，母亲教给我的那句歌谣：月亮走，我也走，我和月亮一起走。也曾有过明净如月的旧梦，我哼着“月亮歌谣”追着月亮走，月下斑驳的碎影，还有杨树浓密的叶子落在老墙上，这样的夜似乎很安静，亦有种无言的美丽。后来我还是离开了故乡小村庄，客居江南水岸，每天努力去生活，生怕虚度了韶光。

江南山水灵秀，当我第一次见到太湖的时候，被那样壮阔的美震撼，灵秀的山水滋养着多情的心灵，只是我极少再有那样一场洁净的月光痴梦。就当是为了前世缘，今生，抛掷岁月独守执念。

今日无端地望见那弯明月，隔着清透的玻璃车窗，一颗发着微光的星星衬托清新月色。车子快速地行驶，它不会懂得月色无言，都市里忙忙碌碌，还有谁会慢下来听一轮明月的轻语。对岸是灯红酒绿的金鸡湖，月似乎藏在了水中，被过滤了那般透彻。我没有看到映在湖中的月，天上的月随着车子移动，穿过一片片香樟树的叶子，洒下清辉，映射出斑驳迹象。我手托腮望着那轮明月，可是从我的童年穿越到今朝，旧时月，无旧人，旧梦早已把你我抛。

还爱落在山石间的月，没有繁芜，只留一瓣清幽。也记得那句“月是故乡明”。每一次忆起都有深深依恋，客旅异乡，纵使良辰美景，花好月圆，亦无法打动。每个人都有两个故乡，一个住在心里，一个给你养育。总有一天你会离开养育你的故乡，奔赴心中难解的另一份乡愁，只有那轮明月，不问来去，任你倔强的背影越行越远。

明月寄相思，相思无处寄，旧时小院儿早已换了新颜，薄瓦成了记忆深处挥之不去的风景。夏夜，母亲摇着蒲扇坐在小院儿里，夏天的月亮似乎更加明亮，我依在母亲身旁。房前的大杨树上，有知了不停地唱着歌，屋后的小水池里，青蛙呱呱地唤着夏日清凉。星星眨巴着眼睛，月辉为小院儿添了几丝宁静。夜色渐浓，渐渐地睡意蒙眬，闭上双眼，枕着月光，听着星星的情话，安然入眠。

中秋的月亮最多情。在故乡的时候，中秋月夜也没有太多伤情离怀，大抵是那时年少，不懂得游子感怀。后来我也背着行囊去了远方，每逢中秋佳节，咬一口月饼，举头望见天上那轮明月的寒凉，想起故乡的方向，才明白了家的意义。我也曾站在阳台上，对一轮明月轻诉相思，亦曾伫立驿外古道，瘦尽满腹情缘，唯有黑夜里的月光，见证着我的无言和沧桑。

“月儿照纱窗，心事静静讲，谁的织针绣上，一对水鸳鸯，月儿云中藏，含羞的眼光，透着盖头张望，翩翩少年郎。”第一次听这首歌的时候，被这样清逸出尘的句子打动。那女子一定有着月光一样的双眸，秋心一样的情怀。当月儿爬上纱窗，或许只是无心，却惹弄了窗内女子的含羞心事，该对谁讲，对着这清清月光，织针绣上，刚刚绣完的水鸳鸯，双双对对落在月下的时光里。月儿也羞涩了吧，躲到了云中，仿佛曾经那深情女子含羞的目光，偷偷地张望眼前少年郎。时光流转，说好的衣锦还乡，年年岁岁岁岁年年，月儿缺了又圆，离别多年的旧人，何时回故乡，执手相看。

月洒西窗，江南的月光是穿透岁月的墙，踩着明清的旧事潜入今朝，竟让痴心儿女忘记了光阴流转，以为还在某个千年。白墙灰瓦，在月下，竹影斑驳，疑似故人来。雕花古窗，月下谁偷走了谁的痴心，谁住进了谁的梦乡。剪烛话桑麻，月夜情话，说给窗外的一竿翠竹，共赴地久天长。一卷线装旧书，一盏佛禅清茶，一剪似水月色，一帘痴心幽梦，在江南，在水岸，在庭院，瘦瘦的明月，可懂寄情之人，悄悄爬上窗棂，镌刻一壶清水梦境。

月有阴晴圆缺，人有悲欢离合。这世间本就是无法参透的谜题，聚也过客，散也离人。只因遇见有缘人，才能够长情地陪伴。月圆之时，就当是久别重逢之日，拂去尘埃，愿美好如初。窗花依旧红艳，月光不改清凉，梦里故事依旧。蒲扇轻挑，醉扑流萤，拥月入眠，揽梦相见。

想起下雪时

很晚了，看到朋友发来的几张照片，漂亮的雪景，引文是一句古诗：梅须逊雪三分白，雪却输梅一段香。我知道这几天北方已经冷得下雪，而我所在的江南，依然草木葱郁，虽偶尔几场淅淅沥沥的烟雨，倒也不觉得冬日寒冷。今日姐姐说：就快要立冬了呢。立冬这两个字惊了心，真美。中国的传统二十四节气中，我觉得立冬最美。

我看着朋友发的照片，竟有些痴了，白茫茫的一片，虽然雪落得并不厚，薄薄地覆在大地上。

第二张照片中有名红衣姑娘，雪，那样白，衣，那样红，虽然我看不到姑娘的脸庞，只是一个背影，却让人心生喜悦。白雪与红裳，若那红裳恰是一袭长裙，一定更加入心。还有张照片只是一株野草。草木枯萎，只留下柔弱的枝干，土褐色的枝干在雪地里那么惊心。越是这种单薄的东西，越能打动人。

雪落在树枝上，枝丫戴上了发卡；雪落在枯藤上，枯藤添了凉意；雪落在松枝上，松枝开出了白花；雪落在心上，心上生出沁凉。照片有条评论回复：这是在承德最后一年，多留点回忆。原来我们都是过客，像候鸟那般，从这座城迁徙到那座城。这个世上原没有什么永恒，你再爱某个人，也终有别离时，你再恋某座城，也终究要离开，哪怕你留下了，也只是暂时的栖居，终归要离开的呀。那么，就做一朵飘零的雪花，圣洁地来，亦圣洁地去。

雪景在我童年的记忆里并不觉得新鲜。我的故乡是河南南部的一座小村庄，四季分明。20 世纪 90 年代，全球气候还未变暖，每年到了冬天，总要下那么几场大雪，厚厚的积雪把村庄装扮得宛若世外桃源。老人有句老话叫瑞雪兆丰年，也有“冬天麦盖三层被，来年枕着馒头睡”的谚语。在那些朴素的岁月里，日子过得像手中的掌纹，简约却透着大美。

童年没有大雪不算冬天，特别是腊月里，学校放了寒假，家家户户开始准备年货，小孩子裹得只露出两只小手和眼睛，烤着煤炉写假期作业，远远地闻到厨房里飘散的香味，过年的气氛越发浓烈。家里的老人望着门外的积雪，脸上总流露出欣喜之情。他们只懂得土地和粮食，所以雪是他们的知己，他们不懂雪的浪漫多情，只实实在在地想着丰收。

最开心的是清晨起来，隔着窗望出去，天地一片白茫茫。院儿里的那棵枣树枝上也压了厚厚的积雪，邻居的鸡一个扑腾，雪花簌簌地落下。你推开厚重的木门，门外都积了厚厚的雪呢，于是你跟着母亲一起扫雪。哪里会扫雪呀，只是觉得好玩。一会儿工夫门前的积雪就被母亲清扫到两边，一条铺着青砖的道路出来了，你学着大孩子的模样堆起雪人。最后你拿了笤帚和红胶桶，又取来母亲不用的围巾和厨房里的辣椒，堂哥送给你两颗玻璃弹珠，就这样你的雪人栩栩如生地出现在老屋门前，你望着雪人笑，雪人仿佛也在对着你笑，雪还在飘，你还在笑。

那时候的雪下得厚，连续几天都化不掉，瓦楞上结着又粗又长的冰凌，那冰凌看起来那么晶莹，孩子们戴着毛线手套摸那些冰凌，天寒地冻，竟不觉得寒冷。下了整夜的雪，清晨起来孩子们还有件重要的事儿，那便是收集干净的雪，储存在陶瓷瓶中，待来年夏天出痱子的时候抹抹。这是个土方子，但真的很顶用。当然现在的孩子哪里还会出痱子呀，所以那些冬日野趣也就散了去。我记得装雪的瓶子很好看，瓶身上是古典女子的画像，细长的瓶子，总让我想到电视剧里手执柳枝净瓶的观音菩萨。

长大后读到雪小禅老师的“银碗里盛雪”之句，觉得心里阵阵清凉，那是真美。少了乡野之趣，竟是要用银碗来盛这圣洁的雪呀，若还有一壶老茶，则更好了。是一个人的惊天动地，一个人的天地静喜。

苏州的冬天很少下雪，哪怕偶尔飘雪，也是很细很柔的雪花，还未落到地面就消失不见了。但苏州有梅，腊月里蜡梅绽放冷香，香气很浓烈，只是少了雪做知己，总觉得缺点儿什么。

我想以前的苏州应该下雪，你看那姑苏园林，若没了雪，怎有雪夜园林梅花树下焚香祈福呢。何止是苏州呢，就连现在我的故乡，也很少再下很大的雪，有时候临近春节，只想着能下一场大雪，有些年味，可是那雪花却像个迷失的孩子，迟迟找不到回家的方向。

我喜欢童年的大雪，那些雪中的趣事，像粒粒饱满的珍珠，我用时间做针线，穿起这珍藏的美好。

去年苏州的第一场雪落在冬至夜，只是那雪花太精致了，我并没有看到它的倩影，清晨起来窗外没有任何痕迹证明它来过。今年苏州想必也是暖冬，十一月了，我依然穿着秋日的裙装。窗外出了很大的太阳，这座城，没有冬日的气息，就在这个时刻，在北京的姑娘发来下雪的照片，雪中的行人裹着厚厚的羽绒大衣，天地寂然。我想起那首歌词里唱的“我在南方的艳阳里大雪纷飞，你在北方的长夜里四季如春”。

少年时看老版的《红楼梦》，最后的大结局宝玉在雪地里一直往前走，一直往前走，看得让人落泪，这世间所有荣华富贵，也不过是两手皆空。老版《红楼梦》中片尾曲歌词也写的好：好一似食尽鸟投林，落了片白茫茫大地真干净！想必这样一句正贴合了最后大结局吧，落了片白茫茫大地真干净，所有的爱恨情仇、恩怨是非，都不过是凡尘之累，让这一场大雪覆掉所有过往，该还的债也还了，该离开的人也离开了。

再打开朋友的照片，那白茫茫的一片，大地真干净。北方的雪，飘在南方的风景里；承德的雪，飘在我的心里；故乡的雪，飘在温柔的时光里。

绣着的时光

老奶奶坐在门前的老槐树下，阳光洒在她的身上，老槐树的叶子在温暖的阳光下呈现斑驳的影像，偶尔有鸟儿叽叽喳喳，孩童嬉笑着在门前玩耍，老奶奶布满光阴的双手在鞋子上轻轻划过，拈起细小的绣花针，娴熟地绣着那一朵朵花，这样的光阴，美得好似一幅画。

喜欢高跟鞋和绣花鞋。高跟鞋是一种女性的美，而绣花鞋则带着光阴的美，更加柔软，更加贴心。纵然很多时候因为工作关系不能穿着绣花鞋，但我依然会在鞋柜里备上几双，偶尔闲下来的时光，穿上它们，再配上花裙子，走走停停，或者，仅仅只是一个人坐下来听听轻音乐，写写小文。

前几天在网上购了一双绣花鞋，蓝白相间，鞋面上刺绣着一只蝶，细细的绑带，最初爱上它是因为那只绣蝶。我喜欢赤着脚穿上它，裸露的脚踝在细细绑带的装点下更添韵味，那感觉，似乎在穿着一件工艺品，何止只是一双保暖的鞋子呢。

现在的绣花鞋有很多都进行了改良，我最爱的，还是那千层底的帆布绣花鞋。

科技的发达，工艺的进步，让很多皮质鞋子上也绣上了那一朵朵花儿，但大多数都增添了现代的韵味。若要光阴里的美，就要完完全全光阴里的美，就像我去买旗袍，一定要买传统的，盘扣、斜襟、绲边、开衩。那些改良的旗袍大多数都失去了旗袍原有的韵味，就像喝到了过期的咖啡，失去了原有的味道。鞋子也一样，若买绣花鞋，要挑选千层底布料的传统鞋子，否则，还不如去买时尚潮流的街头风鞋子。

一个人的穿衣打扮潜意识里体现一个人的性格，乃至涵养。不记得从何时起开始爱上民族风的物件，爱上刺绣的物件，衣衫、鞋子乃至一枚小小的耳环。这些散发着禅意古朴纯净的民族物件，一针一线绣下的流年，没有华丽丽的噱头，没有惊艳艳的繁华，却是真实的存在。

十月的时候，去参观文化展览，有一个展厅展出的是民族文化，老旧的织布机，汴绣，最让我欢喜的是那一双双的虎头鞋，纯手工制作，红绿相间，用流苏做装饰，鞋面上刺绣着龙凤的图案，看得我竟不忍离去，忆起了很多老旧的时光。旧时光里母亲是个手很巧的女人，我和姐姐的鞋子都是她一针一线做的，不过那时候的鞋子没有绣花，每到冬日，放学回家的第一件事就是看看母亲的鞋子做到了哪一步，新鞋子一做好，欢呼雀跃地穿着它们，和小伙伴玩耍，嬉闹。

古时候女子的嫁妆也是绣着龙凤呈祥或者鸳鸯成双，喜庆的红，绣上的是祝福，是思念。女红在古时候也是女儿家必学的一门功课，寓意心灵手巧，待出嫁的年纪，少女小小的心思全都绣在那一针一线里，一方香帕，赠予他，多少情怀欲说还休，鸳鸯枕，多少梦里花落君知否，满满地绣着女儿家的心事呀。

很多时候，绣花鞋只是一种生活方式。生命本只是一个轻薄的灵魂，最终的归宿没有贫贱富贵的区别，值得我们珍藏的，是那沿途的风景，我们一针一线地绣着光阴，只不过是为了轻薄的生命增添一丝厚度，没有一针绣好的花样，更没有一步走完的人生。

时间的年轮里，我又梦到了老槐树下一针一线刺绣着花样的老奶奶，装点了光阴。

纸伞情

爱上油纸伞，是那古老的桐油香味，是那描绘着烟雨图的棉纸。

爱上油纸伞，是那前世今生的爱恋，是那江南烟雨的惆怅。

油纸伞的制作工序很复杂，最好的油纸伞要用优良的棉纸，再涂上优质的熟桐油，伞的伞骨和伞架则需要大山上砍伐下来的上等竹子经过加工制作而成。古时候，油纸伞的整个制作工序皆是手工完成，伞面上的图画也是由专业画师绘制，多采取中国传统的国画技法，因为制作工序的繁复，则更添了一份珍贵。

在客家，油纸伞更是吉祥的饰物。女子婚嫁，娘家则会在嫁妆箱里放上两把红色油纸伞，只因“油纸”谐音“有子”，更有伞张开后呈现圆形，则寓意“团团圆圆”。在我国的古代，女子出嫁下轿时也有用红色油纸伞遮挡辟邪的习俗，可见，在古时候，人们就有这般大智慧呀。

古时进京赶考的书生，包袱里除了放书本外，必会放一把油纸伞，因为“包袱伞”谐音“保福伞”呀，保佑在外远行的书生一路平安，高中状元，古人的喜事也莫过于“金榜题名时，洞房花烛夜”。

油纸伞也见证着浪漫坚贞的爱情呀。我国古代四大传说之一的《白蛇传》中，一把遮雨的油纸伞，一段前世今生的断桥缘，痴情的白素贞，多情的西子湖，以雨为聘伞为媒，竟不小心惹了江南多情的眸子，醉了多少人间烟雨客，迷了多少世间痴情种。

汉服与油纸伞的搭配把古典美演绎到了极致，那是东方独有的美，不媚俗，带有东方女子独有的矜持和雅致，却也不失风情。黑发如海藻般柔亮，轻轻地在鬓角插一朵梅花，一袭罗裳，手把油纸伞，行走在早春的细雨中，这样的美，竟是比风景还动人，何止如此呢，这原本就是一道风景呵。

我有一把梅花油纸伞和荷花油纸伞，很多时候我竟是不舍得拿出来遮阳遮雨，似是害怕猛烈的太阳晒化了，狂放的大雨淋皱了那般。

那把梅花伞上绘有一株红梅，撑着它的时候，我会想到梅花三弄，没有梅花簪，也没有梅花烙印，却有一把绘着梅花的油纸伞。若是逢着雪天，撑着它在雪地行走，纷纷扬扬的大雪，似是与这株红梅轻诉着细语，沙沙作响，若不经意地邂逅一株寒风中的蜡梅，那定是很美的风景。

另一把绘有荷花的油纸伞，伞面上是一片碧色的荷塘，有两只鸳鸯在荷花旁嬉戏，倒为图画增添了几分趣味。微雨的黄昏，是适合撑着这把荷花伞的，长裙，长发，细雨，黄昏，女子，荷塘，还有荷花伞，岁月竟是这般静好。

油纸伞与江南，总是一种斩不断、理还乱的情怀。

江南，因油纸伞而分外柔软，油纸伞，也因江南的山水而平添古意。欣赏戴望舒的《雨巷》，我会情不自禁地读出来，好似自己就身在其中，自己就是那个撑着油纸伞有着千千万万愁绪走在雨巷的姑娘。

偏爱着那份轻柔的美，痴恋着江南烟雨情，真喜悦呀。

一路向北

我坐在火车上，看车窗外渐行渐远的风景，在陆苏的文字里感知家的气息。年少的时候，总想着有一双展翅飞翔的翅膀，可以逃离这片中原大地，当我一次次陷入如织的人潮里，却惊觉原来那些触手可及的岁月静好，早已被我安放在一个叫时光的宝盒，落满尘埃。

车子在轨道上飞逝，犹如年少那些零落的光阴，来不及和路边的风景招招手，就从江南到中原，来不及和青葱年少道声珍重，就从小小女孩儿到待字闺中。

归乡的路很长，仿佛永远寻不到尽头的火车铁轨；归乡的路很短，短到只是母亲与女儿的距离。车上很安静，我拿出背包里的书静静阅读。陆苏笔下的淡淡情怀，总能触动心底的柔软，那么轻、那么轻，轻得仿佛母亲对女儿的爱，不言说，却动情。车子悄悄地驶出苏城，葱葱郁郁的绿被我抛掷在记忆深处，心底有一个声音在呼唤：母亲，我回来了。

车子走得飞快，海子，我想起这位卧轨自杀的诗人，诗人连死都是一首诗，让冰冷的铁轨添了一抹神奇的色彩。斜阳下的铁轨异样、绝美，如果我是诗人，我会不会也义无反顾地让自己定格在这样一种美丽下，我怎么舍得呢，这尘世的莺莺燕燕。

一路向北，那等着我的地方，是家，那牵引着我的地方，是爱。中原的冬尽显萧条，直冲天际的干枯树枝，寂寞地招摇着，在风中，有鸟巢孤单存在，太繁盛的花红柳绿过于轻浮，此刻的萧瑟风景倒添了些许禅意。冬季就该有冬季的样子不是吗，枯木、落雪、鸟巢、萧瑟，这才是冬。

途经村落，残留的雪痕，在农舍的砖瓦上。前几日，素白的雪花曾亲吻过这片土地，中原落第一场雪的时候，友发来消息：郑州落雪了，很小，却很美。那天晚上，我所在的江南竟也飘起了雪花，雪落在江南小城，总会让人生出无限的遐想，轻柔的雪花，雕花的木窗，似乎只要和江南有染，就多几分柔情。江南雪看不到倩影，仿佛一段美妙的情事，来不及好好握住彼此的双手，就在夜深人静的时候悄悄别离。我披上棉衣伫立窗前良久，望着窗外昏暗路灯下雪落的痕迹，有一种柔情在心底悄然游动。

故乡飘落第二场雪的时候，我还在苏城。看到那片久违的土地被冰雪装扮得如梦如幻，思乡的情绪越发浓烈。我以为自己无法邂逅故乡的雪花，却在此刻的车窗外，残留的雪痕为我留下一缕冬日情怀。

微微翘起的瓦檐上，不知停留过多少落雪往事，年少旧梦。也记得童年时期，故乡的冬天会下很大的雪，白雪覆盖了小村庄，我在温暖的煤油灯下捧读童话，后来读着读着就睡着了。第二天醒来的时候，窗外一片白茫茫真干净，瓦楞上结了冰凌，最长的有好几十厘米，小孩子玩心重呀，趁着父母不注意，偷偷地摘了一根冰凌拿着玩，那时候也不怕不干净，还偷偷地舔一舔冰凌的味道。凉，沁心的凉，但心里是高兴的。后来全球气候变暖，我便再也没有见过那么大的雪了，亦没有童年时的喜欢和冰凌。有些事情，就是经历过用来回忆的。

一望无际的麦田，犹如一张青绿色的地毯，在春耕秋收的轮回里，挥毫一笔壮大的风景画。乡间老妪赶着羊群，在麦田地头悠然自得，这样的景象美得好似一幅画作。

我喜欢靠车窗的位子，可以游走在自己的世界里，望着窗外不断倒退的风景发一场呆。车窗外的每一片麦田，每一座农舍，与我相伴，只是刹那，从远方到故乡。

沿途邂逅一道又一道小小河流，说是河流不过是一些小水沟，水面上结着薄冰，在午后的斜阳下折射出斑斓的色彩，这薄冰，是故乡的召唤。江南的冬季没有薄冰，清凉的河水哪怕在冬季依然碧波长流，很多时候我行走在江南的暖冬里，会猛然想起故乡干巴巴的土地，以及结了薄冰的小水沟。我在心底筑了一片云水青绿，却无法逃离故土干涩的情怀，枯木亦会逢春，就像老院儿年年开花的紫茉莉。

我的双眸落在摊开掌心的书籍中，任由思绪在这片并不碧蓝的天空，纷飞纷飞，落入母亲的怀抱。

你再不来，春天就走了

有阳光的日子，你坐在花花草草旁边弹琴，知道吗？时光美得好像一幅画。

这几天苏州晴朗了许多，上完课打算去白鹭园看梅花，回到家里看到温柔的阳光洒落在阳台的花花草草上，突然就想这么安静地待在家里，发场呆，弹弹琴，与花说说话。

你有你的浪迹天涯，我有我的诗意栖居，这个春天，我哪儿都不想去，只想待在姑苏城，安安静静地等一树一树的花开，看一只蝴蝶对一朵花的低眉，听一湾水对一座桥的蜜语。如果你愿意来的话，这里的诗意分你一半，我们一起对坐饮茶，偷得浮生半日闲。

修剪年前种的水仙，那叶子真是疯长，只开过一朵小花，看着很弱不禁风。后来才知道是因为我把它放在书桌上，长久不见阳光，所以叶子长得快，而且容易变黄。修剪后看起来蛮静气，比之前的潦草养眼太多。

把前几天买的月季花栽好，一盆盆地搬到阳台上，早春的阳光洒在叶脉上，能看到清晰的脉络。茉莉花又吐露了几片新叶，水培白掌几乎不用太费心思就能长好。

小时候梦想过当园丁。那时候家里有一大块空地，妈妈用青灰色的瓦片垒成梅花状的园子，园子里有牡丹和芍药，还有鸢尾和茉莉。只记得春天开始，妈妈就在园子里松土，那时候我常常蹲在园子外面，看妈妈忙碌的身影，在心底编织未来的童话。随着天气越来越暖和，埋在地下的种子破土发芽，往后就为这座朴素的小院送上花香绵绵。清简的日子里，有了花的陪伴，亦多了几分诗情画意。

把卧室里的被子拿去阳台，汲取阳光的味道，晚上的梦里都是大把大把的温柔。

在布上绣朵小花，做了个小首饰盒。复古的金属色盒子外面是绣好的花，仿佛是给光阴穿上了花嫁衣，有灵动之美。如果拿它盛放胭脂，感觉更完美，可惜我不会做胭脂。想起《红楼梦》中描述胭脂的句子："不是一张，却是一个小小的白玉盒子，里面盛着一盒，如玫瑰膏子一样。"白玉盒子盛放胭脂，听起来就美。

曲是"落霞与孤鹜齐飞，秋水共长天一色"的渔舟唱晚。夕阳西下，日暮余晖，不知道此刻的你，是否能听到江南的低语，微微凉的风，摇动着楼下邻居栽种的几丛竹。开在枝头的玉兰，已经结了花苞，你再不来，春天，就走了。

日子里除了颠沛流离，还有一朵花的相伴

世上没有丑陋的花朵，哪怕是田野里一株无名小野花，亦有它的芬芳。

旧时光在小村，春秋冬夏各有风情。记忆深刻的是三四月的时候，辽阔无边的田野，夹杂着明灿灿的菜花开在田埂，还有些叫不上名字的小花，精致得很，点缀着嫩绿嫩绿的青草地。亦有蝴蝶款款飞来，寻着那花。孩童则折了花枝编花环，追着蝴蝶跑。后来我在书中读到小扇扑蝶的句子，我想，大抵就是这样的吧。

小院亦会收拾空地，种上花草。小院的花比起田埂上的花稍显娇气。到底是家养的，有母亲日日的修剪与浇水，开的花秀丽隽美，在小院意气风发。

孩童时期那些花香缠绵的记忆，多年后，依旧芬芳四溢，并且影响着我的生活追求。

这些年背着行囊走过万水千山，所有的漂泊，皆为了幼年时那一束花的光阴。我对妈妈说，要把小村里的家打理成日日有花香夜夜有星辰的伊甸园。妈妈浅浅地微笑。她松土整理花园，把我买回去的花种栽到地上。有一年我与她打电话，她告诉我蔷薇花开得可好，言语里都是喜悦。

城市里没有那么多的空地，我买来的花儿们只能盆养。繁忙的工作之余，为花儿们浇水，与它们说说生活里的美好，偶尔弹琴给它们听，真是一件极美的事儿呢。

那天我和姐姐去超市，抱回来一盆瓜叶菊，已经开了满簇的花，花瓣是幽深的紫色，花心则是干净的素白色，叶子绿油油的。

都说人有情，岂不知那些不会说话的植物，亦有着千丝万缕的深情。刚把瓜叶菊抱回家的那几天，恰逢工作比较繁忙，便少了对它的问候。当我突然想起它的时候，它已经耷拉着花瓣与叶片，不情愿的样子看得让人心疼。

我拿出小喷壶给它喷了些水，后来的几天，每天都会喷水，几天后它竟然又盈盈苒苒了，还多了几个小花苞，令我惊喜的还有那些耷拉的叶子，神奇般的精神起来了。我以为它会枯萎掉的。植物的生命力，远比我们想象得强大，只要给予它阳光和关爱，它便会赠你满室花香。

还有在花店买来的百合种球，最近长势极好。从它破土的那一刻，我便心生欢喜着，小叶子一点点一点点地长大，未来的某天，它会送上清香四溢的百合花，那时候，我就在花的陪伴下，等你下江南，该是多么美好的事情呀。

最钟情的是白色的百合花，绿绿的叶上，擎着一朵朵素雅的白色花朵，像擎着一个个纯粹的心愿。百年好合，长久快乐。

每个人心中都有半亩花田，只是在繁忙的工作中，我们渐渐忘记了低头嗅一朵花的芬芳，等一朵花开的浪漫。生活哪能没有晦涩呢，恰是因这些晦涩，才托出花开的美好。比如莲，正是因了池塘的淤泥，才有我们看到的亭亭玉立。

在心中种下一座小花园，为日子添些喜庆。蓦然回首，细数那些散落的光阴，你会发现除了日日的奔波与流离，还有一朵花的相伴。

有兰如歌

最近整夜整夜地做梦，梦里是大片的花海，我在花海奔跑，迎着风，追着蝶，瓦蓝瓦蓝的天空飘浮着朵朵流云，好似嫦娥怀中的玉兔，干净而饱满。醒来望着窗外楼下的青竹，三月江南，雨水足足的，这片青竹在昨夜微雨的亲吻下湿漉漉的，可惜我不是诗人，要不然，这样的风情一定可以碰撞出句句诗行。

曾写过这样的句子：晋陶令独爱菊，宋林和靖以梅妻鹤子自居，而我，偏生爱好那一丛空谷幽兰，在无数个寻梦的日子里，独自芬芳，独自起舞。亦将笔名取为兰心素语。如果有前世，我大抵就是空谷中那空灵素雅的兰花吧，某天，遇见采药归途的你，结下今生擦肩而过的缘。

那一株野生的幽兰
在幽谷快乐地生活了几百年
不懂世间的繁华和妖娆
不把爱与恨眷恋
那一株野生的幽兰
日日夜夜与山谷飞鸟做伴
她洁白的花朵不愿去争艳
因为春色过后终究会走向黯淡

——空谷幽兰

家里有一盆剑兰，长得葱葱郁郁，虽然还没有开花，但已经足够赏心悦目的。而它的到来纯属意外。

在网上买了株牡丹，结果卖家粗心，没给我发花盆。与卖家交谈后我担心补发回来牡丹会枯萎，就想去楼下花店买花盆吧。花店老板是个清秀的男人，他拿出好几个花盆，但都是陶瓷的，很重。于是我问他可有塑料的。他便给我找出一个印着花开富贵的塑料花盆，问这样的是否可以。我喜喜地拿着花盆，说就要这样的呢。然后问他多少钱。令我意想不到的是他说送我，不要钱。我向来不喜欢无端接受别人的馈赠。就对他说："那我再买盆花吧。"他笑了笑，给我讲起养花小知识。最后我抱了这盆剑兰回家。他又送了我一盆剪枝的水仙。

这盆剑兰到了家里，我把它悉心地放在阳台阴凉处，为我的小花园，又增添了几多绿意。这盆剑兰有三株，老叶旁边已经伸出好几枝花茎，蓬勃极了。

其实，剑兰不算是名贵的绿植，去花卉市场，抑或在超市的花区，都能看到它。它的花期约六月开始，每年可开两次花。我喜欢白色的剑兰花，小小的花朵，素雅干净，置于书架上，馨香阅读时光。

家中花香绵绵，日日与花做伴，哪怕寂寞且清简，我亦是欢喜的。如那小小的空灵的兰，开在山谷开在水畔，再多的繁芜，皆不过是过眼云烟。

每一朵花，都有一段故事，在某个月色如水的深夜，在落英缤纷的江南，遇见。我与你缓缓叙说，那些关于花的浪漫，你可愿？

你有洛阳城，我有牡丹

1

你要在心里，留白一朵花开的时间，在慌乱的日子里，因了花的芬芳，生出希望。

种下的牡丹终于开花，在这个清风露凝的早晨。前几日去看它的时候，还羞涩地含着花苞，我想，大概是害怕四月走得太快，想要以花开留住四月的故事，抑或爱上了夜晚的月朗星稀，选择把最美的姿态留给月光星辰。

反正，清晨看到它的时候，惊喜多于怨怪它不打声招呼就自顾自地美丽。

牡丹素来被冠以硕大丰盈的姿态，但我家里的牡丹，纤巧灵动，怎么看都像邻家小姑娘。素雅的白色，单瓣，薄薄的，若洒上些水珠，用晶莹剔透来形容都不为过。

我有些怀念故乡的四月。你有洛阳城，我有牡丹，可我的牡丹却无法住进你的城池。是不是洛城牡丹的层层叠叠扰乱了清宁，所以你不会在意一朵单瓣牡丹的喜乐，把它遗忘在江南的烟雨里，任由四季变迁，花谢花又开。

2

窗外的风吹动树上的叶，仿佛某个小村庄的夏，总有点点滴滴说不清道不明的情绪蔓延。偶尔那单瓣的牡丹，学着窗外叶的样子，想要把四月的私语，收揽入怀。

初夏的绿，是可以让人生出惆怅的，它比春天还要撩心。花儿们谢幕，绵绵无绝期的雨季和苍茫的绿跳进窗口。期待某个风动树影摇的午后，细细的雨丝拍打小窗，这是我最爱的江南气息，湿漉漉的，青苔在老墙根一圈又一圈，翻了几页的书，养了些时日的花，都是风景。

花有归期，两天后，那朵小小的单瓣牡丹只剩下花蕊，我望着它，心里空空的，仿佛是一场美丽心情弄丢在风里，再也寻不回来。白色的花瓣落在花盆里，应了那句零落成泥碾作尘。我知道花开总会花谢，它总会离了枝头，但我只是希望它能在光阴里住得久些，再久些。

四月我坐在江南的风景里等一茬又一茬花开，五月，我想去听一听山间风的呢喃，就像此刻，窗外绿树婆娑着与风的私语，秘密的，生怕别人偷听了去。

|第三辑|

陪你把风景看透

雨中的南浔印记

江南的雨下起来，能让人忘记今夕何夕，何况是下在江南小镇的雨，就更多了几分迷离。

去南浔的那天，就迎着这样的雨，那搁置在心中的江南情结，被这样一场秋雨打开，在人家的瓦檐上缓缓落下，雨滴中，写着清秋月圆。

南浔的名气并不大，如果不是对小镇的情深义重，恐怕极少有人提起。中秋节，我寻着雨声而来。小镇很安静，不知道是下雨的缘故还是南浔本就如此，生活中的烟火气，我想用来形容南浔再合适不过。

人走在桥上，雨水和流水拍打出细密的涟漪，有垂柳绿着，有匆匆赶路的行人和撑着伞伫立看风景的人，还有讲话好听的撑船老人，如果在这个时候思念一个人，那一定是撕心裂肺的。

人人尽说江南好，游人只合江南老。在这里老去，会很诗意吧。流水、人家、青苔和老树新芽。我没有去小莲庄、藏书楼等景点，这样的天气，只合随心地走在老街上，什么都不去想，什么都天马行空地去想。累了，找家咖啡店坐下，做窗内人，看窗外的雨和行人。

咖啡店不大，有三四张桌子，店内有咖啡、甜点、比萨、茶等，店老板养的猫咪在这个雨天懒洋洋地窝在书边。

要了茶和点心，舒缓的音乐仿佛秋雨的碎碎念。

南浔有着静谧的气质，在这个旅游商业化的时代，它固守着自己的小天地，缓缓走在历史的烟尘中。我对小镇的喜爱近乎偏执，那种浓浓的生活气息，时刻诱惑着我，走吧，走吧，寻找落满风霜的小镇。南浔犹如藏在深闺的女子，吱吱呀呀的木门声，让人不小心就走进它编织的旧梦，可到底是梦，拂袖而去，不留片刻痕迹。小镇的人日出日暮守着老屋，守着水乡，一直到老。这也是人生智慧。

最开始来到这座小镇，雨不大，伞未撑。就这样走在潮湿的青石老街上，遗忘，寻找。泛着幽幽青色的河埠头，承载着无数温馨古老的往事。小隐于镇，南浔就很适合。在这里任岁月马不停蹄，都与我无关。留片刻宁谧，等一盏茶的温暖，每走过一座桥，都仿佛是在参透一个故事。

秋雨寒，在南浔却有着无法用语言表述的浪漫。寻觅，雨中的江南小镇，莫不如说在寻觅久违的故事，梦里的江南水乡。

拙政园，关于荷花的故事

这是我第二次来拙政园。初夏。

关于拙政园，在江南还是我可望不可即的梦里水乡时，就曾与它擦肩。那年，在苏州工作的文友给我寄了张拙政园的明信片，却被弄丢在路上，我没有收到。后来我终于抵达江南，安心在苏州城内筑梦，拙政园竟与我仅在咫尺之间。深冬的时候，我带着满心欢喜走入这座小园，没有踏雪只有寻梅，把那缕缕冷香装进行囊，丰盈寂寥的冬季。

拙政园是江南著名园林，气派不同凡响。夏天的拙政园，正是旅游旺季，来来往往的游客，唤醒沉睡百余年的烟火。我本是为着荷花而来，谁知六月初荷花竟如此羞涩，连花苞都没见着，只有绿波和莲叶田田。

每次逛园林，我都会被层层叠叠的风景和精工雕琢的建筑之美震撼。园子外是纷纷扰扰的市井烟火，走入园子，却是清幽的山水风光，不知道是当初的天时地利人和造就了江南园林，还是造园的人内心有颗归隐心，园子内和园子外完全是两个世界。

初夏的园林跳入眼眸的都是葱葱郁郁的绿，绿的柳，绿的花木，绿的小草，绿的荷叶，把流水都染成了柔柔的绿色。拙政园主要以水为中心，假山与流水、廊桥与亭榭，然而有水的地方，就会有万种柔情，亦是人人追忆的江南。

亭亭玉立的荷茎，在碧水中落下倩影，夹岸柳丝婆娑，偶有石榴花枝头微笑，为万千绿中添一点红。大多数游客都徘徊在荷叶前，想必他们也是来看荷花的吧，虽然花未开，但至少收获了绿叶。我正要拍下水中一枝孤独的荷叶，身边坐着的老爷爷突然笑着说：小姑娘，你能不能帮我们拍张合影呀。我循着声音看到老爷爷身边还有位老奶奶，黑发上已经有了岁月的白霜。当然可以呢。我笑着回答。我和她三十年前就坐在这里拍过合影，如今想再重现当年的情景。老爷爷对着我满脸笑容地说。我举着镜头拍下了他们三十年后的模样，岁月无情，不变的是当年与你相望的深情。把相机还给老爷爷后，我们互道了再见。但我却无法忘掉这场邂逅。

人生有多少个三十年，三十年前她还是蒹葭苍苍的姑娘，三十年前他还是意气风发的少年。他们是相濡以沫的夫妻吗？还是相恋却最终在世俗中离散的知己？三十年前，他们之间有过怎样的故事，让三十年后的他们还能有如此浪漫！我宁愿这是个完美的故事，即便时光结了茧，她和他携手看遍人生浮沉，依旧相看两不厌。

我去园林很少关注它哪扇雕花门窗的年份，哪座亭榭的渊源，总觉得那些尘封的故事，就留给历史去说吧，我又不是这座园林的宣传员，所以我常常将目光流连在那些风景上，面对风景内心的感动，才是我最想要的表达。只要走过内心便不再干瘪，何须非要探究竟，那些有着好听名字的亭台楼榭，只不过是当年赋予的名字而已，芙蓉榭也好，听雨轩也罢，记得不记得，都在我心中。

图片馆内展示着各方领导来到拙政园的记录，厅前有这样的解说词：拙政园，穿越五百余年岁月的风尘，写满历史的故事。照片从黑白到彩色，记录着园林的成长，亦记录着光阴的流转。

刺绣馆内展示着纤巧柔美的苏绣作品，莲花、牡丹在绣娘的针线中有了灵魂。看到那苏绣牡丹，我有些想念洛阳城，想念故乡的亲人。当初那么的痴爱江南莲，对牡丹，千般万般不屑，如今，竟会有深深的愧疚。想必是看久了莲花吧，便觉得牡丹也挺好看。你瞧，人就是这样，拥有时，恨不得永远不见，真的成为过去，又开始眷恋。相爱的恋人大抵也是这般吧，所以才有了那句距离产生美，犹如雾里看花，总是美的，因为若隐若现，那份想要得到的欲望会使你在心里把他完美化。

我们走了好久好远，终于找到了游客很少的地方，就是这片葱郁的竹林。夏天的风轻轻吹过，竹叶沙沙作响，没有最初的吵闹，心也安静了许多。人有时候需要只和植物相伴，这个时候，你可以不必匆匆忙忙，可以认真面对自己。当你打开心扉面对自己的时候，很多纠缠也会云淡风轻。

离开的时候，我并没有觉得遗憾，没有邂逅映日荷花别样红，至少还有接天莲叶无穷碧。荷花未开，我已来，那么荷花开时，再相遇，别来无恙可好。

留园，为爱留一座园

周末，江南依旧淅淅沥沥地下着小雨，撑把小伞，随处走走，就是很美的风景。苏州是园林的故乡，喧嚣的都市里，隐一方净土，外面的纷纷扰扰，搁浅在灰墙白瓦之外，园内静似山林，雅若梦境。这就是苏州的独特美。

留园位于苏州阊门外留园路，如果从山塘街出发，几站路就能到。五月份的园林处处是碧波绿意，放眼望去，盛大的绿盛满你的双眸，住进你的心里，江南梦，大抵就是这样吧。

刚入园子就看到极具江南情怀的风物，琵琶、二胡还有梅花，三者结合，道不尽的姑苏情。“留园寻梦”几个字入了心，当年游园的杜丽娘惊了柳梦梅的梦，而我只是寻梦，寻久违的江南痴梦，不为惊了谁，只愿不辜负光阴流转，四季变迁。

所有的风景都是因为看风景的人，才会有意义。留园是中国四大名园之一，所以来这里的中外游客很多，即便是下雨天。大片青绿的植被和碧波流水，假山在前面，走过曲径通幽的回廊，踏过写满岁月的桥面，我叫不出名字的草木在细雨中沉默着，把最真的绿捧给路过的每个游客。绿树的影子落在水中，有风拂过，搅动倒映在水中的枝叶，水的碧，枝叶的青，还有鱼儿的红，不经意地刻画出美丽的鱼趣图。

苏州园林美在灵动，从假山上走过，我以为走到了尽头，却不承想后面还有大片的园子。这里的布局像个迷宫，所谓的深宅大院大抵便是如此吧。旧时大户人家，在这深深的园子里，是否也怀想过外面的天空，其实各自都有各自的烦恼，大户人家想要市井街巷的烟火，市井小民却想要大户人家的锦绣，不过是因为未曾拥有而已。穿过很多个回廊，走到冠云峰的那个园子。据说这里的冠云峰是太湖石中的绝品，太湖石的“瘦、皱、露、透”都在这块石上得到体现。冠云峰顶峰而立，确实挺瘦，造型奇特，我并不懂什么太湖石，只觉得这块假山石有气势。

冠云峰前面是座小花园，那里环境宁静清幽，爬山虎铺满整片老墙，石阶小径上泛着潮湿的气息，园内到处是青绿的。当我面对植物的时候，心里总是静的，更何况此刻这里没有游人的惊扰，更何况这是刚下雨的江南庭院，叶子上还留着晶莹的雨珠，岁月里还长满荒芜的青苔，这时候再多纠缠都该放下吧。

若你认真地来过留园，会发现这里的垃圾桶都是青花瓷的设计，处处是风景这句话真的不为过。留园的每处风景都精心布局，恍惚间就会有种隔世的感觉，一个回眸，一个转身，就是一段故事一片绿植。今日这雨下得竟不恼人，反倒添了兴致，只因为这里是江南。

诗中写：山重水复疑无路，柳暗花明又一村。这里和诗无关，又一村只是个盆景园，但里面确实很大，没有辜负又一村的名字。小小盆景，构成园林的另一种美，园艺人的精雕细琢，在小小盆景间展现得淋漓尽致。盆景园内有片映水的假山，人站在那里，宛若画中游，层峦叠嶂的山石，犹如天然。很多人站在那里拍照，取留园之美景，留旅途之记忆，这样的记录方式，如此美好。

作为四大名园的留园名副其实，既有山水之灵动，也有田园之趣味，更有山林之静谧和庭园之清幽。这座古老的园林在清代还有个诗意的名字：寒碧山庄。而留园这个名字则因以前这里曾住着姓刘的主人，所以也叫刘园，后改名留园。不论是怎样的名字，园林还是园林，风景还是风景，千百年来宠辱不惊，纵使历史更替，它还是旧时模样。

再美的风景，只有真切地走过，才会感受深刻，留园的美，我用镜头记录，用拙笔续写。留园寻梦，在某个落雨的午后，邂逅，收藏。留园的梦就留在园中吧，若日子宽裕，终会有再寻的那天。

乌镇，谁与谁的似水年华

错过的人已经错过，等待的人还在等待，我们都是红尘中背着枷锁的过客，以为可以洒脱自如，却忘记心安即是故乡，走到哪里，都不过为了寻心中所爱。

关于乌镇的点滴，早在读大学的那年，我便有很多话想讲，可那时到底年少，以为时光不会走得那般快，蓦然回首，才惊觉，沉默代替了大多数的深爱。乌镇与爱情，英和文，似水年华都成为过去，再追忆，还有曾经的喜悦和欢喜。

我很喜欢故事里的默默，那个没心没肺的小镇姑娘，深深地爱着文。可爱情这回事儿，好像并不是我爱你那么简单，也许是文和默默太熟悉，反倒没了爱情之间怦然心动。英，那个无端闯入小镇的女子，偷走了文的心，点燃了文的爱情。生活在都市里的人向往小镇的清宁，所以当英离开乌镇回到台湾后，脑子里挥之不去的是这片水乡的温柔。

我遇见过很多江南小镇，有的烟火，有的清宁，乌镇，却是文艺的。它的文艺不仅仅是因为似水年华的故事，还有它清水出芙蓉般的风景。

乌镇作为江南四大古镇，名气自然很大，但它却并没有那般商业。我先进入的东栅景区，商铺不多，走过小桥便是典型的明清江南民居，夹岸的柳绿着，映衬着流水人家。恰逢假期，游客较多，如果是平日来到乌镇，天公若作美，下着蒙蒙细雨，不撑伞，走在千百年的石桥小巷，便是极美的风景。

突然想起前几天和文友的对话，他问我是否去过乌镇，我答还没有。他说：我还记得那年和小姑娘的妈妈在乌镇，下了雨，游人很少，我们撑了油纸伞就那样走着，那时的光阴，真美，乌镇，真安静，你有机会要去走走哦。我听着他说乌镇，感受着他曾经的诗意，这份光阴，唯有珍惜二字才不辜负。

东栅景区内我印象最深的便是蓝染花布染坊，蓝染花布的美，是最惊心的，因为它们的低温，所以更入人心。当我们走过很多路，经历很多风风雨雨磕磕绊绊，才会懂得蓝染花布的美，就像少年时，谁不是轰轰烈烈，张扬得似乎要让全世界都知道有你的存在，可是到了后来，那些浮夸、耀眼的东西都丢掉吧，唯有至简方是大美。

蓝染花布染坊内植有大片的爬山虎，绿绿的攀爬在墙壁上，伴着悬挂在大院里的蓝染花布，宁静祥和。正是午后，阳光透过缝隙洒下来，初夏的风轻轻地摆，风中的蓝染花布像起舞的少女，倾诉着无声的爱恋。你是染坊姑娘，他是风度翩翩的公子，本不该发生的故事，却在五月的蔷薇花下忘了光阴流转。

江南，不论何时提起都那般湿软，似乎所有与浪漫有关的事都该发生在这里的灰墙黛瓦间。江南民俗馆内，听到小导游热情的介绍：在江南，古时的大户人家生了女儿都会在家中庭院栽香樟树，女儿待婚嫁的年龄，香樟树亦长成，这时媒婆只要在院外看见此树，便知该家中有待嫁姑娘，于是上门提亲，女儿出嫁的时候，家人则把樟树砍下，做成两个大樟木箱，并在箱内放上丝绸被，作为嫁妆，故名两相厮守（两箱丝绸）。我听着听着，竟有回到明清时代的感觉。对于爱情，我想每个待嫁的女子都是相同的吧，两相厮守莫过对爱情最好的诠释，可在现世，还有多少这样的情怀呢？能两相厮守的，大多是责任和义务，真正为爱相守的夫妻那么少，那么少。有句话这样讲：能不能遇见一个人，先相见恨晚，再不负此生。这需要上帝多么深的慈悲才能相见恨晚后不负此生呢？大多数相见恨晚的人最后都负了此生。

乌镇是文化者的文艺小镇，茅盾的《林家铺子》把我的思绪带回那个读书的年代。大概是中学时候读到的这篇小说吧，那时候也不是很懂故事要表达的意义，只是看到朴局长要纳林小姐为妾时感到厌恶，看到林太太把林小姐许给寿生时感到欢喜。当时我没想过有天会来到这座小镇，很多事就像注定了似的，该相遇的终归会相遇。

茅盾故居很有文人的气息，两棵大树立在院子两边，浓密的叶落在瓦檐上，斑驳了光阴，沉默着流年。故居内陈设着茅盾先生的生平事迹，关于他的家庭以及文学贡献。茅盾先生小时候跟着母亲生活，幼年丧父，读书时候成绩优异，考入北京大学，毕业后入商务印书馆工作，是中国现代作家、文学评论家等，寥寥几句话，简单囊括了先生的人生。这些都是后来人为先生总结的介绍，人生如此长，又怎是简单的几个字便可解说呢。茅盾先生的人生，只有他自己最懂得，而我们大家的人生，何尝不是只有自己最明白，毕竟只有你才是你人生的经历者呀。

看过江南水清清，走过落满尘埃的青石街巷，出了东栅，有几家小铺热闹着，卖乌镇的特产。时间过得真快，走到西栅景区的时候，已经将近三点，景区门前的粉红色蔷薇，却并不惧怕光阴流转，自顾自地开着，任游人匆忙走过。

西栅景区最美在夜晚，在网上看到西栅夜景图，水波荡漾，灯光打在水面，小船晃啊晃，人家的瓦檐落入水中，天上的明月捞进梦乡，小镇渐渐归于安宁。

西栅没什么特别的景点，但它整体的风貌却有种天然去雕饰的美。景区内流水岸便是绿树红花，走在这里，有走在郊外的感觉，这也是它和别的古镇最大的区别。我去过其他的江南古镇，大多有着浓浓的烟火气息，乌镇扑面而来却是天然的美。

西栅其实比东栅还要大，可我并没有多逛，到底是追着时间跑的人，等不及我细细欣赏，便到回程的时间。如果有机会，去乌镇吧，这里没有到处拍摄古装照的影楼，只有安静的流水和古老的民居做伴，如果你来到乌镇，记得替我在西栅多停留吧。用最深情的爱，拥抱这座小镇，英和文的似水年华，我的梦里水乡。

网师园，等你在雨中

几乎每年清明都会下雨，而这雨落在江南，倒真是别有风情。清晨起来就嚷着大小姐要出去逛园林，刚出门就飘起了小雨，我们只好折回来。那就练会儿琴吧，琴声、雨声，还有窗外的那丛竹子，亦有别样的美好。午饭后，雨住，大小姐便又带着我出去赏花观园。此次的目的地——网师园。

提到网师园，我还忆起刚来苏州的时候。正是梅子雨季，我来到苏州，后大小姐也随我而来。那个周末，我和大小姐漫无目的地坐着公交车来回晃荡，听到报网师园站的时候，我说：下车去看看？应该是个园林吧。就这样我们俩稀里糊涂地在网师园站牌下车。果真是园林，穿过深深的巷子，便是网师园景区门口。

网师园距离住的小区并不远，坐公交车十五分钟就到，每次去观前街或者平江路，我也会路过网师园，可能是因为太近了吧，心里倒也没有想着什么时候可以专程去园子走走。

今年的清明，大小姐说：我们去逛园林吧，网师园最近。于是我们俩就这样在雨纷纷的清明和它相遇，邂逅片片紫藤花开。

网师园曾经的园主大多为文人雅士，这座园林，亦有“渔隐”的雅号。虽然园子没有四大园林那么大，但它的纤巧也让人心里欢喜。虽然是雨天，来逛园林的人也不少，很多老外手中拿着相机在这里拍假山、观鱼嬉。刚进入园子，雨大了起来，轰隆隆的两声春雷，此刻也别有雅趣。

天上的雨滴答滴答，落在瓦檐上，落在长满青苔的石板小径，落在写满沧桑的白墙。春天呵，园子里草木萌芽，那些我叫不出名字的老树，叶子嫩得可以掐出水来。我细细地瞧叶子，晶莹的雨珠像极了情人的眼泪，那么通透，那么清澈，又那么灵动。春天的绿是带着生命的，特别是下了雨的江南，那绿恨不得要全部倒入你的眼里，看得久了，甚至想要落泪。不动声色的美丽往往最容易让人感动，就像此刻那些被雨洗刷过的绿叶。

走过弯曲的回廊，对面是个茶楼，茶楼的前面，则是片开阔的花园。茶楼里坐着喝茶的老人，讲着温软的姑苏方言，雨继续下着，茶慢慢品着，园子里的花，好好开着，不惊亦不扰。

茶楼前面的那片花园里植有几株牡丹，粉红色的，在雨中娇艳欲滴。雨珠落在花瓣上，仿佛给牡丹戴上了翡翠项链，增添许多灵动之美。说到牡丹，我想到故乡的风景，每到四五月份，牡丹花开，整个洛阳城都是花的世界。长在洛阳的牡丹富贵雍容，是那花开时节美动京城的花朵，自有一种大家闺秀的端庄，而牡丹长在园林，落在江南，反倒感觉是小家碧玉的灵动，大概是牡丹染了江南的柔情吧！

不到园林，怎知那春色如许。园子里处处都能看得出精致。迎春花长在水畔，恰好有雨，恰好有落花。小小的黄色花朵落在水中，小鱼儿也跑出来和天上落下的水嬉戏。天上的水和园林里的水交融，圈圈转转，激起层层涟漪，水岸是座小亭子，游人悠闲地坐在亭子里的石凳上听雨。好一幅美丽的江南烟雨图，此刻莫过于此。

网师园里面有导游讲解，我和大小姐听了几句。你们知道为什么这里的窗花是三个圆吗？游人纷纷摇头。这里是主人的书房，三个圆形的窗花，寓意连中三元，考状元呀。哦……众人点头。这里原是南宋侍郎史正志退隐姑苏时修造的，因府内列书四十二橱，藏书万卷，于是就叫作“万卷堂”，对门的地方建造花圃，名为渔隐。导游继续讲解着，我和大小姐已经离开，去往下个风景处。

清明的雨淅淅沥沥，有时大，有时小。我们走到紫藤花下的时候，雨就大了起来。雨中的紫藤花更美，雨丝、紫色的花朵，还有前面的假山与瓦檐，构成这幅美妙的画作。还有两个过了不惑之年的女人在这里拍紫藤花，其中一个女人不停地说着紫藤花真美。她拿着相机让女友站在花树下，“咔咔”拍了好多张照片，脸上是满满的喜悦。中途的时候，我看到那个女人接了个电话，电话里她讲：我在紫藤花下呢。听的人心里生出无限美好。你在哪儿呀？我在紫藤花下。多美的对话，就像我在春天里，无论在哪里，我都在春天的怀抱里，多好。她的女友浅笑着说：哟，浪漫着哩，在紫藤花下。这时候我突然觉得这两个女人好美，虽然她们的脸上已经有了岁月的痕迹，但她们的心里，始终保持着孩子般的纯真。

我用镜头拍下了雨中的紫藤花，淡淡的色调，柔柔的雨丝，清雅的花朵，我多想化作那翩翩的蝶，在春雨中吻一朵花的灵魂。紫藤，美丽的爱情之花，花语：为情而生为爱而死。那紫衣女子和白衣男子到底殉了情，在陡峭的悬崖边开出美丽的花朵，生生世世，花与树相依，再不分离。

离开的时候，那两个女人和我们说再见，人与人之间的美好，因这偶然的相逢。雨还在淅淅沥沥下个不停，我和大小姐撑着花雨伞走在回家的路上，再见，美丽的紫藤花，再见，路上邂逅的美好。

西塘，生活着的烟火小镇

西塘是我遇见的最具烟火气息的小镇。很多人对我说：江南古镇，去过几个著名的就够了。我并不那么认为，只有旅游的人，因旅途匆匆，才会有这样的想法。对于江南小镇，我不愿做匆匆的旅人，那么认真地住下来，住下来用心感受这里的日常和喜乐。

在苏州的这些日子，去了很多古镇。我记得甪直的青团子，是霜儿带着一起去吃的；我记得锦溪的袜底酥，是那样香酥可口；我记得周庄的猪蹄；我还记得木渎的乾隆御游节和惠山小镇的禅意。所以我再次走在路上，西塘，一座生活着的千年古镇，等着我缓归。

清晨在苏州乘坐开往西塘的巴士，冬天的太阳写满柔情，我找了临窗的位子而坐。车窗外的景物不断倒退，一片片的水田在冬天的暖阳下静默，阳光投进水中的影子，折射出斑斓的波纹，江南民居依水而建，灰瓦白墙。我望着车窗外的风景，身体和心灵同时在路上。不是对某处景点有多痴迷，只是，我喜欢这样在路上的感觉。如果车子可以一直走下来，不要停下来，是不是就不惧怕光阴的侵蚀。

巴士开进西塘镇汽车站，我和姐姐沿着路牌标示看到了西塘古镇景区。景区整个被环绕起来，西塘古镇管理得很严格，可能是因为江南四大古镇的缘故吧，名气比较大，所以即便只是进古镇区就需要门票。“小船儿摇啊摇，小船儿摇啊摇。”江南小调的音乐把旅人拉回千年前的江南旧梦。桨橹、小船儿、蓝染花布、青石小巷、烟雨蒙蒙、多情的女子。是那美丽的错误，你打江南走过，不是归人，只是过客。

进入景区后是五姑娘主题公园，最开始我以为这已经是古镇区域，心里不禁还想：西塘的烟火何来？因这里毕竟是个公园，游人并不是很多，就连商铺也不多。独瓦亭是建在五姑娘公园湖畔的亭子，冬天的江南依然还有绿意，亭子两旁植有垂柳，典型的江南风景。据说这里有个很美好的传说：相传清末时期有个地主家的小姐爱上了家里的长工，后遭到同父异母的胞兄迫害而死。而独瓦亭则是长工为表达对五姑娘的爱情，特意烧制的瓦片盖成。这个亭子里还有一口钟，钟上面刻着他们两个人相约的文字。只要和爱情有染的故事，总带着些凄迷的色彩。

公园内还屹立着五姑娘的雕塑，在水畔而建，雕塑中五姑娘低眉颔首，温婉美丽，恍若仙子。隔着湖水望过去，碧波如烟，我突然想到了《诗经》中的“所谓伊人，在水一方”，那美丽的女子，正涉水而来，轻盈得恍若梦中，怎能不让人“悠哉悠哉，辗转反侧”。

这个公园内的建筑仿佛都是后来修建，直到走过小桥下的栈道，我们才进入古镇景区。此刻，烟火气息就显现出来了。古戏台在桥上，咿咿呀呀唱着我们听不懂的戏曲，但那台上的女子真好看，绣花的衣，娇羞的颜，温润的唱腔。听到小导游在身边对游客解说：这是越剧，以前专门唱给当地的老爷们听。后来导游又说了什么我没有听进去，因为在戏台对面有棵很漂亮的柳树。柳树临着小河，那条小河直通到古镇街市内，而这棵柳树比常见的江南垂柳粗且壮，又因在西塘古镇景区入口处，我猜想这棵树是否有怎样的传说，守护古镇祥和安康。有风吹过，柳枝舒展着，泛黄的柳叶在风的召唤中缓缓飘落，落入小河中，落在我的玫瑰色长裙上。

走进景区，浓浓的生活气息扑面而来。各种糕点、礼品店都让人应接不暇。“花制作”文化创意馆就在西塘古镇入口不远处，民族风品牌中，我很喜欢它。虽然平时我已经很少穿古典的民族服装，但对“花制作”这个品牌，还是深深地眷恋。喜欢“花制作”也只因为“找个小镇，平淡藏身”。因为有爱，他为她裁衣，因为有爱，他们迎着小镇的日出日落相携相伴。

在花制作创意生活馆，有个很有意思的爱情锁墙面。墙面上挂满绿植，绿植下面是不同的小锁。《西塘·爱情锁》故事这样写道：找一个没有名字的爱情锁，并锁上，与一个在西塘寻找爱情的异性来一场不经意的艳遇；与相爱的人将名字分别刻在锁上，并将两把刻着名字的锁锁在一起，挂在西塘的古桥边老墙上，象征永不分离。爱在西塘，把爱锁住。我想西塘适合相恋和艳遇吧，你是否也在千万人之中寻找那个有缘的人，只因为你的回眸，从此我愿为你洗尽铅华，在烟火的日子里清简喜悦。如果你来西塘，愿你邂逅久违的那个人，轻轻地问候：哦，原来你也在这里。

醉园是西塘古镇里的小园林，曾经是西塘望族王氏的宅院。这里的王氏曾是版画艺术家，进到园子，就能感觉到江南名门的家族气息，也因是王氏居住的宅院，我从心里感到亲切。园子并不大，但建造得却并不含糊，最有名的就是江南罕见的微砖拱桥，虽然小桥极小，但却结合了自然风貌，人站在小桥上，桥下是细细的流水，自庭院缓缓而过。越是小的园子，建造得越是精巧，回廊通幽，翠竹青葱，池石玲珑，在这小小的园子里尽显无遗，每一处都运用得恰到好处。

在这座小园子里我们邂逅了一只猫，懒洋洋地蹲在雕花石窗上晒太阳，游人走过，爱怜地逗着它玩，它也不急不恼，依旧悠然自若地晒着暖阳。所有的小动物中我最喜欢猫，看到这只小猫，心里生出无限怜惜之情。这样的庭院，这样的回廊，这样的暖阳下懒懒地晒太阳，管外界多么闹腾，都和它无关了。我拍了会儿猫，又拍了攀爬在斑驳老墙上的爬山虎。

老墙落上了青苔，只有这荣枯有序的爬山虎知道，这座院落里曾有过的悲欢，而我们，终究只是旅人，竟不如一株植物长情，陪伴老墙老院年年日日，不离不弃。

园子内幽深静谧，园子外百态众生。前面就是著名的烟雨长廊，而长廊在江南的建筑中是很常见的一种，亦是烟雨江南的独特风景。西塘的烟雨长廊足有1000多米，因江南多雨，这样的长廊可让人们免得淋雨，若是下雨天，站在长廊上赏雨、听雨声，也别有意境。看那天上的雨顺着长廊的瓦檐落下，落在河面，也落在有情人的心上。乌篷船摇啊摇，油纸伞转啊转，那些似水流年的故事，你可记得，他可记得。那年，你是枕河人家的女儿，他是打马而过的少年，光阴到底是无情，摧残着落花流水，典当了如花美眷，而他终于扬鞭策马，而你终究闺阁独念。

酒吧一条街是西塘必去的地方，这里适合邂逅爱情，适合醉一场。这条街上什么样的酒吧都有，因为是中午，酒吧里没什么人，只有唱着爱情的歌手，在那里演绎自己的生活。小酒吧更有情调，一只手鼓一把吉他，一个帅帅的民谣歌手，唱着《董小姐》或者《南山南》。我没有勇气进去让自己醉一场，或者，我是害怕那样迷离的错觉。每个人心中都有两个自己，一个乖巧懂事，是人人喜欢的乖乖女，一个渴望沉迷，浪迹天涯无所畏惧，但很多时候，我们并没有那样的勇气，于是在烦琐的尘世中继续牵强地微笑，假装自己活得很幸福。

那些小酒吧的名字亦很动情，要多文艺有多文艺。来西塘的人，至少该在某个深夜来这里忘了自己吧。可是我们并没有，因为我知道，我不属于这样热闹又寂寞的生活。

西塘还有很多博物馆，比如，根雕博物馆、纽扣博物馆；还有瓦当、酒文化、明清木雕博物馆……我们一个个走过，看千百年前的瓦当如何精致，看古人的纽扣有的灵动。在西塘古镇上走着，还会遇到卖酒的店家，大坛的美酒摆放在门前，看得人只觉得生活好。女儿红、状元酒……很多我们都不知道名字。据说在江南大户人家，只要生了女儿，父母就在宅院里埋上一坛酒，等女儿长到十八岁要出嫁时，这坛尘封了十八年的美酒才会开坛，因此此酒也就被叫作女儿红。听起来好美的意象，江南人家，总有很多写满情谊的习俗，让听到的后来人为之痴迷。

在西塘街巷上闲步，偶遇一家很有情调的小店，只因为它的店名：造梦——用一双手，为你筑造一座城。走进店里，皆是古朴的手工作品，圆沙发上窝着一只长相可爱的猫咪，猫咪肥肥的，看着就让人忍不住想去抱一抱。店主是一位留着短短胡楂儿的男人，似乎是一个有故事的人，他坐在店里对到店的顾客也不多说一句话，随你自由地看。店里除了手工制品，还有大概不到十本的旧书。这样的男人，想必有着深海般的心吧，是为了深爱的女子，在小镇为她筑造一座爱的城池吗？

石皮弄是西塘古镇最窄的弄堂，真的很窄，感觉和同里的穿心弄有些像，只是穿心弄有着凄美的爱情故事，而这里的石皮弄我却无从知晓。不过走在这样的深巷，很有江南风韵。

西园和苏州的沧浪亭雷同，假山石砌。不过听说这里曾是南社雅集的聚集地，沾染了文人墨客的气息，总有着说不清道不明的缠绵情怀。站在西园假山往后面看，是一条深巷，我看到一只大红灯笼上写着雨巷，想起戴望舒笔下惆怅彷徨的丁香姑娘，不过在这里看却是拥挤的游人，如果恰好有雨，如果没有那么多的游客，或许这里会成为很美的风景。

看过古镇风景，我们的行程并没有结束。旅行之美在于融入当地人的生活，走出古镇景区，是西塘镇，常绿的香樟树装扮着这座小镇，傍晚时分，买菜回家的年轻女人笑意盈盈，想着该准备怎样的晚餐给爱人和孩子。我和姐姐找了家麻辣烫小店，小店的阿姨很热心，害怕我们等太久，不住地探出头对我们说：稍等啊，马上就好。生活里的幸福，都融化在热腾腾的麻辣烫里。

夜色渐浓，我们踏上归途。巴士在夜色中行驶，我枕在姐姐的肩头，安然入梦。生活着的千年古镇，只有西塘，冒着热气的糕点，乌篷船载着旧梦，酒吧里的歌声，飘远，飘远……

到苏州不游虎丘乃憾事也

苏东坡有诗：到了苏州不游虎丘乃憾事也！这句话足以说明虎丘在苏州的地位。我总喜欢在游人最少的时候遇见苏州每处风景的旖旎，比如去耦园我选择在初冬；去荷塘月色在莲叶何田田的季节，虽无法看到娇艳的莲花，却拥有了碧波如烟的安静；去同里的时候，我们清晨早早起来，只为想要看看沉睡了一晚上的小镇如何苏醒。所以这次到虎丘，并不是虎丘最美的时候，但却有难得的清雅和匆匆旅游所看不到的虎丘美景。

苏州最美的季节在春天，绿肥红瘦桃红柳绿，烟雨画舫灰墙黛瓦，所以虎丘最美也在春天，山上树儿绿了，花儿笑了，翠竹青葱，流水碧波。冬天的虎丘山虽不及春天那般万物复苏，却有冬天独特的壮阔之美。

进入虎丘景区，先看到的就是屹立山顶的虎丘塔，它的威严给人一种庄重的感觉。苏州是全国古城保护最好的城市之一，在苏州老城区，所有的建筑最高不能超越虎丘塔，所以你若来到苏州旅行，会看到老城区烟火气息的居住环境。由于古城内的建筑大多比较低矮，所以会让长久在高楼大厦生活的人有种回归的心理。那些刷白的墙，翘起的瓦檐，门前的流水和街道上的梧桐，都充满着浓浓的烟火气息。这也是最原始的苏州，世人眼里的烟雨江南。

当然说了这么多，并不是苏州发展缓慢。苏州老城边缘，发展迅速。崛起的高楼大厦和商业，让苏州成为适宜生活和奋斗的城市。

虎丘山上种了很多的竹子，大片大片的竹林映入眼帘，沿着竹林旁的曲径就可以走到山顶。江南的山都不高，在北方游人的眼里可能就是小土丘，但就是这样才有了江南的秀气。围着虎丘山下面则像个小公园，如果你不想爬到山顶，在山脚下听听竹叶沙沙、溪流叮咚，也是很美的事儿。

虎丘景区内的竹林简直多得有点儿过分了，当你走在竹林中的时候，听着竹叶的低声细语，你会觉得仿佛走进了秘境。何况这里还是虎丘，吴王死后所葬之地。小时候看了些《聊斋》故事的电视剧，每当出现竹子的时候，就有很重的阴风，竹林里长衫男子风度翩翩，吹着竹笛，翩然而至。这也总让我想到类似的三生三世情缘。如果人类真的有前世今生，如果爱恨真的可以超越时空，是不是也就不会有那么多的遗憾。人生，不过都是为了修来世的福报，今生你是帝王将相也好，布衣百姓也罢，最后都需要一抔黄土一座孤山，陪伴你的只是萧瑟的竹林和大自然的花鸟雨露。

走过竹林则邂逅叮咚的山溪，溪旁几株蜡梅已经小心翼翼地开了。竟是腊月天呢，那股冷香吸入身体就能感觉到清爽。蜡梅是真香，要说江南最香的花儿，莫过于桂花和蜡梅。桂花是糯糯的香甜味道，而蜡梅，却是大观园内冰清玉洁的女儿家，清冷寂寞独自开。不知道是不是世间所有的好香都给了黄色的花儿，桂花是黄色的小花儿，到了九月，整座江南城都浸淫到桂花香里，蜡梅也开小黄花儿，挂在枝头并不起眼，只有那股冷香，牵着你的心。蜡梅只属于冬季，也只有冬季的寒才配得上它的香，不甜腻，不造作，是那样的决绝和凛冽。

我们绕着山脚下走，走到拥翠山庄门前，那是另外景区门的上山通道，山庄内的建筑结合虎丘山特点，依山势分四个层次，景色变化万千。而拥翠山庄也是苏州唯一无水的园林，苏州园林众多，多是假山流水，亭台楼榭，而这座园子则显出它独一无二的气质。我更喜欢这座园子的名字。拥揽虎丘翠绿山色吗？山庄内应该有着怎样动人的故事？名字在这里给了人们无限遐想。你要的世间万千繁华不只是过眼云烟，我坐拥山庄，与自然四季同在，笑看云起时，要多洒脱有多洒脱。

我们走过山庄，走向虎丘山之巅。路上遇见无数风景，试剑石只是小小的石头，却赋予了帝王的意义。传说这块儿石头是当年吴王用剑劈开的，只为了试试宝剑的锋利。只要有了传说，就有很多故事。那些来到这里的旅人，也不过是想要寻找些当年的痕迹，宁愿相信编织的美丽传说，在梦里寻寻觅觅。

虎丘剑池也是很著名的名胜古迹，有小导游在那里讲解：“虎丘剑池”四个大字原为唐代大书法家颜真卿次子颜頵所书，这里就是吴王阖闾墓的剑池。我们站在“虎丘剑池”四个大字前面的石块上听着小导游的讲解，似懂非懂。年轮碾过历史的脚步，那些风云往事，也不过是成了后来人的说辞。

告别路上的片片落叶，问候过禅佛幽深的庙宇，终于站在了虎丘塔旁。那高高耸立的塔里，又有着怎样的传奇。当时的科技尚不够发达，这样的工程，需要工匠怎样坚韧不拔的努力才有的成果。我们不记得他们的名字，只看到了不会说话的宝塔。

我们绕山而下，山脚下还有一座小小的一榭园等着邂逅。那是入口处的一座小园，园子后来经过人工修建，只有浑然天成的小池塘保持了本真的面目。冬天的池塘里也萧瑟极了，没了荷花的开落，只剩下零星的干枯荷茎，在水中静默安然。水岸的柳叶泛黄，冬季，最喜风吹落柳叶的样子，纤巧的柳叶扑簌簌地落下，给干燥的大地添上似黄微绿的地毯，人若是坐在柳岸边，人和垂柳皆为风景。

虎丘还有很多我们没有遇见的美，也许，待来年春暖花开时，再续旧梦。这是冬天的虎丘，萧瑟中带着不容亵渎的美。若你来，不要问季节何时，记得：不游虎丘乃憾事也。

有种生活叫周庄

去周庄，是计划了很长时间的事情，只是很多事情命运并不会尽如人意，所以我安静地等待命运的安排。

阳历新年伊始，我终于如愿，踏上这片魂牵梦萦的小镇。很多人说，天下古镇都一样，我并不这么认为，虽然大同小异，却仍然有它们的不同。譬如，同里有它的千年艳遇穿心弄，木渎有它的乾隆御游节，角直有它最美味的青团子，周庄有它独一无二的沈厅。

周庄被称作江南第一水乡古镇，素有“东方威尼斯”美誉，定是有它最独特之处。

转了三趟公交车，终于抵达这座小镇。很多人为着沈万三的故事寻来，我不知道自己到底是因为什么，会对这座江南小镇许下相见的诺言，当我看到周庄这两个字赫然而立的时候，心中有无限喜悦。

周庄是我对江南的第一印象。记得小学语文教科书中有一篇文章写的就是周庄，文章的作者和题目我早已记不清，后来我在百度中寻找，也没有找到。20 世纪 90 年代的语文教科书早已过时，想必那篇写周庄的文章也早已被删除了吧。也是那个时候，我看到了和故乡不同的风景，这片风景中有小桥流水，有青石烟巷，有古船画廊，有轻柳柔肠。至于在后来岁月中，江南成了我日日夜夜思念的地方，小镇成了我的朝思暮想。

很多人都怨怪周庄太过商业，其实我们应该明白，任何一个开发了旅行的地方，都会有商业的存在。既然爱着这片水乡，又何必仅仅抓住它的商业不放。

在门口换了门票，我背着相机踏入古镇的青石小径。纸箱王就在景区的门口，刚入景区，就被这样充满童趣的美震惊。这是一个创意小餐厅，更多的还是供游人观赏。进门是很多纸做的创意小玩偶，一直往里走，整个院子都被这样的创意包裹着，这一刻你才体会到，艺术是多么的强大，哪怕是被人无视的纸箱，在艺术家的手中，都可能变成一件精美的艺术品。纸花灯、纸木马、纸柜子，甚至连餐厅的凳子都是用纸糊成的。我坐在纸木马上，仿佛一下子回到了孩童时代，纯粹美好。院子里那一排排的风车吸引了我的目光，偶尔有清风吹过，风车不停地转动，五颜六色的风车好似一个童话，一个关于爱情的童话，一个动人的青梅竹马。我的思绪开始天马行空，如果这样的美好可以让人心灵澄澈，孩子气一下又有何妨。

到了周庄一定要走走双桥，我站在桥上，听到小导游拿着一面小锦旗热情地介绍着。双桥建于明代，两桥相连，样子像古时候的钥匙，也名钥匙桥，后来因画家陈逸飞先生的《故乡的回忆》油画而闻名世界。当年陈先生就是坐在那个位置画下的这座桥，就是前边檐角下的那块儿石头上。小导游一面介绍着一面用手指着对面的那座老宅。我安静地走过桥廊，心里默想，原来，这就是双桥呀。游客还在认真地听着，我拾回思绪，继续行走。

陈逸飞故居距离双桥并不远，这座老宅并不算大，却有着艺术家独有的气质。院子里的花花草草早已枯萎，拾阶而上，踏入古宅老屋，屋子里悬挂着陈先生的油画作品，我不懂油画，只是静静地观赏。想着当年陈先生在这里生活的光景，或许，在我与画作对望的刹那，会有一丝懂得入心。

张厅和沈厅是很多来周庄的游客必去之处，我不愿只带着游人的尘埃踏入这座静美的小镇，我想，我与周庄的相识，早在某个千年。张厅是官家居所，沈厅为商家居所，但对于这两个人，我想还是留给历史去评说吧。

旧时老宅总带着光阴的况味，经历过太多的因缘变故，参演过太多的悲欢离合，时光早已在它的檐角瓦当刻下斑驳。古时代的建筑异常讲究，跨过一道又一道门，依次而入，仿佛永远也走不完。我不明白，为何会建筑得这样严谨，一道小门，就可以通往另一道小门，当年居住在这座深宅大院的人们，就被这一道又一道门封锁着，有些人一辈子，或许都活在宅院里，甚至连死，都不知道自己曾活过吧。雕花的木窗，威严的厅堂，这居住在大院儿里的人，是否也曾遐想过天井外面的世界？

轩敞明亮的大厅，墙上悬挂着字画，我不知道这些字画可是当年留下的字迹，厅堂内摆放着老式家具，虽然经历了岁月的风蚀，仍不减当年的威严，仿佛这些被时光侵蚀的物什都染了灵性，时刻昭示着昔日的风光。

富甲一方的沈万三，他的府邸依然不减当年。沈厅坐东朝西，大大小小的房间一百多间，七进五门楼。只是进入沈厅的一刹那，你就会感受到当年的繁盛。知道沈万三大概是在故乡读书的时候，电视剧《聚宝盆》正在热播，只记得那时候讲的沈万三如何成为富翁，却并不晓得原来他的府邸就在周庄，在这片日夜思念的江南小镇。沈厅第五进中，端然立着一尊沈万三的雕像，手里捧着一个金光闪闪的聚宝盆，我不由得又想起少年时代看的电视剧《聚宝盆》，据说只要拿银子砸中沈万三捧着的聚宝盆，就能招财进宝，当然对这样的说法不必认真，但依然有很多来自四面八方的游人拿了硬币往聚宝盆里投掷，我想他们大抵都是为了图个好运吧，谁也不会真的相信投中就可以招财进宝，只是对沈万三这位带着传奇色彩的江南首富有浓厚的兴趣。

我对这类招财的故事没多大兴趣，只是面对这样的深宅大院儿，进进出出，一道又一道门槛，一间又一间厢房，甚至这座古老宅院的一砖一瓦，一扇窗的雕花，生出莫名的震撼之情。是震撼时光的摧残，还是惊心光阴的无情，或许，两者都有。

走出沈厅，沿着小镇的青石小路一直向前，邂逅了一座寺庙。我自是对寺庙有一种独特的情感，纵然今生我都无法潜心做佛前的一株青莲，一捧经卷。穿过南湖秋月园，对面坐落着南湖全福寺，寺庙的墙壁上，有干枯的藤类植物依附，阳光打在墙上，生出无限慈悲的情怀。我欲踏足古寺，听一朵莲荷的开合，点一盏熄灭的青灯，却奈何命运早有安排，全福寺近期维修，暂停开放。甚至连一炷香的时间都不曾留下，我与佛就这样擦肩而过。

三毛茶楼是我偶遇的一家小茶楼，我并没有进去，只是对茶楼的名字动了心。茶楼的门前写着三毛的故事，或许，多年前，三毛真的出现在这家小茶楼。我不敢追问往事，只能在镜头中留下思念的情怀。

走过周庄博物馆，沿着双桥下来，古戏台就在接近出口的地方。很多时候，你不得不承认，你我的身后一定有一张掌控命运的大手，推着你走早已安排好的路程。

走近古戏台的时候已将近下午三点一刻，恰好赶上最后一场昆曲演出，三点十分至三点半，二十分钟的演出，《牡丹亭》中“寻梦”那段儿。记不得当时演员的名字，只看那杜丽娘的扮相如此娇媚，咿咿呀呀地唱着，我听不懂昆曲的唱词，却迷恋这种感觉，有点儿湿，有点儿软，还有点儿娇媚和慵懒。“咱不是前生爱眷，又素乏平生半面，则道来生出现，乍便今生梦见，生就个书生，哈哈生生抱咱去眠。”唱到这句的时候，我心里竟是一阵暖，爱情真是个令人既欢喜又落泪的东西，只是梦里相见，就许了终身，付了情深。台上扮演杜丽娘的女子真好看，穿着牡丹绣花的衣衫，娇羞的脸庞宛如一朵含苞的牡丹，那样的柔情满满，那样的直抵心间。我就这样望着台上的女子，听着她的欢喜她的惆怅，生生地心疼着，感动着。

离开周庄的时候，我深深地回眸。这令我魂牵梦萦的小镇，多少次出现在我梦里，多少次，让我对江南生出无限柔情。我们的一生就是一场没有回头的独角戏，来来去去，戏里戏外，何处是停留，何处是过客，都留给时光去解答。

周庄这座古老小镇，生生地牵动我的情、我的意。或许，多年后，待我风尘仆仆地归来，这里会许我一场岁月静好。

耦园有佳偶

这个季节的江南，还留着深秋的故事，迟迟不肯离去。苏城的冬季，依然可以遇见一丛又一丛的绿意，这样的绿意，是在我故乡的冬日里，不曾邂逅的风景。我与友人说：江南的冬依然青绿。她回：中原大地，早已满目萧条。有些情谊，真的无须太多言语，哪怕只是一句简单的问候，就已入心。

我和霜儿一起先去了初见书房，在初见书房要了一壶花果茶，淡淡的茶香飘散着。我和霜儿坐在二楼的包厢，轻轻地交谈，那些抓不住的未来和梦想。

我喜欢这家书房，许是在巷子深处的缘故吧，游人不多，二楼更是清静，书房里播放着舒缓的音乐，在书香中沉迷，也是一种欢喜呀。霜儿是江南女子，她希望可以见到北方豪迈的风光，我却独独迷恋江南的纤巧曼妙，人类真的是奇怪的动物，总是张望着未曾抵达的远方，却从不回头看一看手中握住的天堂。谈心是一件喜悦的事情，一壶清茶，三两知己，雕花的老旧木窗，印着光阴的记忆。就像此刻。

用一盏茶的时光，把所有的故事定格。午后，阳光透过雕花窗斜射进来，折射出好看的光影，平江路上此时游客已渐渐离去，我和霜儿离开书房，走在青石小巷。在苏州这样的城市，古意与悠闲来得总是很容易，平江路两旁的古老民居，散发着光阴的味道，能看到那被江南水浸淫过的斑驳老墙，已长满青苔，无声亦动人着，生生牵着我的心。

耦园是在这个寂寥的冬日午后，我邂逅的第一座园林。

在苏州，园林似乎就是为了这座城市而生，大大小小的园林，数不胜数。耦园在如此多的园林中，知名度并不高，恰好，此刻的我无须做苏城的匆匆过客，亦无须为了到此一游茫茫然地跟着导游进入人头攒动的知名园林。耦园在我的眼中，仿佛一位养在深闺的女子，乖巧安静地守在小新桥巷深处，守着薄薄的流年，你来或不来，她都不悲不喜。

沿着平江路一直前走，走过丁香巷，沉默的小桥流水畔，一条青石小巷指引着这座小小园林的方向。第一次听到这座园林，是被它的名字吸引。莲荷藕，庭院里是否有一池碧波，一株青莲，耦园是否也是因此得名，或者，在这小小庭院里，可有过一场江南往事，可曾住着一位荷花女子。我的思绪又开始天马行空，都只是我的一厢情愿罢了，哪有这么美好的故事，耦园不是因莲荷得名，亦没有那位荷女子低眉弄月。耦园的前身唤作涉园，古时书香之家就连家园都有一个雅致的名字，“涉”字也好听呀，好似浅笑盈盈的女子涉水而来，是那惊鸿仙子吗？那么，会不会这里曾经的主人因日夜思念恋人，梦中恋人莲步轻盈地涉水而来，于是把自己的家园起名涉园呢？

这不是莲的季节，我们也没有见到一池碧波，一株青莲。只有深深的庭院，幽香的蜡梅，在诉说着过往的风华绝代。世界上每一种生命的存在都有上天赋予它的意义，开在庭院深处的蜡梅，决然清美，淡黄色的小花儿，却散发着寒气逼人的冷香，亭台假山，廊柱流水，交相辉映的淡然。如果有一场天寒地冻，我想一定更有风情，庭院流水结了冰，草木枯萎，只剩下疏疏落落的枯枝零散着，茫茫大雪簌簌飘落，落在淡黄色的蜡梅花上，只有梅的香和雪的凉，最好是在冬夜，要多清绝就有多清绝。

望月亭在园子深处，喜欢望月这两个字，和亭结合，吐出来唇齿生香，有一座不知朝代的长亭，伫立亭子，可以望见千古旧事。是夜，月圆，月色穿过斑驳的树影洒下清凉的情怀，她轻移莲步，抬头望月，低头默然，是月色徒添了她的思念，还是她的心思惹弄了多情的月亮，或者，是寒宫的嫦娥思念人间的烟火惆怅。

我更喜欢小导游的解说，耦园因耦谐音“偶”，有夫妇偕隐之意。听闻沈秉成和严永华夫妇携手枕着碧波在园内偕隐八年，相敬相扶，十分恩爱。耦园有佳偶，人生美意莫过于此吧。

江南的每一座园林，每一处山水，仿佛都有着一段旧年往事。还砚斋是园子曾经主人的书房，听闻是因一方砚得名，园子主人的曾祖父丢失了一方砚，后被子孙寻得，失而复得砚为书房用物，于是修建了这座屋子用作书房，取名“还砚斋”，传承书香文化，以礼治家。

耦园是爱情园，有素心人执手情怀，有白月光亭台旧梦。在山石的一侧，我邂逅一朵朵粉色花朵，我叫不出它的名字，枝干很强劲，在假山的一侧，浓烈又小心地开放着，几朵被风吹落的花瓣，在午后的光阴下，也添了几许深意。

我喜欢江南的每一处建筑。姑苏园林，少了游人的打扰，你会发现它最真实的美丽。雕花楼台，褪了漆皮的廊柱，高高的马头墙，粉墙黛瓦，就连脚下的青石小路，仿佛都藏着久远的故事，等待你我轻轻提起。

寻梅记

第一次见到梅花，是在苏城。清绝的蜡梅，淡淡幽香一下子迷惑了我的身心，原来，蜡梅竟是如此清绝，清绝到只适合生长在江南这样的柔情之地。

去年的冬日，我在故乡欲要寻一缕蜡梅的冷香，却只是捡了一枚枯黄的落叶归来。那时候我才知道，江南多梅。

太多人爱梅，因梅的凌霜傲雪，因梅的清绝幽香，我爱梅，只因对母亲的思念。母亲的名字里有梅字，在我的眼里，她就是一朵饱受风霜依旧傲放的蜡梅。后来我把故乡母亲的小院儿唤作梅苑，母亲在属于她的小院儿，栽花种菜，侍弄生活，这些年辗转在外，为了求学，为了生活，为了梦里的远方，故乡的梅苑，成了我日日夜夜的思念。母亲这一生没有见过梅花，我在江南，寻一缕梅香，把疏影横斜定格在镜头下，带给母亲冬日里一份情怀。

冬季是蜡梅的季节，友说在金鸡湖畔李公堤有几株蜡梅，开得极好。寒冷的冬日，我带着躁动的心来到金鸡湖畔，寻一缕冷香。

在苏城，湖水的存在仿佛永远那么自然天成，苍茫的太湖，天然的阳澄湖，还有繁华的金鸡湖。

传闻金鸡湖因湖中降落金鸡而得名，李公堤商业区位于金鸡湖畔，是集娱乐、观光、休闲、文化为一体的国际风情商业水街。很多人提到苏城，一定会想到小桥流水，青石小巷，这是江南独有的风情，而到了金鸡湖畔，邂逅了李公堤商业水街，你会发现原来苏城也有国际的一面。苏城是一位养在深闺的女子，哪怕是与国际接轨，也不同于其他都市的嘈杂，当中国古典遇见西方风情，会是怎样的一种美，怕是只有苏州这样的城市才可以把它们结合得如此妙趣横生。

乘坐李公堤小火车从一端到另一端，欧式复古的街灯，在冬日的风中静默地迎接来来往往的过客，街区并不吵闹，时尚中有一种贞静的美。下车后步行，沿着一道一道长堤行走。蓦然回首竟发现一簇簇的茶花，开得极好，火红火红的茶花，浓烈地开放着，我心中一阵惊喜，这个季节还能见到这么美的花儿。起初我并不知这火红的花儿唤作茶花，我以为是月季，月季在我的故乡最常见，花开得很大、很烈艳，却显得普通，而映在我眼前的花儿，却多了几分媚气，这是月季无法比拟的美。花儿开得太过浓烈，甚至开到花落，也一样惊艳，地上落了很多零散花瓣，我拾捡一朵，捧在掌心，凋零也是这般浓烈，即使是最后的时刻，也要盛大的落幕。后来朋友告诉我这是茶花，它还有一个名字叫耐冬，也叫曼陀罗。我还是喜欢茶花这个名字，有些乡土气息，又有种邻家女子的单纯质朴，耐冬有种孤独的感觉，曼陀罗却犹如一位涂着大红口红扭着曼妙身姿的女子，带着放纵的诱惑，失去了本质的情怀。

沿堤行走，空气里夹杂着冬日的气息，我穿着翡翠绿色旗袍，迎着湖面吹来的寒风，有些凉。落在地上的片片枯叶告诉我这是冬季，我清晰地看到枯叶上的纹路，这是生命的纹路，由葱葱郁郁到萧条枯黄，叶子在属于自己的轮回里生生灭灭。人生又何尝不是呢，从出生到老去，这个过程叫作成长，谁都无法拒绝，无法改写。

忽闻一缕淡淡香气，淡淡的味道，却有种无法拒绝的冷清。是蜡梅的香气吧，我想着，循着香气看到一株蜡梅开得正好。我惊喜得差点儿叫出来，终于见到了蜡梅，竟有种众里寻他千百度，蓦然回首的情怀。淡黄色的小花儿，不招摇，不媚娆，却生动无比。我突然想起黄庭坚的诗句：折得寒香不露机，小窗斜日两三枝。这两句诗竟是把蜡梅的冷、清、绝写得这般生动，蜡梅的香，是寒香，不透骨的香，沁人心脾，有种冰雪的凉意，三两梅枝疏影横斜，没有那么繁复壮大的声势，只是这瘦瘦的两三枝，就足够让你沉醉。

蜡梅开在假山石缝，我伫立石缝旁，闭上眼睛感受着清凉的梅香，轻轻地把梅枝拈在指尖，细嗅一朵梅花的香魂。当年林和靖以梅花视为知己，隐逸孤山，植梅养鹤，他的前世一定是一株飘逸的寒梅，傲骨凌霜，这一世，他把自己的一生都交付给一株冬梅，不问尘世过往。林和靖离开了，孤山上的梅花是不是零落了一地，曾经喂养的野鹤可落下晶莹的泪珠，埋骨梅花树下，也算是一种浪漫吧。

昆曲《牡丹亭》中，杜丽娘只因一梦断送了生命，后葬于梅花树下，建成梅花观，书生柳梦梅后住进梅花观，掘坟丽娘还魂，有情人终成眷属。所有的果都有前世种下的因，柳梦梅的名字仿佛就暗喻了后续和杜丽娘的生死姻缘，梅花树下，梦定情缘，爱情就在梅花的开合中滋生蔓延，最终修得人间鸳鸯眷侣。

我寻到的第一株蜡梅，隐约阵阵芬芳，拿出相机定格下此刻的岁月静好，当我牵着母亲的手，轻轻地告诉她：这是江南的梅，镶嵌着爱意的梅。那个时刻，一定会有一种叫作亲情的感动，流淌在我和母亲的眉间。

循着淡淡梅香继续前行，一路邂逅青葱的翠竹，明黄的小花儿，还有一些不知名的淡紫色花儿。江南的竹即使到了冬季也一样青翠，和我的翡翠绿旗袍交相辉映。我对着一路邂逅的风景浅浅笑，时光，静谧美好。直到离开，我也没有见到第二株蜡梅，与我渐行渐远的那株蜡梅，无须告别，它是我生命旅途中独一无二的风景，亦是我今生今世的思念。

石湖，渔隐小村

每一朵花里，都住着精灵，每一缕阳光，都写满温情，每一湾溪流，都唱着歌谣，而你，是我路过最美的风景。踏着春日气息，放飞沉睡了一冬的魂灵，拥抱一寸寸水秀山清。

春天的石湖碧波如烟，垂柳抽芽，丝丝缕缕绕着湖水，在江南，这样的美意入画十分。恰逢周末，去往石湖踏青的人很多，也不辜负了如此春色。

石湖属于太湖支流，位于姑苏城西南郊太湖之滨，它的美在于田园风情。传闻当年范蠡带着西施就是从石湖而入，一路泛舟太湖，从此过上了隐居的生活。传闻总有美好的意象，一代美人最后的归宿，人们总希望有一个好的结局，历史的更替，岁月的迁徙，依然是这样的一片湖水，只是那些散落的故事，都化作了风中的尘埃，留给后世去寻找。

顺着湖堤一路往前，是渔庄，第一眼看到这两个字，心中一阵窃喜。原来我以为这是一座小村庄，村庄里住着质朴的农人，直到走进庄内，才知晓原来是寓居苏州的前清举人，著名书法家余觉修建的家园。后经过修缮，被列为苏州文物保护单位。进入渔庄，首先是大片的樱花，开得绚烂之极。这是一个百花争艳的季节，大朵的玉兰、娇嫩的桃花、清雅的梨花，还有浓烈的樱花，一个个吻着春天的暖阳，努力地绽放，樱花最浓，小小的花朵却有无穷的热情，尽情地舒展呀，舒展呀，直到昨夜的一场春雨，打落片片花瓣，依然不后悔的样子。

园子内廊桥幽梦，曲径通幽，鹅卵石铺成的小径两旁是大朵的玉兰，有些已经凋零，落在草坪上，一副颓败的样子。玉兰的颜色也有多种，粉的、白的，但我不喜欢这种大的花儿，总觉得太过张扬，而且有种野姑娘的味道，开得那么招摇，高高地挂在枝头，虽然白色纯净，用在白玉兰上，就有种染了尘埃的俗气。一眼望去，满园的绿意滋养着我的双眸，白墙灰瓦，午后阳光的照射下，留下斑驳的竹影。那一大片竹子十分青翠，只有在江南，我才会见到这样青翠的竹子，仿佛染了灵气。

垂柳只有种在水岸，才会显得灵秀，而江南的水岸，柳丝更加轻柔。一缕缕柳丝垂下来，仿佛天然的帘子，缥缈了我和湖水之间的视线。有些垂到水岸，风儿吹过的时候，湖面泛起微微涟漪，柳丝随风翩然起舞，真的有渔隐之意。

石湖另一侧紧邻上方山，上方山下有一片油菜花田，明黄的花儿开得朴素羞涩。一面是湖，一面是山，一面是农舍，这里的油菜花更入了地气儿，记得小时候，每到油菜花开的季节，我都喜欢去田间，采摘一大束捧回家，放在家里的玻璃瓶中，能够水灵好几天呢。油菜花不像那些规划在园子里的花草，它属于乡野，花开季节，老远都能够闻到清雅的花香，萦绕在农家村舍，深深地吸气，花香沁入心间，再没有比拥抱自然更美妙的事情了。

我们没有爬上方山，只赏了湖光美景。在清雅的油菜花香中缓缓地踏上归程，太阳缓缓西下，落入山的另一边，夕阳的余晖映射在油菜花田，一切都美。

做一个乡野农夫吧，住在水岸，睡在花田，吻着青山，伴着夕阳。某一天你疲了倦了，请轻叩门环，一定会有一壶茶，一束花，等着你，把故事诉说。

白象湾，静心山林

白象湾属于太湖旅游景区之一，位于苏州西郊，距离天池山、花山都很近。或许是从小生长在平原地带，对青山碧水总有种独特的情结，对于苏州城外一座座小山和山里的村庄，便多了分眷恋。

从苏州园区出发，一路向西，乘坐两个多小时的公交车，抵达吴中白象湾景区。隔着车窗远望，远处的山峦若隐若现，偶有农家的白墙灰瓦，静默地存在。车子驶过美人桥的时候，映入眼帘一大片的油菜花，金灿灿地守在农户家门前，被油菜花环绕的农家，似乎也染了一缕暗香。何必去婺源呢，家门前就是灿烂的花海。住在这里的农人真诗意，站在屋顶，就可以望见青绿的山峦，出门就是花海。

白象湾下车，就有一树树的垂丝海棠映入眼帘，粉色的花瓣儿，娇嫩无比。其实我差点儿以为是桃花，后来才发现，原来这是海棠，这种花儿开得浓烈，像一个个黄毛丫头争着沐浴春光。

景区隐在一片嫩绿中，穿过一道道海棠小径，花儿已经开到荼靡，地上凋零了很多粉色花瓣，曲径通幽处，便是景区入口。白象湾像一位得道的隐士，在山野静谧处，守着自己的素简初心，如果你不注意，或许就会毫无防备地擦肩而去，它的美丽，也无缘相识。在景区门前，雕刻着白象湾的传奇故事，相传，普贤菩萨坐骑六牙白象在此降妖除魔，除去黄鳝精后再次幻化为象山，这显然是一个神话传说，但精心雕刻的壁画，依然有着神秘的色彩。

景区门前迎接我们的是一只呆萌的大熊，《熊出没》中的造型，一下子就敲开你的童心。这片景区四面环山，也就有了山的灵性。空气中有湿漉漉的气息，山间的草木也更加青绿，仿佛可以掐出水来，越发生机盎然。石缝间钻出的小草儿，探出小脑袋，想要一窥春天的芳容。沿途的迎春花，露出灿烂的笑容，喜迎四面八方游人。

在关关有道上行走，猛然喷出的水花，竟有种想要与水嬉戏的童趣。清凉的水喷射而出，指尖触碰到水花，沁入心扉的美意，木栈道两旁的山石上，也有稀稀疏疏的迎春花，继续沿着木栈道往前，有一座小亭子，亭子上空白色烟雾弥漫着，恍若仙境般美好，走到亭子下的时候，有细细的水珠喷洒在脸上，伫立栈道的最高处，青山连绵，碧波如烟，深深地呼一口气，满心清爽，大自然的精雕细琢，在这样的山涧一览无余。

从木栈道上来，一直往前，有很多儿童游乐设施。荡起的秋千，孩子们爽朗的笑声，都能激起你对儿时的怀念。小孩子还可以骑在大白象的身上滑下，尽情享受属于这一刻的童话王国。

邂逅大片的海棠花儿，一树树地卅在枝头。四月的垂丝海棠已经开始慢慢凋零，粉色的花瓣儿落了一地。我喜欢这粉色的小花儿，熙熙攘攘又带点儿小羞涩，就如初恋般美好。恍若十七八岁的少女，穿上了粉色的裙裳，在山清水秀间，尽情地舞动，有着干净单纯的美好。我沉醉在这一片花海中，拾捡一瓣瓣凋零的落花，凝眸枝头花开得灿烂，白色的裙裳，撒落上瓣瓣馨香，吹来的山风，温柔地拂过我的脸庞。如果就这样醉一场，莫问红尘沧桑，伴着青山绿水，吻着清风花香，该多么美妙。

宁心湖由山涧清泉汇聚而成，碧波如浪，映衬着环绕的青山。湖岸细柳低垂，偶有闲钓的男子，宠辱不惊地伫立水岸。就在我们路过的时候，一位垂钓的男子握着的鱼竿有了动静，不一会儿工夫一条大鱼就上了钩。我谈笑着说，今晚要有鱼宴了。却见那男子又把上钩的鱼儿放入湖中。都说垂钓的人有一颗平和的心，我想大抵就是如此吧。湖畔还有一座垂钓老翁的石刻，老翁身后是几株桃花，一眼望去，一派安详宁静之美。湖中有野鸭优哉游哉，山中鸟歌清脆，万物润泽自然。

走过湖堤栈道，一座小小的木牌立在眼前。偕老桥，名字取得真好。牌子上写着："爱情三部曲：白头偕老，百年好合，共赴白头。"携手共度偕老桥，就像一首歌中唱的那样：我能想到最浪漫的事，就是和你一起慢慢变老，等到老得哪里都去不了，你还依然把我当作你手心里的宝。白首偕老是相恋的人们共同的梦想吧，相知相伴，偕老终身，爱情的美妙，千言万语化作一句共赴白头。老了，你还能牵起她的手，走一走"偕老桥"，听一听那些年说过的情话，就够了吧。

走过偕老桥，恰好赶上园内动物表演。我们沿着小径一直走，凶猛的老虎在驯养员的训练下，也有了可爱的模样，一只小猴子骑在小羊的身上，表演着绝技，生动的音乐伴着动物们精彩的表演，逗得观众哈哈大笑。

爱情谷是景区最甜蜜的地方，只听名字就觉得幸福满满。山谷两侧是青绿的山峦，谷中碧波缓缓，牵起爱人的手，漫步谷中。累了坐一坐爱情小椅，站在同心锁旁悄悄地许个心愿，在这静谧的世外桃源中，感受爱情的甜蜜。同心锁上写着“百年好合、永结同心”的字样，锁上雕刻着飞龙舞凤，祥云缭绕在其中，此生爱一人，携手同心，也是一种幸福。

一茶一湖，一静一境。走累了，就去宁心茶屋，品着香茗，赏着湖光山色，享受宁静的山林美意。红尘之事，皆在红尘外。

走出白象湾景区，天已经渐渐暗下来。再看一眼呆萌的熊大，吻一遍满园的海棠花，告别纯净的山林，走在回家的方向。这里清新的气息，会伴随我的旅途记在心底。

植物园里那些遗忘的美好

如果问及你到了苏州要去哪里行走，你会不会脱口而出“园林”。每一个到过苏州的人，似乎都不忘去园林走一走，每一个走过园林的人，似乎都要去著名的四大园林。

其实在苏州这座城，有很多被人遗忘的美丽。或者这也是我一直喜欢苏州的原因，江南小城，即便是随意地小角落，都有遗落的故事等你我拾捡，即便是随意地站在长满青苔的小桥，就不经意地装饰了旅人的梦。

驻足，观望，停留，懂得，慈悲。苏州的美，美在一砖一瓦，美在炊烟人家，美在古旧村落的青石小桥。在苏州西山，有很多被人遗忘的古村落，古老的旧宅蒙上了岁月烟尘，轻轻擦拭，迷了我的双眼，这里曾有的风华绝代，只有山中的一缕清风记得，朱门绣户，有些故事已经随着岁月而消失，哪怕我多么努力地想要找回，也只是徒增伤感。

也曾想着有一天可以枕着山石草木，寻一座老宅，不需要富丽堂皇，那些繁华终究不过一场绚烂烟花。柴门旧屋，能够接纳素净的灵魂即可。其实山石草木比人类长情，你若相伴，它必定不离不弃，你若倔强离开，它亦不牵不绊，只守着寒凉时光，安然自若。我想或许真的有一座废弃的老宅，在西山太湖畔，只是缘分尚浅，所以它孤单地守着荣枯草木，只等某一天和我不经意地邂逅，轻轻叩响生锈的门环，从此地老天荒不离不弃。

遇见白塘植物园，是在某个无声的午后。

坐车一个半小时抵达植物园。从小就对植物情有独钟。最喜欢不开花的植物，只有盛大的绿，看得人眼睛有些潮湿，那么壮阔的美。生命的力量那么强大，这丛沉默的绿就是证据，你还有什么不能释怀呢。在植物面前，你我会懂得慈悲的力量，明白自身的渺小，还有什么比大自然更广阔的呢？你我也不过是世间万物中微渺的那一个。

植物园内遍植绿植，有很多我叫不上名字的草木，但我懂得，每一场遇见都是前世千万个回眸，或者我和某一株海棠擦肩，今生相逢在花红柳绿的江南，兑现一段欠下的誓言。这个世界上最经不起流年的莫过于许下的承诺，与尘缘也好，与草木也罢，能相见的时候莫要转身，能执手的时候莫要擦肩。

园内邂逅大片凋零的海棠花，粉白的花瓣雪一样零落成泥，好像铺上了一片粉色的毯子，真想和海棠共赴一场生死契约。我真喜欢这样盛大的美丽，不顾一切的，像青春时候爱着一个人，反正我爱你，凋零也只为你一人，舞尽最后一场霓裳，生生地为你演绎一场凄壮的死亡，又有什么关系呢。就像此刻的海棠花，绽放过，又有什么关系呢。

我站在海棠花下，正要躺在这片盛大的粉白毯子上，对面却过来了一对拍摄婚纱照的新人，我看到姑娘甜蜜的笑颜，凋落的樱花瓣落在她洁白的纱裙上，美得那样生动。我走出花海，这样的美好，怎忍心惊扰。她是他的海棠新娘。

暮春时节，争春的花儿都进入生命的另一场轮回，安然地接受凋零的命运。紫藤花下，淡紫的花瓣，亦是伴着泥土入眠。这个春天我没有赏到紫藤花的浪漫，却意外邂逅了它生命最后的一缕暗香。落花亦情深，不再高高地挂在枝头孤芳自赏，融入泥土，依然香如故，但有了烟火气味，也是难得。

植物园内有几剪睡莲，不合时宜地安睡在低浅的流水中，也有绣球花这个时节开得正浓烈，虽然绣球花白如雪，但因花朵过大，像旧时新娘的绣球，所以也有了一种戏味。在没见到绣球花的时候，我一直觉得这种花该有着俗艳的样子，因为它的名字足够俗气，却不承想是如此洁净之花。

如果你来到苏州，会去寻觅这些被遗忘在时光深处的美吗，你会为了等一场烟雨而不顾一切吗？还是只学着游人的模样走走园林，听听小导游的解说，在自己的生命历程中写上到此一游。

趁着我和苏州的缘分尚在，避开车马喧嚣，探寻落满尘埃的时光，或者，这才是最真实的苏州吧，至少在我的眼里是这样的。

莲花岛上无莲花

暮春时节，日子越来越长，清晨的第一缕阳光穿透薄薄纱窗，叫醒梦里的香甜。若此生就这样睡在江南的风景里，看莲叶田田，赏烟雨依依，也算是今生的圆满吧。落花飞絮的时节，阳光照在闲庭旧院，慵懒地打发着小日子。

最初只是因为一个名字，于是跋山涉水奔赴。莲花两个字真美，像一个女孩儿的名字，有着清水眸子和干净笑容，应该住在水岸，在莲叶田田的季节里，衣袂飘飘。

《诗经》中那在水一方的蒹葭女子，大抵就是这般模样吧，惊艳了路过水岸的少年，欲溯洄从之，却无奈道阻且长，欲溯游从之，那女子却宛若在水中央。一座小岛屿叫作莲花，一下子就让它有了灵气，莲花岛上莲花人家，植莲采莲，摇着橹，隐去一片莲池深处。

莲花岛是一座位于阳澄湖中的小岛屿，因形似莲花，故名“莲花岛”。阳澄湖畔的重元寺是一座水天佛国，想必是因了佛法，这片湖水也染了慈悲，就连小岛屿也与佛的莲台相关。大抵两个半小时的路程，我们才风尘仆仆地抵达莲花岛码头。

风景是大自然对人类的馈赠，在山山水水中，颐养心性，还有什么放不下的呢。

车子驶在阳澄湖中的公路上，两面都是湖水，青绿的植物在风中舒展着生命的喜悦，草地上小羊悠然地吃着青草。我喜欢这样的生活状态，不追赶，不匆忙。有很多自驾的都市人把车子停在路边，扎起帐篷，一家人静享周末时光。小孩子手中握着的风筝飞得老高老高，仿佛听到孩子喜悦的笑声：爸爸，爸爸，你看我的风筝飞得高吗？男人慈爱地看着奔跑在风中的小姑娘：宝贝真棒，飞到天上去了呢。我被脑海中浮现的这幅画面感动着。幸福的家庭，可爱的女儿，男人该是幸福的吧。瓦蓝的天际，朵朵流云穿透童年的记忆，乡村的风中，夹杂清新的气息。

在景区门口换了船票，乘船驶向湖中小岛，船只在湖中行驶，波浪层层叠叠。我很少乘船，从小生长在中原大地的我对水总有莫名的情感。记得第一次乘坐轮船，还是2013年在上海的时候，乘坐轮渡从黄浦江的这端到那端，浩渺的黄浦江上，船只行驶得很快，不一会儿就到了江对岸。这次去莲花岛上，亦需要乘船而去。远处一望无际的湖水。人生就像此刻的渡行，只是有的人寻到了彼岸的花开，有的人却淹没在浪潮中，迷失了方向。

其实莲花岛最美的季节应该在三月，油菜花开满岛上，远远望去，一片金黄，似置身梦中，不忍醒来。赏景赏的是心情，哪怕不合时宜，亦有不同的欢喜。就算没了那一片金黄，依然还会有另一番风景，四季轮回，春有春的俏，夏有夏的清，秋有秋的凉，冬有冬的傲。一切自有归宿，不必执意强求，相聚与别离，自有定数。

油菜花已经结了籽，只有几株稀疏的花儿倔强地不愿离去，颤颤巍巍地等待命运下的最后通牒。整个大片的油菜花田，已经是绿油油的一片。很多花儿都已经在万紫千红的春天里努力地绽放过，暮春时节也随着宿命，等待下一季的轮回，所以站在岛上望下去，除了一泓碧波的阳澄湖，稀稀疏疏的农家养殖基地，便是满眼的绿了。春夏交替，也只有绿一如既往，由稚嫩的春绿过渡到葱郁的苍绿。人生莫不就如四季交替，世间万物，皆有一套自然的生存规律，谁都没有权利去任意更改篇章。

初遇岛上空旷无边，枯萎的草地，大片大片。木栈道有些破旧，写着“危险勿入”，栈道两旁是翠绿的植物，应该是芦苇吧，我不敢太确定，只是那大片的绿染湿了我的双眼。乡村景色，无不是不加修饰的草木，肆意地生长，但就是这样的不加修饰，才让人痴痴念念，天然去雕琢讲的大抵就是如此吧。湖水畔偶遇几株白色蒲公英，有风掠过的时候，蒲公英的花瓣随风飘散，飘落湖中，飘落小径，飘进过客的心中。

乡间路上少不了一些野菊花，微黄的花瓣，很小，很谦卑。这种小菊花就应该属于乡野，它有着乡村的质朴，在都市里的花坛也曾见到过这样的菊花，但却少了一种洒脱的美丽，经过人工修饰的菊花，总有迎合谄媚的嫌疑。野菊花安静地开在水岸，一如它淡然的情怀。晋陶令是菊的知己，自他后再无人懂菊，在南山修篱种菊，吟菊花诗，酿菊花酒，酬菊花己，柴门寒院有了野菊则添了一些雅兴。

大概走了很长时间的路，遇见岛中村庄。典型的江南民居，保留着旧时代江南风貌。风车不停地转动，标示牌子上写着关于风车的旧事，原来在古代，这里的居民就懂得用风车了。我也是看到这些记刻着历史的字迹才知道风车的妙用和古人的智慧。

怡园在小岛深处，是一座颇具浓郁水乡风情的博物馆。最初我以为是一座园林，到了才知道里面竟展示着最具江南情怀的风物。旧时农作用的物品，还有古井，处处反映着江南农耕文化。馆内展示着江南水乡的婚嫁习俗，雕花古床，陪嫁木箱，箱子里盛满对未来的向往，锦缎被上绣着鸳鸯成双。听闻旧时代，姑娘出嫁娘家都会备上两箱丝绸作为嫁妆，寓意两相厮守。这样的风俗在旧江南，一定别样风情。展馆内还有大红的花轿和花船，昏暗的灯光，映射着喜庆的大红，真的有种错觉，恍若隔着时光，看前尘旧梦。

栈道上吹着湖风，放空心灵。偶有农人划着桨摇着橹，打鱼而归。白色的裙裳，寂寞倔强地舞成一朵白莲花，盛开在苍茫水岸。有些风景遇见的时候，没有惊艳，却能给你一种洗尽铅华的怀念。莲花岛上没有莲花，却收容了我的一帘清梦。

蠡湖烟波

爱江南，江南最爱太湖，无锡这座城被称作太湖明珠，虽无法和苏州的古典相比，但每座城都有它自己独特的气质，而无锡的美，一定和太湖相连。碧波浩渺之处，有范蠡和西施凄美的爱情故事，有耕田捕鱼的田园诗意。当我站在落花水岸，望着眼前的烟波如画，在壮阔的大自然中，人类，是那么渺小如蝼蚁。

水最具灵性，江南的水，则像丁香女子落下的泪滴，缠绵尽入人心。去无锡的那天，天空下起了雨。车子在马路上行驶，下过雨的街道清新极了，道路两旁的树木葱葱郁郁，更加青绿。我真喜欢这样的相遇，那被雨水冲刷过的街道和草木，盛大得让人落泪。转身，蠡园就隐在这大片的青绿之后，上写着江南名园，便是景区入口。

蠡园的入口处种植了很多爬山虎，五月，爬山虎疯了似的生长，爬上了高高的瓦檐，在飘摇的风雨中，越发地让人心生怜惜。从来对这种大片的绿就有悲悯的心态，或许是太过盛大，总觉得结局也会比别的植物沧桑。

入景区穿过假山，是西施传说文化长廊。听说这座小园林是为了纪念范蠡和西施，后来人民围绕蠡湖而建。当年越王勾践破吴归，范蠡深知越王“可与共患难，不可与共乐”，于是在功成名就之后退隐官场，后偕西施泛舟太湖，一路顺流而下，隐居五湖，也就是今天的蠡湖，在这里他们捕鱼耕田。当然也有后来人传说西施最终香消玉殒在吴宫。终究如何，你我无从探究，纵伫立太湖，对望蠡湖，亦无处打捞他们的痕迹，找寻他们爱情的传奇。我还是喜欢最后归隐的结局，美人与英雄，白首不相离。

长亭外种植了一株很大的芭蕉，轻柔的江南雨打在芭蕉叶上，隔着雕花的古窗，意味悠长。雨后的园林一片青绿，雨水落在每一片叶子上，晶莹剔透，竟让路人痴痴不忍归去。长亭的尽头，穿过曲径通幽的山石，一株株粉色的蔷薇开在路旁，撑着葵花伞走在细雨中，雨中观湖赏花真是一件美妙的事情呀。

不知是湖水给了草木灵性，还是草木让湖水更加清澈。烟柳依依，天上的水落在湖中，和地上的水交融，泛起好看的涟漪，水中的睡莲，已经开了一半，浮在水面。六七月份，我想这里一定是莲叶田田，荷花盈盈的美丽。

这里的园子虽然没有苏州园林的富贵气息，但却有苏州园林所不及的山水境界，园内植有很多桃树，若是三月寻来，刚巧赶上风车桃花节，大片的桃花绽开笑颜，微风轻拂，小风车不停转啊转，满满的童心被激荡出来，赴桃花一场约定，也不枉春色如许。五月的桃花已经谢幕，只有风车还守着时光，不肯离去。尽头，是无边的湖水。

园林内有很多桥，接连着湖水，虽然下着小雨，依然有一些游园的人，不惊梦，却成了路人眼中的风景。从桥上走过，两旁的蔷薇开得极好，雨落在粉嫩的花瓣上，晶莹剔透，每一朵花都像一位美人，在雨水的映衬下越发动人，蹲下来欣赏着花瓣上的雨珠，嗅到一阵清雅的芬芳，雨珠中倒映出一位姑娘的笑脸，江南美意，真是尽显其中。

只有在明秀的江南之地，才有这样烟柳繁华的美丽，青绿的柳枝在水中倒映出纤柔的倩影，风姿翩然。一位游园的男子突然对身边的姑娘说：还是江南好，我在北京的时候，那花儿和树从来没这么娇美和翠绿，也没有这样缠绵的细雨和望不到边的湖水。我回头看到男子牵着身边姑娘的手，溪流岸边的垂柳遮住了他们的笑容，雨还在下着，花娇媚地开着，他们，成了我眼中最美的风景。

撑着葵花伞走过四季亭，亭子中坐着小憩的游人，亭外是我叫不出名字的花树，这个季节没有开花，或者花已谢幕，只有嫩得可以掐出水来的绿，盛满我的双眸。春秋阁就在一回眸的瞬间相遇，据说它的得名也是因了范蠡和西施，阁有三层，阁顶的檐角，落满了历史的风尘，看遍世间荣辱与共，阁内见证着一代佳人的绝美故事，流传千古。春秋阁两旁有一对联，写着：鸥侣无猜，四面云山谁作主；鸱夷安在，五湖烟波独忘机。踏步阁内，一尊范蠡铜像映在眼前，铜像身后，是范蠡和西施爱情的壁画，画中山水明秀，一叶扁舟，相携隐去，画作题名：范蠡泛舟图。站在阁顶，蠡园景色尽收眼底，草木山石、廊桥柳堤、烟波山水，真的是绿影婆娑、满目锦绣，竟有种置身云端俯视山河的美意。

走出春秋阁，和小路两旁的花木相邀行走，不远处便是临湖而建的千步长廊。长廊一畔临水，一畔临墙，墙面雕刻着精美的花窗，是最具江南特色的庭院建筑风格。透过花窗望去，可以望见亭台楼榭、草木假山、水波荡漾，而坐在长廊上望另一边，则是一片苍茫的湖水，烟雾迷蒙。山水之妙在于所处的环境，在江南，这样的妙趣则多了一些。漫步在长廊上，看廊外细密的雨轻柔地落在湖面，想着当年归隐的西施，是否也曾从这里浣纱而归。

雨中迎来送往，和江南的邂逅，总是在雨天。折伞而归，留下的是一湖烟波，还有一瓣素心。

文化之旅

有些故事，无须你去刻意找寻，有些人，无须你去刻意等待，该有的故事，岁月早已经写好了序，只等你我涉足。钱锺书先生遇见杨绛女士，想必也是没有早一步、没有晚一步的正当好，在钱锺书先生的故居，听到关于他们的爱情故事。据说钱先生在清华园第一次遇见杨绛，两人便一见钟情，第二年，钱先生便在父母的祝福下与杨绛定亲，后两人夫妻携手，永结同心。

民国时期轰轰烈烈的爱情那么多，钱先生和杨女士的执子之手与子偕老则最打动人。离开惠山古镇，已经是午后，钱锺书故居便是我下一站要去的地方。走过山山水水，故居与我相逢在江南小巷深处，质朴又处处透出民居烟火气息，在浓浓凡尘中，独守一方书香墨地。

走出小镇，告别禅境，天空又飘起了小雨。江南雨最多情，是那撑了油纸伞的姑娘，穿过深深的长巷，落了雨的山翠了，水活了，万物干净了，就像此刻，我站在公交站牌望着密密的雨丝缓缓落下，任是岁月无声，追赶着匆匆路人，找寻回家的方向。

公交车很快到站，我踏上旅程，期待下一场遇见的美意，车窗外的雨还在下着，像情人落下的眼泪。

故居在崇安区新街巷，一条很普通的小巷子，若不是刻意寻找，一定不会有人知道，深处会有一座书香故宅。当我在深深的巷子里看到“钱锺书故居”的时候，就被一种叫作人文的气场而倾倒。这座故居系钱锺书祖父筹建，后由其叔父续建，是明清风格又吸取了西方艺术的建筑风格。其故居内有钱氏族谱展示，一代代家风延续，传承着书香之家的敦厚质朴。

故居内参观的人极少，我想大抵是雨天的缘故吧，或者，现代人早已摒弃了读书写字的能力，哪里还会想到瞻仰旧时文化人的故居呢。进入故居，舒缓的音乐播放着钱先生的《围城》。我读钱先生的第一本书也是《围城》。初中时，姐姐时常买书，《围城》就是那个时候进入家里的书柜，十几岁的孩子还不懂书里讲的道理，只是当一本故事小说来读，欢喜着书中人的欢喜，悲凉着书中人的悲凉。

阅读是读者与作者的一场促膝长谈，一本书的诞生寄托着写作者的辛勤付出，所以直到现在，我都会认真地对待每一位作者的书。有人喜欢就有人厌倦，这个世界本来就是相对的一个存在，书籍亦如此，读的人在书中得到了共鸣，那是心与心之间的感动，隔着重重红尘，在一方泛黄的书页里，相遇，相知，相惜，抽离，相念。也是那个时期我读了舒婷的诗，读了张晓风的散文，读了钱先生的《围城》。婚姻像一座围城，城里的人想要出来，城外的人想要进去，这就是生活，有喜悦也有不堪，俗话说要想修得神仙眷侣，就要做得柴米夫妻，爱情如此，世间万事不也是如此吗？所谓的围城内外，不过是我们为自己的心上了一道枷锁，想要打开枷锁，唯一的救赎人就是自己。

钱先生的故居并不大，相比苏州富商的园林旧宅，这里算不得亭台楼榭、曲径通幽，但这里却有一种人文气息。过第二道门栏，侧门旁是一间小屋子，屋内摆放着钱先生出版的所有书籍，屋内有一面愿望墙，我伫立愿望墙旁边，看着每一个路过的行人写下的愿望，心中有无限温暖。我的目光落在一行清秀的字迹上，愿望贴上写着：我很喜欢您的文章，我今年高三，希望考取清华中文系，祝福我吧。我的眼睛有些潮湿，多么美好的心愿，愿他能够早日实现，带着钱先生的书，走进清华园。随着视线一点点往前，大概是一个书房吧，棕褐色的书柜里还有一些零零散散的书籍，隔着雕花窗，天上的雨顺着天井滴落，窗外的青石小路上，长满了青苔，这是岁月留下的印记。我已经忘记了这是前世还是今生，一草一木，一砖一瓦，都是时光无声的对白。

偏房内用图画的方式展示着钱先生毕生的成就，另一侧则记录着钱先生家族的事迹，在这样一座书香古宅，走路都会变轻，生怕一不小心惊扰了这一份宁静。一生遇一人，相扶相持，白首偕老，想来也不枉此生了吧。在这样一座小小宅院，有书香，有爱情，也有柴米油盐的生活。虽不繁华，却很温馨。

命运有时候就是这样不可预测，在你生命出现的每一个人，都是必然，只是擦肩的太多，最后陪你走一生的，只有他一个。雨渐渐地停歇，我走出老宅，雨过的天空清澈干净，仿佛一场琉璃梦，一朵粉色的蔷薇探出院墙，该归家了。

江南梅雨

苏州已经进入了梅雨季节，这样的雨下起来，会绵绵不断。在江南待过的姑娘大抵都知道吧，这里气候湿润，特别是这样的季节，几乎很少有明净的天气，虽然如此，这里的雨天也别有一番美意。江南雨，最缠绵，像情人之间离别的泪眼，怅怅然，却有种剪不断理还乱的惆怅。

世间万物的遇见与别离，都有前世今生的因缘。有些人，你苦苦寻觅，未必就能长情，而有些人，哪怕是不经意的擦肩，也会有重逢。人与人如此，人与草木如此，人与一座城的缘分亦是如此。若不是前世有情，今生我又何必安于江南旧院，与这里的山水草木相伴，守望素心。

最喜江南的雨，那雨只是轻轻地飘落，打在绿芭蕉上，隔帘听雨，旧日庭院，亦有着种种遗忘的故事，等你我拾捡，用时间的针线，穿成风，在年华里流转。

每一朵花的前世都是一只蝶的魂，我宁愿相信蝶恋花是为了找寻前世的自己。而我对江南，一定也是前世的乡愁牵引。有人爱大漠孤烟，有人爱烟雨江南，而我属于后者。江南的雨最是我难以割舍的情思，遇见江南的四座城市，上海、苏州、杭州、无锡，每一座城的初见都在雨天，我宁愿相信，这一切都是命运安排好的，而我，能做的就是循着命运的轨迹，认真地走完，这一生的聚散别离。

在江南听雨，是岁月温柔的慈悲。人世间最美的事莫过于月夜剪红烛，花下共枕眠，庭院听雨唱。在江南，这样的意境似乎可以随手拈来。五六月份，梅子雨时，绿了芭蕉，红了樱桃，管他时光把人抛，瓷白的盘子里，印着一株莲荷，赏心只需两三枝，而我不需要两三枝，只需要这瓷盘里的一枝就够了，就着窗外的霏霏细雨，忆流年，听雨声，写旧梦。

不是倾盆大雨，呼啦啦的下一场，天放晴了。江南的雨就像盖了喜帕的新娘，羞答答地等着她的情郎。若你细听，一定可以听得出来她的细语，软软的，说给懂得的那个人听。细密的雨珠落在初开的莲荷上，晶莹得让人不忍心惊扰，就那样静静地看着，不语。

梅子雨时节，喜欢梅子这两个字，仿佛是光阴里的青梅竹马，青涩的梅子，洒着细密的雨珠，多么纯净禅意。也只有在江南，才会被唤作梅子雨吧。我多么想有一段故事传说：姑娘唤作梅子，少年唤作雨生，她青梅煮酒，他拔剑论英雄，时光渐渐地拉长，多情人总被无情负，他笑傲江湖，江南的小镇怎能留得住他的男儿之志，绵绵细雨不停地下着，长亭古道，执手相看泪眼，他言梅子时节回来看她，再饮一杯她亲手酿的梅子酒，却忘记了最经不起流年的莫过于诺言，无期的等待苍老了容颜，酿好的酒，有情人不在，饮下的，只有苦涩，梅雨年年如约而至，却等不来他的一个转身。

撑着油纸伞走在雨巷的姑娘，有着丁香一样的容颜和惆怅，在这样一条烟雨深巷，徘徊徘徊。是江南的雨生动了丁香姑娘，还是丁香姑娘印染了江南的烟巷。雨至，窗外的植物更加青绿通透，是雨水洗去了尘世的污浊吧。若这个时候走出园子，连呼吸都带着水的分子。

若可以，就让我这样听一辈子江南的烟雨吧。柴门小院，铜锁深锈，素心人，素心景，春水煎茶，梅雨煮酒，秋枫寄梦，冬雪围炉，够了，足够了。

惠山，别样的江南小镇

江南小镇，无非是小桥流水人家，灰墙黛瓦。遇见位于惠山脚下的小镇，我才知道，原来江南亦有这般禅境小镇，它无须依靠清波来装点时光，只要有远处湿软的青山，就够了。在这里，高高的马头墙，清新干净的老街，袅袅香火相传的古寺，隐隐若现的青山，都是不容错过的美丽。在这里，归人也好，过客也罢，没有摆渡的老者，只需要盛开的一丛丛蔷薇，就足够令你动容。

打蠡园归来，下一站约在小镇。车子飞快地驶过，像行驶在森林中，除了遮天的绿意，再也找不到任何相投的景色。如果就这样一直走下去，车窗外的风景一点点倒退，尽头，可有一片桃源，等着我的归期。

惠山古镇并不大，进入小镇，便有大片大片的蔷薇花迎接着我们的到来。在蠡园的蔷薇一株株的，开得有些胆怯，因着湖水，多了灵性。这里的蔷薇则像一群野丫头，密密地挤在枝头，花多为粉色，很嫩的粉，一朵朵地开着。看到花海的一瞬间，我着实惊到了。在故乡的小城，一到五月，走在大街上都能闻到一丝淡淡的清香，那便是蔷薇开了，于是邀上三两知己，相约了看花去，花香、笑声、相机的咔咔声、还有满世界的幸福，都在慢慢绽放。旧小区的院墙上，有了不一样的风景，蔷薇花在阳光下，喜笑颜开，真是热闹得很。在苏州我没有寻到蔷薇，而今落雨的惠山古镇，却迎面而来一簇簇的蔷薇，怎能不让人心动呢，恍若故乡的旧时光，回忆悄然蔓延。

细雨轻轻地落在花瓣上，有风儿吹过，扑簌簌地落了一地，湿润的青石小路上，仿佛铺上了一条粉红的地毯。世上的每一种花木都有灵魂，与人的相遇，亦要靠缘分。我与蔷薇是山水迢迢的赶赴相约，在江南的某一座山间小镇，不刻意，不执着，交付一段年华，相看两不厌。

穿过蔷薇花海，在一片清新的花香中，深深地呼吸山间空气。许是下了雨的缘故，空气里都是湿软的味道，我贪婪地深深呼吸，突然渴望老去。老去吧，就这样老去，在山中小镇，在江南老院儿，与一株花木慈悲，与一座山寺相守。

小镇上游人不多，沿着主街漫无目的地走着。两旁是特色的小店，小店并不热闹，但却有了小镇该有的风貌。走得累了饿了，找一家面馆，吃一碗热腾腾的阳春面。面馆里播放着邓丽君的《我只在乎你》，柔美的声音洒入我的心里，外面的雨还在下着，从斑驳的瓦檐上落下，像断了线的玉珠。老墙上长满了青苔，时光从今朝穿越千年，这些老墙上有过的故事，在一块砖瓦间流淌。街上有行色匆匆的路人，举着雨伞，探寻回家的方向。我在一帘雨中怀念，前尘旧事。

雨停了，笑着和面馆老板道别，继续走在小镇。在一座老宅子前，邂逅大片的杜鹃花，玫红，花开得有些颓败，凋了一地，像一个个小喇叭。走到紫府门前，我被这个名字吸引，单单是一个紫，就足够让你浮想联翩，为什么会叫紫呢，再加上一个府，就有了一种神秘。后来我查阅资料，还是没有找到关于紫府的由来。或者这里曾经的主人只是一时兴起，起了这么个名字，也或者，这里留下了一段凄美的爱情故事，故事中的姑娘叫紫。紫府的门紧锁，看来并不是观赏的景区。有些故事还是不要惊扰的好，都留给时光去讲述吧，你我只需要做一个打马而过的路人，就好，不必刻意去打捞。

古镇文化底蕴极其丰厚，满目的祠堂群，令你不得不惊叹历史的厚重。占据着整座小镇的主题，先后大概有一百二十处祠堂建筑，这其中，宰相祠堂九处，战国时楚国宰相春申君黄歇，大唐宰相李绅、陆贽、张柬之，大宋宰相司马光、王旦、范仲淹、李纲，还有清代的宰相李鸿章。这里的祠堂建筑按照规制划分，有尚书祠、侍郎祠、御史祠、巡抚祠、忠节祠、贞节祠等等。望着这些泛着旧光的祠堂，我想到了琼瑶的小说《烟锁重楼》，小说讲述的是民国时期徽州女人的生活，贞节、孝义等，在那个陈旧的年代，为了一座贞节牌坊，很多女人一辈子困在重重楼阁，徽派建筑大多也是灰墙黛瓦，高高的马头墙，遮住了女人的一生，重重楼阁，锁住的是一个时代的灵魂，我想，每一座牌坊应该都藏着一段不为人知的故事，在历史的风尘中，埋下一段段辛酸的血泪史。惠山古镇的祠堂大概涉及八十余姓氏，一百八十余位历史人物，亦是寻根问祖，凭吊先贤道德哲理，追溯中华悠远文化的源泉。

惠山小镇没有江南古镇的纤巧，但有深深的佛性。这里不是枕水人家，典型的江南民居慈悲地坐落在一起，临山而居，想必是和枕水一样的美好。一排排的马头墙，在雨后的青山下，望过去，会让人生出悲悯的心境。走到尽头，就是惠山寺，有了寺院，整座小镇都有了不一样的境界。世间万物，山石草木此乃大美，惠山的名字就具有深深佛性，佛家讲求慧根，佛度有缘人，亦是度有慧根之人。寺院内香火很旺，不少虔诚的信徒前来双手合十，祈愿生活和和美美。你我都是这红尘修行之人，只是每个人选择的方式不同而已，静坐山林也好，放逐红尘也罢，只要心存善念，终会迎来一朵莲的盛开。

一个别样的江南，一座别样的小镇，只有懂得的人，方能相遇。在山与寺之间，在禅与佛之前，在历史的一碑一文中，寻一方心灵的净土。

锦绣锦溪

我和锦溪的相遇，隔了四季轮回，在某个梅雨季节，深深对望。是那逝去妃子的香魂召唤也好，是云水禅心的一池青莲相邀也罢，没有早一步，也没有晚一步，遇见了，搁置心底，温暖一片流年。

江南古镇众多，锦溪算不得有名气，就如它的名字吧，清婉素心，安静地存在于江南的某一个角落，不相扰，不谈聚散别离。昆山市西南隅，一片烟雨苍茫之地，便是锦溪小镇。它距离周庄很近，去年冬日去周庄的时候，曾路过锦溪，却未曾停下脚步执手相看，只是匆匆忙忙地打马而过，心中便留下了念想。

转了三次公交车，才缓缓地抵达小镇。在我来江南之前，霜儿姑娘曾给我拍摄过古镇的照片，一座是角直，来江南的第一周霜儿带我去过，另外一座便是锦溪了。当地人叫锦溪为陈墓，相传宋孝宗最宠爱的妃子陈妃偏爱锦溪山水，离世后依然对那片山水念念不忘，于是便水葬于此地，锦溪便更名陈墓800余年。至今在锦溪古镇，一眼望去便是陈妃的水冢，一代帝王的宠妃，竟也是偏爱山水之女儿，想必定是一生清雅，才令帝王集万千宠爱于一身吧。

锦溪是因一溪得名，古镇原一溪，夹岸桃李纷飞，早晨的霞光和傍晚的余晖洒在水面上，满溪跃金，灿烂若锦带，因此便有了锦溪的得名。也真是好听的呢，相比陈墓我更喜欢叫它锦溪，我叫它锦上添花的锦，潺潺溪流的溪，多妙。

古镇的入口处便是一片碧波荡漾，池中的莲荷映着廊桥，真江南呀。莲荷旁便是一座寺庙，而入口的这座寺庙也是当年宋孝宗为怀念陈妃敕令建造，为陈妃诵经护坟。一个女子，此生若能得一男子生死相恋，想必她也安眠了吧，何况还是那万千佳丽的后宫，况且那男子并非平常人家，而是富有四海的帝王。莲荷与寺庙总有着千丝万缕的情怀，佛的一生便是在莲台拈花微笑，寺与佛前的青莲，也染了佛的慈悲。世间花草万千，唯独莲，也只有莲，温婉了江南，普度着众生。

锦溪素有“中国民间博物馆之乡”之称，我觉得这个称呼中只是“民间”二字便让这座小镇有了味道，民间的东西最烟火，也最珍贵，没有比民间更入心的了，那些属于民间的物什，不论卑贱尊贵，皆是入得了画，填得了诗，它们质朴、低调，却有着说不出的风华。小镇中星罗棋布着各色博物馆：古董馆、张省美术馆、锦溪杰出人物馆、马若特泥禅坊、中国锦溪宣卷艺术馆等，我对馆内陈列的古物并不懂，但并不妨碍我对它们的喜欢，一幅幅古字画，一件件古董器物，都有着历史的烟云风尘。它们沉默、安静地陈列在展馆内，就有一种岁月赋予的气场打动着你，即便是对古物从未研究的人，也会被这种气场折服。

历史最无情也最多情，我们在历史的长河里，穿越唐宋烟雨，明清山水，跌跌撞撞地辗转今生，荣华富贵也好，贫穷无依也罢，都是一种命定，就像陈列在展馆内的古物，它们只是一幅字画或者一把陶壶，只因年岁渐长，被世人赋予了深意，存于橱窗，便有了生命的另一层活法。

在小镇行走，一座座桥，一溪溪水，没有谁知道这里的水打哪里流来，又将流往何处。也没有人在意某一座廊桥始建于何年，又曾发生过怎样的故事。我也只是一个匆匆的过客，来过，风干成记忆里的一片秋叶，填写单薄的生命。

临街的小店内摆放着各色糕点，香味老远都能闻到，我在一家老店门口要了几包袜底酥，我最喜欢的江南点心就是袜底酥和青团子，现在不是吃青团子的季节，便只要了袜底酥。霜儿说：锦溪的袜底酥最正宗。于是我贪婪地多拿了几袋。

最后又回到初见的地方，一座古寺，一座水冢，一片莲荷，一汪碧波，一条长廊。锦溪因湖水而有了灵性，湖水因陈墓而多了清雅。“镇为泽国，四面环水，咫尺往来，皆须舟楫”据说是锦溪的写照，现在看来，也的确如此，水是最灵动的存在，有水的地方，孕育出的人文也有着水的清幽和淡泊。

霜儿给我讲起旧时江南，她说：在她妈妈的那一代，陆地还未通，出入基本靠船只。我听了艳羡不已，想起曾学过鲁迅先生的一篇文章《社戏》，文中便提到了看戏以及戏罢后摇橹返回的场景，如今也真的来到了江南，曾经那书中梦中出现的风景，真真切切地在我的眼前，在我的笔下画中。

锦溪之地，文学大师沈从文曾喻它“睡梦中的少女”，刘海粟则赞誉它是“江南之最”。我想锦溪的江南之最就在于这一片碧波如浪，我想叫它“锦绣锦溪”。

九　月

九月是含着香的，一抬头就闻见了，空气中都是香。我肆意地在这样的香甜中，做着关于桂花的梦。连梦里都是软软的美意。

江南的九月，浸淫在桂花香中。我居住小区的附近有一座小公园，就叫桂花公园。记得我刚到江南的时候，去的第一个公园就是这里。去年还听同事说：桂花开的时候呀，公园两旁细细碎碎的小黄花舒展着，香着呢。

起初我并不喜欢桂花，觉得不似别的花美丽。在我的心里，花儿应该有着娇媚的容颜，哪像桂花呀，就是一小撮一小撮的黄，而且名字也俗得要命。桂花，桂花，真像是唤一个乡野丫头。喜欢上桂花应该是到了江南之后。人就是这个样子，喜欢了看着哪儿都是美，不喜欢的时候哪里都是毛病。当我开始接受那一缕香甜的时候，觉得名字也真好，桂花，桂花，多么质朴的名字，叫起来满嘴生香，欢喜极了。

去年工作的楼下有两棵桂树。九月里，阳光不再烦热，透过百叶窗折射出好看的光芒，恰好落在我的水杯上，杯中的水泛着光泽。窗子微微开着，突然闯入一抹香，那香真特别呀，让人有种醉意。哦，是桂花开了，于是在心里默默地想着。约个时间去赏桂花吧，不需要月圆，不需要玉兔或者广寒宫的传说，就邀上三两知己，趁着秋露还没那么浓，趁着阳光还暖时光还慢，听一朵桂花对另一朵桂花的低语，心里真欢喜。

我是到了苏州后才真正见到桂树，江南与桂花，读出来更有诗意。每次去平江路上闲逛，也总能看到小店橱窗里售卖的桂花茶，用了玻璃杯子盛着，小黄花风干了，很静美地躺在瓶子里，光是看看就觉得开心。

苏州人喜欢桂花，桂花亦是苏州的市花。我想这和他们的性情是否相关呢？温婉儒雅的苏州人，不是正和那桂花的糯香相得益彰吗！喜食甜点的苏州人把桂花写进食谱，桂花栗子糖藕、桂花糖芋艿、桂花丸子、桂花糕、桂花酒等。我至今都没品尝过桂花酒，我想用花蕊酿制的酒一定特别软吧，何况还是桂花酿的。如果到了吃大闸蟹的时节，一壶老酒，一树桂花，品蟹赏桂，岂不妙哉？

后来也听人说：苏州这里的风俗到了冬天要喝冬酿酒，酒是桂花酿的。听得我心里痒痒的，大雪铺满园子的时候，哪儿也不去，就在自家的园子里，取来一瓶桂花冬酿酒，围炉夜话，这时候如果有皎洁的月光，恰好洒落在满园的白雪上，枯枝、亭台、溪流，都染上了清辉，不需作诗，不需填词，这样的风景本身就是一首诗词呀。

对冬酿酒的习俗，据说苏州自古就有冬至大如年的说法，而冬至那天就要喝冬酿酒，桂花香郁，甘甜爽口。我记得上次和叶贞姑娘相见，在平江路上，我们去品芳小吃店，我要了一碗桂花糖芋艿，刚一端上来，还没开始拿起勺子品尝一口，仿佛就已经闻到了桂花香，甜而不腻，真让人馋呢。汤黏稠得很，芋头圆润饱满，浮着点点桂花。轻轻地舀上一勺送到嘴里，真是满嘴生香。这桂花，这生活，竟是这般烟火着、美好着。

九月是初秋时节，秋是一个带着伤怀的词，自古有词人伤春悲秋，填下许多离愁别绪。我最爱的一首秋词是宋代吴文英的《唐多令·惜别》，最爱里面那句“何处合成愁，离人心上秋”。秋天是有多伤感呢，离人呀，要说怎样忧愁，那是离人心尖上的薄秋不是吗？下面一句是：“纵芭蕉，不雨也飕飕。”芭蕉江南，高楼望远，这江南，这烟雨，这雨打芭蕉声声慢，这离人心上秋。好一幅别离秋景图。

秋也是充满喜悦的呀，你看，那金灿灿的玉米棒子呵，农人开心地笑着、忙着，等了一季，盼了一季，付出总有收获，秋就是见证。

一场一场的秋雨淅淅沥沥，桂花香在秋雨中飘散。我倚着窗听雨声，滴答滴答，不似夏天的雨来得很急，它就这样，缓缓地，缓缓地敲打着你的小窗，像情人之间的低语，密密地让人欢喜。

江南的九月，桂花树下桂花梦，桂花梦里江南情。在这初秋的时节里，添一件薄衣衫，听一枚叶子对树的甜言蜜语。光阴里走过的日子，处处是好。

东山，太湖上的明珠

姑苏之美，在于太湖，太湖之美，在于山中的小岛。东山岛位于苏州市东郊，是坐落在太湖中的一座岛屿，岛上风景旖旎，草木葱郁。桂香八月，初秋时节。绵绵细雨带来秋的凉爽，我们一行人在斜风细雨中游太湖、赏评弹，迎接秋日喜悦。

汽车缓缓地行驶，雨滴拍打着车窗，远处，隐约的太湖，朦胧的山峦，好似一幅古人的山水画。有雨水顺着玻璃车窗滴落，隔着车窗赏雨听雨，雨滴像一个个小蝌蚪，仿佛听得到雨的歌唱，滴答滴答。绕过几座山，越过几溪水，汽车停在东山脚下的一座小村庄。下了雨的村庄到处都是清新的气息，我们贪婪地呼吸着山中空气，任心情在此停泊。

喜欢雨花胜境这个名字，恰与此刻的风景相宜。世上花木万千，唯有雨花，带着迷离的美意。那是天上流下的眼泪吗？落在人间，激起水花，和着泥土，消失不见。小时候在故乡的老院儿生活，院子里铺满青砖，每次到了雨季，不常走人的角落里，青砖上长满了青苔，湿湿的、绿绿的，那种美，恍若流失的光阴，雨水顺着瓦檐滴答滴答，像断了线的珠子，又像离人的眼泪，落下，激起水花，再消失，再落下，那时的日子感觉好长好长，长得仿佛永远也过不完，直到后来离开老院儿，才惊觉年少听雨的闲情，早已成了记忆。这里的雨花胜境或许并不是和雨有关，但我宁愿把它想作是因雨得名。恰如窗外的雨，落在山林，则更添了神韵。

雨花来源于明代，因山坞中遍植桃林，花开时节，纷纷飘落，似花雨从天而降。想来只是听到这个说法就让人心中满是喜悦，纵不曾相见桃花漫天飞的胜境，也觉得心满意足。

爬山是一件锻炼人毅力的活动，虽然下着雨，山风很大，但我们并没有退缩。山路两旁的草木与我们相伴，终于抵达山巅，远处一望无边的青山，由于下着雨的缘故，山峦在云雾缭绕间，恍若仙境般美丽。白墙灰瓦的江南民居建筑群，片片茶树静默安然，我们不由得惊叹：哇！好美！古人有“一览众山小”的诗句，我想大抵就是这样的一种意境吧。很多时候我们看似困难的事情，只要你坚持了，努力了，总能抵达想要的彼岸，登山如此，生活莫不也如此？

青山碧水是大自然对人类的馈赠，每一丛花木，都有其存在的意义。山中偶遇紫色野菊花，花瓣上还沾染着轻盈的雨水，像水晶。野菊花是山野之花，却也有了更多的灵性。还有一些不知名的小花儿，或淡紫，或粉红。山中也有很多果树，青绿的橘子，已经泛红的大枣，我们拾捡起枯枝，打落一颗颗的枣，咬一口，蜜一样甜呢。现在不是橘子成熟的季节，所以山中的橘子还挂着青涩的绿。一路前行，天气慢慢地晴朗起来，一切困阻，最后都能雨过天晴。

山脚下是陆巷古村，在古村里午餐，太湖三白清淡美味。想起来一首唱太湖的歌：太湖美，美就美在太湖水，水上有白帆，水下有红菱……太湖三白是说出自太湖中的白鱼、银鱼和白虾，若到了太湖不吃太湖三白，一定会是一大憾事。

陆巷古村依山面湖，风景绝佳，这里的建筑大多是明清建筑，也出过很多著名人士。我痴迷于这里的每一座老宅，即便有些荒废多年，没有大家园林的富丽堂皇，但却有着光阴的故事。老屋的墙角下，开着一丛丛胭脂花，也就是俗称的凤仙花，在我的故乡有很多这种花，它们质朴得几乎被人们遗忘，不争不抢地开在人家小院儿，开在房前屋后。这里遇见的胭脂花有粉红和胭脂红，安静美好地开着。

古村的惠和堂曾是王鏊故居。据说王鏊是明朝时期的宰相，王鏊告老还乡后，收了两个徒弟，就是很多人熟知的江南才子唐伯虎和文徵明。后来拍摄《橘子红了》这部电视剧，还在这里取过镜头。惠和堂后花园更是风景旖旎，适值紫薇花开得正好，假山石旁溪水潺潺，老墙上爬山虎正浓。江南园林，旧时人家，喜悦着，生动着。如果五十岁之后归隐于此，栽花种菜，守着山溪和老屋，回忆年少时的轻狂和遗憾，早已过了锋芒毕露的年纪，那时候的光阴，一定是慈悲的，什么都不重要了，爱过的人，说过的诺言，都随风散去，只要一杯茶、一捧花就够了，那么，这一定是件特别幸运的事儿。

晚餐在临太湖的一家酒店，湖面上秋风习习，大家喝着酒，唱着歌。渐渐夜已深，夜晚的太湖分外宁静，太湖大桥上灯光亮起，在湖面泛着微光。坐在酒店的长廊上吹风，是一件很惬意的事儿，初秋的天，微凉，就这样睡去，梦里化作游弋在湖底的一尾鱼，游向大海，游向远方。

第二天的行程主要是泛舟太湖，听苏州评弹。坐在船上看太湖，是另一种美，恰好下起了小雨，雨中的太湖，更添了风韵。评弹作为苏州本土的艺术，历史悠久，也是姑苏的一种文化标志。记得葛芳老师曾在《隐约江南》中提到过：太湖是一方水域，也是一种文化。如果说苏州美在小家碧玉，那一定是和水有关，和太湖有关，和太湖文化滋养的吴侬软语有关。我听不懂苏州话，但我钟爱苏州的昆曲和评弹。婀娜的曲调，婉转的唱腔，纵是不懂的人，也会为这样的旖旎所感动。船外细雨落湖中，船内笑语阵阵。这才是最苏州、最江南呀。

所有的相遇总有别离，你我都只是这片水域的过客，在秋风中迎来送往，无须暗自哭泣，多年后，这里的一株草木，记得你们有过的约定。离开东山小岛，我们带着欢笑和喜悦，一切的美好，尽在不言中。挥手作别，太湖，你的美在我心中。东山，我曾与你相遇。

灵岩山，慈悲如你

去灵岩山是一个偶然。去年有段时间一直想去，却苦于一些凡尘琐事，耽搁了。直到这个周末，霜儿说想要去木渎的初见书房，我们便约了去。木渎是坐落在灵岩山脚下的小镇，于是一起去了山间，感受初秋的气息。

灵岩山其实并不高，南方的山林似乎都不那么高大，反倒因了这般，则多了一丝纤巧和灵动。霜儿打趣地说：这些小山就是小土丘啦。对于生长在中原的我，见到这样的青山碧水，已觉得惊喜。十八岁之前我在故乡，所看到的风景是一望无际的平原。记得第一次见到大山，是大学写生实践课，老师带领我们去了位于河南新乡的万仙山，那是太行山的余脉，蜿蜒曲折。后来到了苏州，时常趁着周末登上城外郊区的小山，那些小山多为土山，正是因了此般，才让人觉得有了灵性。

山脚下是一个小公园，园子里一片青绿。鹅卵石铺就的小路上，留下笑声串串。我们穿过一座小假山，假山在水岸，这里的水并不清澈，甚至有些污浊。霜儿说这应该是死水吧。我们笑笑：大抵这样，你看这些水都没有流动。假山一侧是一片池塘，之所以说是池塘，是因它隐在一片青绿间，和首先入眼的风景很好地相隔。惊喜的是池塘里竟遍植莲荷，几株疏疏落落的粉色莲花，静默地开着，池塘被石块隔开两旁，一旁碧水涟涟，一旁水草丛生。那水草有半人多高，伫立池塘中央，苍茫的水草，盛开的莲荷，有种天地皆静的美丽。

那一片荷花令我和霜儿大喜，初秋时节，依然开得那么饱满。这个季节的草木有一种慈悲的情怀，褪去了春日里嫩绿的稚气，更多的，是光阴打磨后的笃静。一抬头，就看到远处的山峦，一低头，就是一朵莲的娇羞，风也温柔了起来，轻轻地吹，柳丝柔柔地摆动。

沿着荷塘小路前行，是一道长廊。与一般的江南园林建筑中的长廊并无区别，长廊里坐着歇脚的旅人，堆砌的梅花小窗旁，竹影摇曳。江南风景莫不如此。在这座城市待久了，亦是寻常风景，也觉得美丽，不过是看风景的心境不同罢了。

走过长廊则进了爬山的路，山路并不崎岖，路上行人很多。对于我这样极少运动的姑娘来说，爬山还是蛮累的一件事。走至一半，遇见了一大片的竹林。虽说竹子四季常青，但毕竟已入秋，且那片竹林的竹子都很粗壮，有一种沧桑的味道。竹林就在上山道路的一侧，因山路的坡并不陡，我惊喜地拉着霜儿直奔山坡的竹林。地上落满枯叶，我想那片竹林应该是野生的吧，一定不是刻意栽种。有些入心的物什，你只是看上一眼，就明白了。这就是散发出的某种气场，此刻在我眼前的竹林，是笃定、静和的气场。

走出竹林，继续向前。山巅之上，是灵岩山寺。山寺原是吴王“馆娃宫”旧址，据说是吴王夫差为美人西施在灵岩山上修建的行宫，任何一座建筑，如果和美人相染，一定会增添一抹浪漫色彩。就连木渎古镇的香溪岸得名，据说也是和西施相关。在江南这片水域，关于西施的一些故事，有很多版本，亦有很多流传，吴王夫差对西施的钟情，以及后来传说中美人同范蠡泛舟太湖男耕女织，都十分令人神往。

灵岩山亦是很多信徒的朝圣之地，遇见一些上了年纪的老人，手握檀香，香雾袅袅，从他们的脸上，我所看到的是信仰，是平和。我并没有进入寺内，对于这样庄重的地方，我极少进入，只是站在寺门外面，深深对望。我相信，即便我只是与慈悲的佛擦肩而过，亦是一种深缘。我自知今生并无佛缘，只是在某个落雨的黄昏，忆起一段山林捡枝的旧事。只要心中向着良善，哪怕是滚滚红尘，也是修行的道场。

离开古寺的时候，太阳已经渐渐西下。细细碎碎地透过山林，洒下温暖的余晖。下山的路很好走，那一树桂花，就是在下山的途中不经意地邂逅。走到山脚下的时候，看到几株紫薇开得极好，于是狂奔了去，想要留住这片淡紫粉红的美丽。姐姐说：好香的味道，是桂花开了吗？转身，便看见一树桂花落满枝头。那么小，那么黄，那么香。我凑近了去闻，香气一下子涌入鼻孔，直至心肺。真的是桂花诶，好香好香。为这一树的桂花惊喜着。才八月底，桂花就挂满了枝头，想必这棵桂树是早开花的吧。因了这香甜的桂花，整个旅程亦变得香香的、软软的。江南，秋桂飘香的季节已经不远。

走出山寺，便是流水人家的木渎古镇。小镇并不大，但却是乾隆皇帝六下江南五次停留的地方。走在古镇的青石小巷，扑面而来的就是江南水乡的情怀。初见书房就坐落在沿街的岸边，我们在书店点了一壶茉莉花茶，随意地翻阅着架上的书籍。木渎的书房很小，但却更安静。平江路上的书房虽然好似园林，却因游人太多，少了清宁之美，几乎每次去都觉得吵吵的，全然没有书房的气息，只有二楼的包厢，相对比较安静些。轻轻地抿一口茉莉花茶，满嘴生香。我并不懂茶，亦不会附庸风雅，但喝茶并非要插上香炉，听着古曲。茶永远都那么包容，农人饮茶，饮的是清凉，雅士饮茶，饮的是风雅，商人饮茶，饮的是合作，而此刻的我们饮茶，饮的只是一种情怀，无关风花雪月。

在书房坐了很久，靠窗的位子，看着来来来往往的旅人，怀念一些老去的故事。直到最后一杯茶淡了味道，方才起身离去。

匆匆忙忙的作别，那一朵朵灿烂的丝瓜花，匆匆忙忙地作别，这生活着的烟火小镇，匆匆忙忙地作别，简单却慈悲的行走，归途，有我的来时路。灵岩山下，小镇情怀，不会忘记这天的匆忙一瞥。

秋心秋意

秋风吹来了阵阵凉意，在江南的风景里，我邂逅秋天的桂花香，伴着银杏叶的情长，在饱满的秋橘中品味人间温情。

桂花香

真喜欢那样的香呀，吸一口，再吸一口。嗅觉还是那么的贪婪，整座城都浸淫在桂花香里，你想逃，也逃不掉，它就那样霸占着这座城的秋季，一回头就闻到了。

清晨，被窗外的一缕香吵醒。轻轻地拉开窗帘，让那香蔓延进来吧，细细的阳光洒进屋内。秋天的阳光很温柔，收敛起了夏日的躁动，仿佛是女孩子遇见了喜欢的男孩儿，用尽所有的温柔相待。

公司附近植有几株桂树，每天清晨路过它旁边，都要忍不住地深深呼吸。那一小朵的黄花，不起眼，却有着让人无法抗拒的香甜。在这万物萧条的季节里，有这样的香陪伴，真幸福。我总想，自古都说江南好，到底是怎样的江南牵绊了旅人的脚步？或许，就是这秋日里的一缕香吧。也只有江南秋季，还会送来这阵阵花香。

真想折一枝金桂，捋一把花香，把秋天装进口袋，置于案儿。站在桂树下良久，发上、肩上也染了香，甚至连肌肤都落满香。秋风吹过，远处也有几位妇人在桂树下谈笑。“哟，看桂花呢。”那妇人笑着说。“是呀，这桂花真香呀。”这边笑着应答。几人相视一笑，这样的相逢，忆起都是美好。

巷子深处的某处人家，院落里植了一棵桂树，真是香了整条巷子。其他城市也长桂花，但我觉得长在江南的桂花最好。因了水的柔和桂花的香，缠缠绵绵的特别入心。

我见过小区保安室的门口长桂花。那保安黑且瘦，每次我路过的时候，就看到他把保安室的窗户擦得通亮，保安室里只有一套木桌椅，桌子上经常放着一摞报纸和一个玻璃杯子，杯子里是冲泡着的茶叶，桂花开的时候，那花香正对着保安室的窗户，就那样肆意地闯进去。有时候我看到那个黑瘦的保安安静地坐在椅子上翻看报纸，抿一口杯子里的清茶，我心头便觉得这尘世真好。日日有桂花香伴着，我都有些艳羡那个保安了，可以闻一个秋天的桂花香，他该是内心喜悦的吧。

桂花香，是秋天里收敛不住的美好。

银杏银杏

深秋，银杏叶子也该黄了吧。

记得去年在西山堂里古村，邂逅过几株银杏，山坡上，灿烂着村庄里的秋。起初是准备去古村的雕花楼，逛完雕花楼我沿着小山路往深处走了一会儿。已是深秋季节，阳光洒下片片金晖，我沿着山路慢慢地走，沿途是枯萎的草木，以及落了一地的秋叶，突然闯入了大片的金黄，我看呆了，原来是几株并排的银杏树，在山坡的一侧，仿佛盛开着的金蝴蝶。银杏叶本身就很美，到了秋季，橙黄的叶子在阳光下可以看到生命的纹路，片片银杏叶开在枝头，真是看着欢喜。地上亦飘落了大片银杏叶，我拾捡了一片又一片，回家做成书签，多好看，这是我收集的秋意呀。

若不是在山间，我想我会躺在那一片金黄里，任温暖的阳光透过叶缝钻进来，轻柔地洒在我的发上、衣上、身上。有农夫从远处走过来，挑了一担干柴，路过银杏树下，也只当是寻常风景。住在山脚下的农人早已看惯了它们的存在，哪里当风景呢，只觉得是时候该黄了就黄了呗。我望一眼慢慢走远的农夫背影，再看一眼手中的银杏叶，心里欢喜着。

在家乡小城我也专门去寻过银杏叶，有一年的深秋，听喜欢摄影的朋友说文博广场两旁都是银杏树，于是在某个周末便寻了去，赴一场灿烂的约定。故乡见到的银杏树高且挺拔，伫立在广场的两边，叶子落了一地，像鬼斧神工铺了条金灿灿的毯子，有老年摄影协会的阿姨拿着相机在取景，也有孩童抓起一把银杏叶咯咯地笑个不停。我举起手中的相机，摄下这动人的瞬间。

喜欢银杏还因了大学时候看过的一部文艺电影：《爱有来生》。故事根据须兰女士的小说《银杏银杏》改编，讲述了一段前世今生的人鬼情缘。故事中银杏树染了灵性，仿佛散发着某些幽光，那光里是爱和无奈。记得在我小时候，村子外有一棵银杏树，那时候老家叫它白果树，那棵树长得极其粗壮，两人合抱都不一定抱得过来，听村子里的老人说，那树有几百年的寿命呢。对于这种古老的大树小孩子是敬畏的，又因为白果树的叶子极其特别，像蝴蝶那样，小孩子之间就传说那是一棵神树，树里面住着妖精之类的故事就这样传开了。后来我长大离开家乡，也见到了很多不同的银杏树，村子外面的那棵粗壮的白果树，后来有了怎样的命运我早已记不得。只有在看俞飞鸿导演的《爱有来生》时，我依然会想起村外的那棵粗壮的白果树。

后来村子里有人家就专门种起了银杏，乡邻间还是叫它白果树，足足有好几亩，在万千的庄稼地中显得那么独特而美丽。我再也没有深秋时节回到故乡，也只有春节回家的时候，会陪伴母亲走走乡间的小路，走着走着就走到了那片白果树林。

在苏州的秋天里，听朋友说道前街有很漂亮的银杏风景，便也准备寻了去，可是后来，还是因为这样那样的事情耽搁，直到秋已远去，也未曾见到道前街的银杏叶落。我想，在古城里有那么一场叶落盛景，一定是极美的。古意的江南，街道两旁落满金灿灿的银杏叶，那是多少只蝶儿在飞舞呢。

若今年时光不负美意，愿有缘寻得那灿烂叶海。

秋橘

山水灵秀的太湖西山，到了秋季我总忘不了那里的橘子。一树树的黄橘挂在枝头，让人看了就垂涎三尺。太湖有很多小岛，西山便是其中的一座，自去年和芊芊姐一起到过西山，便对那片山水动了情。后来我经常坐三个多小时公交车去西山，有时候也不刻意，就到处走走，走过一条又一条山路，邂逅一座又一座村庄。

秋天的西山很美，我坐在公交车上漫无目的地看着窗外的风景。远处的山上，生长着无数橘子树，这个季节的橘子已经成熟，饱满的橘子金灿灿地挂在枝头，像一个个金娃娃。有时候秋风起，那些橘子就随着风摇摇晃晃。山里的橘子不是什么稀罕物，农夫采摘了去，换些钱贴补家用，来不及采摘的则随着秋浓落了地，或被鸟食去，或和泥土相依。每次路过的时候我就在想，住在这里的居民真幸福，春有山花，夏有莲荷，秋有黄橘，冬有枯枝。最让我喜欢的还是秋季，除了黄橘还有其他的野果，大枣、杨梅等每年也都诱惑着我不顾路途遥远奔赴而去。山里的时光很慢，可以听到秋叶落的声音，这声音在城市里是听不到的，因为汽车的声音太吵闹了，而在都市里待久的人，总渴望能听听万物生长的声音。

如果你来到西山，会看到路边有挑着担子卖橘子的妇人。我喜欢她们的样子，质朴的脸上挂着满足的笑容。橘子卖的比超市里便宜，五块钱一袋子。那一袋子如果在超市要十几块钱的样子，我买了一袋，把钱递给卖橘子的农妇，她接过我手中的钱塞到口袋里，黑瘦的双手布满了老茧，那是时光风蚀过的痕迹。我提着手中的橘子正要离开，农妇又塞给我两个橘子：自己家里的，可甜了。我对着她微笑，秋风下她也在笑，像长在山中的黄橘子，让人心里生出欢喜。

离开西山的时候，我手里提着一大袋子的橘子，回到苏州后，我足足吃了好几天才吃完。后来每到了秋季，我就特别思念西山的橘子，还有西山上那些如橘子般朴素的农妇。

江南的秋，是含着心事的女子，来得很轻。我在这个秋季没有远行，窗外的天空依旧明净，我抬头，看到一片云躲在香樟树的身后，像个调皮的邻家孩子。秋高气爽的日子里，我该为自己蓄谋一场出行。

沧浪亭下梦

苏州古城的每一个角落似乎都藏着故事，哪怕是一扇雕花门窗、一座小桥。苏州园林极多，沧浪亭不算大，但亦有着宋元明清四大园林之美誉。我并不是因着四大园林的头衔寻去，只是喜园林，想要在深秋季节里梦回江南。

这座始建于北宋年代的古典园林，逃不过历史变迁、江山易主，尝尽人间春风雨露，也历经红尘沧桑，那远逝的旧梦，已不复从前。沧浪亭在苏州沧浪区三元坊附近，深深的小巷深处，它不惊不扰地安然存在，园门前流水环绕，即便是深秋，依然草木葱茏，处处透着阳光里的暖。

刚入园子，映入眼前的就是土石相连的假山，假山上亭台楼榭，我认不出名字的花木青葱如梦。好久没看到秋景了呀，假山下透着园林的清凉。有人对我说：园林去多了也不觉得多么美，都差不多的建筑。我却并不这么认为，就像江南古镇，虽然都是小桥流水，但每座古镇都有自己的特色，而园林也是这样，虽然基本上都是雕花窗，亭台楼榭，假山流水，但依然有所不同。比如沧浪亭入园的那片假山。

据说狮子林是以狮子为名，那沧浪亭则因这浑然天成的假山添了美感。假山之美在于奇异的造型。当我轻抚每块山石的时候，仿佛它们都有生命，在四季的轮回里，守着小小园子，不离不弃。假山上葱葱郁郁的大树洒下荫凉，仿佛置身在森林之中。这是深秋呀，你轻触山石，触碰到凉意，穿过你的指尖，滑过你的心田，如果不是山石上凋落的枯叶，你还恍惚到了某个落雨的三月天。你拾捡一枚秋叶，枯萎的枝和叶，住进你的心里。

最喜人的还有假山上遍植的青竹，不是竿竿挺拔的竹子，是那种不高但细小的竹。我对植物无多大研究，亦不知道这是什么竹，但它捧出来的簇簇青绿，还是打动了我。或许是见惯了苍劲的竹，看到这片纤巧的竹，打心眼里觉得欢喜，于是沿着小径来来回回地拍照，那片竹也喜悦着，秋浓了，江南的秋不老。

沿着假山上去，则看到位于山顶的沧浪亭，亭子不大，廊柱上写着“清风明月本无价，近水远山皆有情”。而这两句题词则分别出自欧阳修吟诵沧浪亭的诗句和苏舜钦过苏州中的诗句。我喜欢这两句题词，伫立沧浪亭中，清风温柔地吹，悬在天空的明月，皎洁无瑕，这些都是无价的美景呀，若得三五知己相邀亭中饮酒对诗，那便是锦上添花了。还有什么比山石流水情深吗？没有了，造物主的鬼斧神工，令你我惊叹。

深秋的风凉了，亭子里坐着既有年轻的情侣，也有头发灰白的老人用苏州话随意地交谈。我站在假山之巅，看到对面灰瓦上落了满满的秋叶，静美无言，灰色的瓦檐，仿佛老去的旧时光，这种感觉有童年的气息，不小心就能抖落满怀心事。

沧浪亭园子里的建筑很多都经过了翻新修葺，那还散发着光泽的红油漆，泄露了它们的秘密。园子里那棵粗壮的古树吸引了我的目光，古树看起来很苍老，树的标识牌上写的190年树龄，那是多久远的年代呀。越古老的物什越有灵性，树干空了，裂开大大的空洞，但这并不妨碍树的生长。如今的它像一位慈祥的老者，岁月静好着和天地为伴。

若园林还有不容错过的风景，我想定是瘦尽相思的芭蕉了。以前我只觉得芭蕉是相思之物，生在江南，长在江南，只有大片青绿的叶，但这次在沧浪亭我竟然看到了开花的芭蕉。芭蕉花花形似心苞，花朵呈现淡黄色，那小小的芭蕉花呀，可是相思断肠后的无怨无悔。你看，她对他的思念悄悄地开出花儿，那么不经意的，就挂在了心上，若你看到园内的芭蕉开了花，就归来吧，归来吧。

喜欢这样泛着潮湿气息的姑苏城，穿过庭院，长在斑驳老墙边的翠竹迷了人眼。我依然分不清竹的类别，若不是写了名字的标识牌，我会误以为这一园子的竹皆一样。橄榄竹、紫竹、苦竹…… 有两个妇人拿着手机倚着这片竹拍照，她们大概都过了不惑之年吧，但脸上的笑容依然灿烂。这些竹的名字真的很好听，所有的名字中我最钟情紫竹，似一个女孩儿的名字。这片竹林据说是自苏舜钦筑园以来栽种，当时苏舜钦来到这座园林的时候，沧浪亭还是旁无民居，后经过不断修建，命名“沧浪亭”，自号“沧浪翁”。

沧浪亭在后来的历史变迁中还曾为僧居，有僧侣的地方则有佛性，这么一座小小园林，因了佛法则让人感到慈悲。至于最后几经流转，如今只作为四大园林景区对游人开放，皆是必经的宿命。

园林建筑集美学、风水、人文、自然为一体，小小园林也有其妙处。转身离开，亭内依然清风明月，园内依然流水叶落，但有些邂逅就是为了丰富单薄的生命。姑苏园林的美，且让我慢慢遇见你。

秋遇可园

可园，可园，读起来那么可心，仿佛在唤贴心的闺蜜，有着入心的暖和爱。

苏州大大小小的古典园林六十多座，这么多园林，但我不喜欢那些游人如织的园林，园林，本来就是私密的。在旧时人家，那筑了亭台楼榭、假山流水的园林，也不过是炊烟人家，只是后来在历史更替中，成了人人皆可踏足的景区。园林是寂寞的，那么多的游人来来去去，也不过是带来了些岁月风尘。

每次和苏州的风景邂逅，都是在游人寥寥的时节。耦园如此，可园亦如此。可园和沧浪亭正对着，很多人知道沧浪亭，却未必知道还有一座纤巧可人的可园。

可园，一定是被光阴不小心种下的幽兰，生于小巷，长于小巷，岁月静好地守护着小巷。

可园的名字就极好，琼瑶阿姨在台北的居所就叫作可园，她在那座宅院里写故事，写爱情，写人间真善美。记得看阿姨的小说，很多书的扉页都会写上落笔可园。直到今天我知道苏州亦有这样一座古典园林唤作可园，于是趁着秋色正浓寻了去。十月末的苏州，已经有了深秋的气息，路上香樟树的叶子落了，秋风紧了，园林里也不再姹紫嫣红开遍，露出萧瑟的端倪。这样的萧瑟，昭示着无声的岁月。

可园是一座建于五代十国时期的汉族古典园林，不大，哪怕你慢慢地走，一个小时也足够了。北宋时期，可园曾是沧浪亭的一部分，后经过历史变迁，荒废过，修葺过，就连名字也改过多次，最终在风蚀浪浊中得以安身，立名“可园”，守着烟水深巷，淡看岁月荣辱，静享岁月安好。

许是因了深秋时节，抑或是因可园名气太小，园内游人稀少，很多是苏州本地的老人。生长在苏州的人真幸福，寻了个阳光明媚的日子，邀上三五知己，去园林走走吧，像走自家的小院子。在苏州真适合浪费生命，这样的浪费一点儿也不奢侈，仿佛这座古城天生就是为懂生活的你而存在。觉得有个院子也很幸福，如果在苏州，那就是锦上添花了。园内春有流水，夏有碧荷，秋有叶落，冬有寒枝，灰墙白瓦映着园内潺潺流水，曲径通幽处，竟藏着一朵晚开的秋菊，美妙之事莫过于此。

映入眼帘的一汪碧波还是打动了我，流水与假山，即便在干枯的秋季，也依然令人心动。流水旁的亭子里，坐着歇脚的游人，水岸的垂柳，已经老了。秋风中的垂柳有了一种风姿，是老了依然曼妙的风姿，如果我老了，我也希望有秋风中垂柳的情怀，老了依然美丽，这是一种生活的态度。我见过太多老去的人，身上有种晦气，那晦气让你觉得很绝望。老了就要回到孩子般的童真，老也要老的有风度呀。

流水中仍然有稀疏的睡莲，毕竟到了秋天呀，睡莲没有开花，只是稀稀落落的几片残叶。流水清澈，水中倒映着柳枝的软，睡莲的娇，还有远处孩子童真的笑容。有老者拿了相机请我为她拍照，我举着相机，镜头下，是她灿烂的笑，她老了呀，笑起来脸上绽开美丽的核桃纹，像个孩子般天真。

江南之地，园子里的草还绿着，青石铺就的小径，两旁灰墙白瓦。走过一个转弯，后面一座座小假山，深处便到了园林尽头。这季节还有月季开呀，在一座小小假山旁，我遇见了它，那朵粉橙色的月季花。只有一株，很安静地生长在假山石堆边，微凉的秋风中，颤颤巍巍地开出两朵小花，为这秋日添了一抹亮丽的色彩。看到它们的时候，我惊喜地跑过去，立在花旁拍照，细嗅花的芬芳。原来每个季节都有花香呀。

长廊上植有藤类植物，我认不出植物的名字，在秋风中只剩下枝枝蔓蔓的藤。没了花和叶的蔓藤有回归真气的静，只看到纤巧的藤在长廊上曲折着，不媚俗，不讨好，却能把你秋天里所有的情都要走。我们的人生不就是这样的蔓藤吗？年少的时候，疯了似的往上攀爬，恨不得让全世界都看到那高调的枝蔓，后来呢？越来越渴望一些静的东西，攀爬得再高，也是高处不胜寒呀，当繁华散去，秋风起，也只有自己懂得秋风的凉。

转过长廊，折回可园入口。这座无人问津的小园林，我们相遇深秋时节。

再望一眼这里的一砖一瓦，我觉得可园该有一段故事吧。关于爱情中的生死之恋，这一生，你在，我们执子之手，你若离开，我就守着这里的一草一木，在光阴里老成一幅水墨画。

怡园 不期而遇

遇见怡园，在立冬时节里，下着小雨。走在老城街区，行人欲匆匆，竟有点儿春节将至的错觉。

周末，姐姐问我要去哪里，我说听枫园。原本就是要去听枫园的呀，起先是因为这个名字，我见到的第一眼就动了心。去百度中查看简介，是一座无人问津的小园林，未开发。心里窃喜，这样未经开发的园林，一定更天然去雕饰吧。据说是因为园内的枫林而得名，我们寻了去，穿过好几条街巷，深深的巷子深处看到了听枫园。园门紧锁，只有厚重的白墙赫然而立。老旧的园门上落满岁月的风尘，紧锁的园门有点儿落寞也有点儿拒人千里之外，我不知道园内是否还有人居住，只是此刻并不能进入园内，就这样，我与听枫园擦肩而过。

这世上总有些相遇你跋山涉水，最后却无疾而终。比如大雪封山的深夜，那挑灯夜访故交的诗者，到了柴门前欲要轻叩门环，却突然转身离去，见与不见此刻都不重要了，那到访的过程，那沿途的雪景，就已经深情满满。若我是那柴门内的故交，定会心有灵犀吧。我与听枫园就是这样，原本是只为它而去，却擦肩而过。

我和姐姐穿过深巷，走到人民路上的时候，偶然邂逅怡园，原来有些落寞的心情一下子欢喜起来。你瞧，一切都是刚刚好的安排。人生莫不如此，你以为上帝为你关上了门，却在某个蓦然回首发现还有一扇窗为你而开。我和姐姐买了门票，怡园不大，在苏州这座园林之城中，并不起眼，或许就因为这样的不起眼吧，也让它少了如织的人流，多了原始的清宁美。

怡园的相遇原本就是偶然，所以对于这座园林了解得并不多。但我依然喜欢怡园的名字。怡，听上去就心旷神怡。园内曲径通幽，刚入园子的时候，有些吵闹，茶楼里好多人。好风景都在后头呢，走过回廊，就看见大片的青竹了。那片竹子可真青葱，下午的空气中泛着微微潮湿，好像要下雨的样子，这样的潮湿和园林更般配。在此般情景下，那竹子则更有了美意，没有一点儿冬天的感觉。我们倚着那片竹拍照，浅浅微笑，静默欢喜。

江南的园林是真美，这片竹子也只有在江南，才把它的灵性演绎尽致。真的，如果它们生长在北方，这个季节必定是颓败的景象。在郑州的时候，公园里也植有竹子，但到了深秋，竹叶就开始展现萧条的端倪，更何况到了立冬时节，更有种萧萧瑟瑟风雨中的意味。怡园内的竹子青得似乎可以掐出水来，倚着青竹，我迟迟不肯挪动脚步，有对外国夫妻也钟情这片竹子呀，手中的相机咔咔不停。

走过那片竹林，眼前又是另一番景象。有些像沧浪亭的风景了，层层叠叠的假山，假山上花树叶了零落一地。每座园林都似乎相近，又有各自的神韵。怡园最大的特点是假山与流水相连，这和沧浪亭不同，上周去沧浪亭，看到的假山只是假山，而此刻的风景却因水的婉约有了柔美。山不可无水，水亦离不开山石。假山之上，清风中立着一座小亭子，据说是小沧浪亭。怡园的整座园林构造吸取苏州各家园林精华，小巧别致，却造出了独特的风格。怡园内的水池据说仿造了网师园内的建筑；假山学环秀山庄；旱船模拟拙政园。虽然我还没有机会寻访这么多的园林，但来到怡园，则把所有风景尽收眼底，倒也不错。

就在流水的对岸小亭内，遇见几位在此绘画的老师。大抵都过了知天命的年岁吧，却活得没有一点儿岁月的迹象，依然笑意盈盈，用手中的笔描摹着怡园假山之美。我想他们描摹的还有对生活的热爱，对自然的敬仰吧。我伫立旁边，看着他们认真的模样，突然有些艳羡这样的岁月静好。

继续往前走，则到了北亭藕香榭，藕香榭又名荷花亭，这两个名字我都极喜欢，那些古人真的好有情调，庭院里有屋子，屋子又有这般诗意的名字，若搁到现在，怕是没这样的雅兴，只不过是间屋子而已，哪里想到还要起个名字。记得之前读过海子的诗歌：给每一条河每一座山取个温暖的名字，我只愿面朝大海春暖花开。他那么热爱生活，所以他与花草山河为伴，为它们取名字，只是最后却用卧轨结束了年轻的生命。这里的文人、雅士为自己的家园取名字，有着异曲同工之妙，都有着对生命无穷尽的热爱。

锄月轩和北亭的藕香榭相对。由于这两座厅位于水池以南，故又合称鸳鸯厅。抬首看到“今日归来如昨梦，自锄明月种梅花”的诗句，轻描淡写地讲述着锄月轩的典故。因旧时此轩内遍植梅花，又因此诗句之妙，所以锄月轩也叫作梅花厅。其实不管锄月轩也好，梅花厅也罢，都有着无尽的美意。想来冬日大雪纷飞，清凉的月光洒在庭院积雪上，院内梅花散发着冷香，那香穿透了历史的烟尘，落入梅花厅，寻梅望雪，听明月的情话，该是多好的时光。

最喜这两厅，夏日在藕香榭赏荷观鱼，冬日在锄月轩踏雪寻梅，哪怕是春秋时节，亦可听风月情话，对酒当歌。

沿着锄月轩前的小径走出去，落叶铺满了小径，我们在秋天的风景里拍了些照片。片片落叶，秋风吹过，沙沙地唱着情歌，天空下起了小雨，我撑上了莲花伞。在小径两旁的草丛上，我还看到了一只小蜗牛，很小很小，想必是因为落雨，蜗牛也出来赏秋色了呢。我这样想着，看它在草叶上缓缓爬行。

飘着小雨的江南真美。漫步在园林，走着走着就回到了来时的路。何时重逢，已不再重要，我的镜头下，曾留下它的美，我的笔尖，亦会写进它的故事。好一场不期而遇，我与怡园，温柔相待。

渔阳山上风景妙

渔洋山是这个假期去的第二个座小山。江南的山多青翠，亦不高，或许很多北国的人会觉得这哪里是山，叫小土丘还差不多。但我就是喜欢这样的山，小，精巧，而且青葱，像一位乖巧的邻家女子。

渔洋山位于苏州太湖旅游度假区，是太湖的一个景点。站在渔洋山顶，可以俯视整个太湖，苍茫的太湖水，就这样从前世流淌今生，见证时光的变迁，朝代的衰亡。

渔洋山比天池山还要远，公交车坐了两个半小时之久，为了遇见的风景，又有什么关系呢。69 路公交车上人真多，坐在车上懒懒地仿佛要进入梦乡。那些站名真好听，香榭、梅舍、水桥，后边还有梅园、桐巷。总感觉这样美好的站名一定也存在一段美好的故事吧。虽然我不知道这些站名下去到底是哪里。车子到太湖明珠度假村停下，我们下车走过一条林荫小道进入渔洋山售票处。

进入景区售票处的这条林荫小道很湿凉，这份湿凉只属于江南，只属于山间。听到有鸟雀的叽喳声，地上是飘落的秋叶。抵达售票口，换了门票，我们进入景区。迎接我们的是呆呆萌萌的小熊猫，童心一下子绽放。千姿百态的小熊猫，憨厚可掬的表情，实在是可爱。

再没有比童心更可贵了，都市里的世故人情，早就把你我彼此磨炼得老练，就连对待什么样的人说什么话都被世俗安排，或许这就是大人的悲哀，这个世界就是这样的生存法则，想要不被伤害，就必须要遵循法则，只是谁又能知道，我们也曾是天真的孩子。如果你看到这群呆萌的小熊猫，一定也会打动许久未曾触碰的童心，我始终相信，每个大人的心中都住着一个孩童，这不是傻，只是一份纯真的孩子气。

踏入景区的刹那，瞬间收获一份纯真的心境，看着呆萌的熊猫军团，还有什么烦恼可以掠夺心境的欢喜。

一直往前是山中桃花潭，这不是桃花盛开的季节，所以我们只邂逅了一大片桃树和干枯的桃枝。我相信四季轮回自有它的美意，花草的枯荣也自有它的规律。秋天我可以观赏桃树枝干的清美，干枯的枝干少了桃花的繁华，却有种苍凉干净的况味。枯的物什比盛的更美，盛开的时候，太过浓烈，总有种说不出的轻浮，甚至有点儿恶俗，繁华过尽，枯萎了，却有经历世事的沉稳，是一种质朴简单素雅的大美，这是繁盛的物什永远无法超越的大美。这个季节潭中水也干涸了，只能偶尔看到几溪流水从岩石缝里淌出，花儿都谢了，水也多余，落花流水的诗意少了粉嫩嫩的落花又怎能算得上美丽，既然已经有了残缺那就等来年吧，来年再赴一场花儿的约定，共筑流水落花的诗意。

桃花潭很大，整个地形仿佛农人的梯田，一直往上走，有一条上山的木板小路和一条柏油铺就的上山大路。有观光车可以沿着大路直接抵达山顶，我不喜欢这样登山的方式，就像旅行，最怕跟着导游团，走马观花地到此一游，仿佛就懂得了生活。如果真的这样，我更愿意选择安心地窝在家里的沙发上，读一阕宋词，或者寂静地站在阳台上，赏一株兰花的静美。

我们选择了人迹稀少的木板小路上山，路上邂逅一位老人，头发都白了，爬起山来却依然健朗，多有生命的活力。老人和他的儿子孙女一起，小女孩儿走得更快，孩子的童真是我们永远无法回去的美好，老人的儿子拿着一个保温水壶，叫着已经走了好远的小女孩儿，“小心点儿，等等爷爷。”我听到男人在叫他的女儿。“爸，慢点儿，累了歇一会儿。”男人回头对走在最后边的老人说。“没事儿，走吧，快到山顶了。”老人应着他儿子。小女孩儿停了下来：“你们真慢，快点儿哦。”我看到小女孩儿笑得像一朵盛放的花儿，这情怀真好。我们爬了一半已经感觉到疲乏，小歇了一会儿，灌了几口纯净水，继续往前走。渔洋山的小路比较陡，沿途有很多凋落的枯枝，有阳光透过斑驳的树枝洒下来，形成好看的剪影。

“快点儿，快到山顶了。”在姐姐的催促下我加快了脚步，又绕了几个转弯我看到了对面青绿的山峦，我们已经成功爬到了山顶。

渔洋山山顶很大，有点儿像平顶山的山顶公园。山顶上有一座很大的渔阳阁，被称作江南第一阁。天公也作美，瓦蓝瓦蓝的天空，白云像棉花糖一样飘荡在蓝天，仿佛伸出手就可以摘到。渔阳阁下有一个望远镜，很多人在排队，因为从望远镜中可以观赏到太湖水在阳光下泛出的碧波。站在渔阳阁下观景台，可以看到浩瀚无边的太湖水，水天相接，怎么也望不到边，绵延，直至时光的尽头。江南第一阁建造得十分壮观，每一缕檐角，每一片砖瓦，每一个梁柱，每一弯雕花，都把古老的故事讲述。沿着石梯上去，一面是绵延不绝的群山，一面是碧波入流的太湖水，风儿吹过，拂乱我的黑发，山中清凉的气息，湿了我斑驳的梦。

走向渔阳阁的小路两旁是青葱的草坪，坪上的小草绿得惹人怜爱，有一些游人坐在上边安享静好的时光。

下山的时候我们走的大路，依旧是步行。大路两侧亦有不同的风景，枯黄的野草，在风中舞动，是属于秋天的美，属于山中秋天的美。

我们赏着沿途风景，听着沿途草木的浅唱，偶尔，还会邂逅一两只彩蝶落入枯黄的野草中。

天池山，岁月静好

十月一号的姑苏城天气好极了，出门就看到瓦蓝的天空，像小时候故乡的秋天，空气中夹杂着阳光的味道。我把长发随意地梳成两个麻花辫，身上是前几天买的酒红色法式连衣裙，戴着和裙子搭配的红色礼服帽，去天池山，赴一场秋天的约会。

转了两路公交车，两个小时左右的车程，抵达天池山脚下。下了车直奔景区门口。刚踏入景区，就被山中的风景吸引。进门是通往天池的一条山路，说山路其实一点儿都不陡，只是呈现向上走的姿态。路的两旁是葱葱郁郁的大树，树的名字我真的叫不上来，但是很浓密，纵然到了秋天，叶子也慢慢地凋落，我想这些树应该有很久的历史了吧。山中的树更添几分自然，不像城市里那些被人刻意栽种的树木，总是少了一点儿天然去雕饰的美。

行走在这样的一条小路上，我几乎是跳跃着走的，心里高兴呀，天生就喜欢山山水水，花花草草，如果可以日日和山水花草做伴，哪怕用一生的繁华来交换心亦无憾。山里的空气比都市里平添凉意，有微微细风吹来，裙摆缓缓绽开，就像在小小的心房里开出了一朵细微的小花儿，那样轻柔和美好。偶尔还可以邂逅一湾溪流，在岩石缝里潺潺轻唱，我欢喜地跳过去，拾捡一枚飘落的秋叶，岩石很凉，是属于山间的清凉，我把秋叶放进背囊，继续向前，这是仅属于秋日的情怀。

天池山因半山有池而得名，当那一汪绿的碧波落入我双眸的时候，我已经完完全全地被这样清幽的环境打动。半山腰中，一汪澄澈的湖水，一旁是通往山中的小路，一旁是有着深厚文化底蕴的寂鉴寺，是云水佛国，是禅心佳境，如果在这样幽静的山林里住些日子，一定是绝美的一件事情，管他外界多少纷争，我只静心过我的小日子，又能奈我何？我知道自己又多想了，但是如果是你面对这样清幽的湖光山色，你会不多想吗？我坐在天池旁的一小块儿岩石上，有阳光透过斑驳的树影斜射在我的长裙上，我眯着眼睛望向远方绵延的山脉，有股暖流涌上心头，在这个秋凉的季节里。有一小块石块上写着“天池”二字，我不知道为何会叫这样一个充满仙境的名字，就好像王母娘娘的瑶池，有种缥缈的错觉。或者，这唤作天池的池中，曾发生过一些浪漫多彩的故事，一定和人神有关，一定和爱情有关。我胡思乱想着，任由思绪飘远。

寂鉴寺相传是南北朝支公禅师创建，那得有多久的历史呀，无从查找。庙宇上黄色的墙壁都染着光阴的慈悲。一直往前，可以看到洗心池，这名字起得好，都市中生活的人沾染了太多的颓败，来洗心池走一走，让心境回归到山林中，不也是一件惬意之事。

我们先是沿着天池的另一侧小路上山，对山中地形不熟悉，中间竟然走岔了路，走到了无路可走的山峰，最后只能沿着原路返回从另一侧大路上山。

沿着山间小路行走别有一番意趣，游人极少，山路上铺满厚厚的落叶，虽然没有天平山的枫叶那样美得惊艳，却也点缀了初秋的浪漫。沿途中很多枯黄的野草，也有枯萎的枝丫安静地躺在幽谷里，无声却有种致命的诱惑。我和山中的一株野草做伴，和林间的一枚落叶对话，把身心交付给灵动的大自然。不知道走过了多少弯山路，终于站在了山顶，却发现前方无路可走，是深不见底的悬崖，而那座高高的天池山，却在另一侧，我怎么也无法继续抵达。原来上山顶的道路在另一侧，一直以来我们都在旁边的这座附属小山上走走停停，于是沿着原路返回，重新攀爬。

这次上山的通道上游人就比较多了，虽然找到了正确的上山道路，却无暇再欣赏沿途景色。素来都不喜太过热闹，毫无疑问这条上山的道路已经失去了清幽。爬山是个体力活，刚爬到半山腰我就累得气喘吁吁，再也没有一点儿力气向前，小憩了一会儿，不能半途而废，就继续前进，也记不得沿途盛开的那朵不知名的小花儿，曾调皮地钻进我的裙摆，只管一直往上爬。山上有多么诱人的风景吗？不，因为不知道山的那边是什么模样，所以才会选择义无反顾。不知过了多久，突然眼前一片明朗，竟爬到了山顶。山顶风有些大，站在山顶可以望见绵延起伏的山峦。苏州的山大都聚集在了吴中区，真的是秀美江南，南方的山和在故土见到的山有很大的区别，中原的山高大、绝险。南方的更多是青绿、绵延。望着青绿的群山，一座挨着一座，只觉得人原来是这样渺小，当你站在山中，没人识你，也无人知道山顶原来还站着一个你，总自以为是地把自己当作红尘的主宰，在群山面前，只不过是一块微小的岩石，在浩瀚的大自然中，是那样的微不足道。

下山时候是沿着小路走的，还是喜欢山间的小路，行人稀少。只有萧索的山中风景和自己的思想做伴，安静才容易思考，思考才会更加全面地审视自己。人很有必要时常审视自己，才不会在如织的人流中迷失。下山的路上邂逅一座庙宇，是在花山景区，天池山可以直接通往花山。有山的地方就有寺庙，这句话一点儿都不假，之前的僧人出去化缘都会说下山，山里环境清幽，比较适合修行，这大概也是为什么寺庙都会建在深山的缘故。寺庙中有一大片颓败的建筑，听说这里之前曾发生过一场大火，这些颓败的建筑是那场大火烧毁后的遗迹，被称为“苏州的圆明园”。午后的斜阳柔和地洒在这些颓败的建筑上，关于那些遥远的故事，只能在这一片片残留的砖瓦中拾捡，这里曾有过的繁华和落寞。

花山的文化更加浓郁，相传是东晋高僧支遁来此开山，后就有很多高僧名士来此隐居。我想这里一定曾有过一段繁盛的佛教文化，沿袭至今，源远流传。

走出庙宇，依旧是一条条蜿蜒的山间小路，顺着小路下山，直走到花山景区的出口处。原本是奔着天池山而去，却无意间邂逅了花山的秀美。我想这也是一种冥冥中的安排，赏过天池山的山明水秀，亦不忘花山的禅心清幽。

重元寺，相逢亦匆匆

如果人类也有情，会不会记得前世的约定：最深的红尘里，寻一场旧梦；最明媚的烟火里，赴一场约定；最静默的慈悲里，等一场温情。我知今生与佛无缘，那么就让我许诺，下一世，不入红尘不食烟火，伴青灯经卷，只做你身边的青莲。

与重元寺的遇见是在雨天。沿着礼佛大道一直前行，是重元寺东门入口，入口处栽种的莲已经亭亭玉立，只有莲懂得佛的慈悲，生生世世守着静默的时光，把岁月守成永恒。姑苏城的雨最是缠绵，烟雨江南，细雨蒙蒙，丝丝缕缕都能扣动过客潮湿的灵魂。刹那间，你真的会误以为穿越了千年，古刹庙宇，青灯莲台，你是那日夜参禅的高僧，还是那低眉祈愿的信徒，或者，仅仅是莲台旁的一盏油灯，守一夜的风清月朗，等待有缘人把你点亮。

重元寺初名重玄寺，始建于南朝梁武帝天监二年，我倒是更喜欢重玄寺这个名字，只是一个玄字就足够打动热闹的凡尘，让漂泊的心寻到停泊的岸边，仿佛与生俱来就带着某种玄机，是生命的玄机，等待有缘人来参透。寺庙临湖而建，傍水而立。抬眉，是一片苍茫的湖水；低首，是一池莲佛的清净。来来往往的信徒打身旁擦肩，我知这是佛的慈悲，红尘的安排，哪怕只能做彼此生命中的过客，打马而过，亦会留下几瓣心香，为生命的背囊装点一份美丽的意外。

俯首在佛祖的深情里，你我都低如尘埃，纵使在红尘多么的富足，抑或在人间多么的贫瘠，这一刻都只留下一片云水禅心的心境。老人祈愿儿女团圆，情侣祈愿海枯石烂，那独旅的行人，可是在祈愿一路平安。生命很短，红尘很长，光阴的长河里，你我不过是偶尔扬起的一片浪花，在某个刹那相遇，叠合永远，又在某个刹那分离，永不相见。

抬眉的刹那，水天佛国四个大字落入双眸，与佛的邂逅，不需要任何的承诺，亦不需太多的言语，只在抬眉和颔首的瞬间，就连身上的衣襟也染上了一份淡然，踏入观音阁，阁内33米高的观音像慈爱俯瞰众生，神态安详，与之相对的还有9999尊33厘米高的小观音像和6尊形态各异的大观音像，置身在观音慈悲的眉宇间，寻求灵魂的信仰，是佛的慈悲牵引着心的方向，还是柳暗花明的豁然开朗。背囊里，只携一缕佛前的清风；长河里，只寻一叶靠岸的云帆。

所有的遇见都是为了分离，所有的分离都是为了相忆，慈悲的佛不会为你的离去叹息，而你却会为了一个回眸把所有的情感交付相思。香火萦绕的庙宇更添玄机，任你怎样的追寻亦探不到千年前的秘密，大雄宝殿内端坐在莲台的佛祖，笑容可掬仿佛要把千年前的故事说起，寒山书院里珍藏的佛经，不知道度化过多少疲惫的灵魂，轻轻地翻阅一卷经书，不必刻意追问经书里的偈语曾被哪位高僧敲进木鱼，初秋的天气别院里黄叶落了一地，缠绵的细雨把过客的衣襟打湿，穿过解脱门你我依然是烟火尘世的红男绿女，在红尘寻寻觅觅，只是流浪的情感有了寄托，漂泊的灵魂有了皈依。

佛前的青莲为你我相迎，亦为你我相送，江南烟雨朦胧了诗意，我愿在江南把佛的深情装进行囊，用文字记录光阴的印记，在一盏禅茶的冷暖故事里，忆最深红尘里的相遇。

枫桥，　聚散两依依

山石草木皆有灵性，它们懂得慈悲，守得安宁。如果是寒山寺的草木呢？是不是更多了几分佛性，如果是枫桥的风景呢？会不会更多几分古意。守着古老的山寺，把风景看透，来来往往的信徒，打它身旁走过，红尘过往，只守得一份禅机，风清月朗的某个深夜，等待那一句：姑苏城外寒山寺，夜半钟声到客船。

枫桥因古寺添了几许禅机，古寺因枫桥多几缕烟火，太多的人带着虔诚的佛心踏进古寺，双手合十，祈福人生圆满，寻一场菩提花开。行走在山林古刹，踱步在林荫小道，哪怕你带着多重的尘埃，寺中的清风都会为你洗涤，这里，不需要刻意膜拜，这里，没有贫贱富贵，寒山寺的钟声会敲醒你的嗔念。

繁盛的大唐是佛教的鼎盛时期，相传僧侣寒山曾在寒山寺修行，故得名寒山寺，如今的寺中，依然留存着寒山和拾得的雕像，寒山执一荷枝，拾得捧一净瓶，他们憨态可掬的形象会让你忘记凡尘负累，在佛的面前，红尘万丈不如一枚莲花清净，烟火人间不如一盏青灯动人。有些人用一生也得不到顿悟，有些人用一刹便获得超然，芸芸众生，茫茫人海，在万丈红尘中只想要寻找一叶渡岸的船只，以为到达彼岸便是花开，寻寻觅觅，却不知，此岸即是彼岸，彼岸亦是此岸。

景区内大诗人的雕塑赫然而立，半躺的姿态，带着诗人特有的豪迈。伫立枫桥，迎面的细风吹散满身的尘埃，“你站在桥下看风景，看风景的人在桥上看你，明月装饰你的窗子，你装饰了他人的梦”，行走在阡陌红尘，你我都是生命的过客，擦肩而过的太多，这一刻，你是谁桥下的风景，又是谁梦里的明月。

走在听钟桥的木板上，雕花灯、油纸伞，伸出手，仿佛触摸到前世的故事，远处传来寒山寺的钟声，那钟声，可以让人忘记今朝是何夕，无论你背负多少尘埃，无论你心存多少执念，当钟声敲响，一切都归于云烟，付诸云水。

铁铃关始建于明嘉靖三十六年，关下基台仍为明清古物，斑驳的石阶，讲述着年代久远的沧桑变迁，被时光打磨的物什最具灵性，青绿的爬山虎爬满整个关墙，似在讲述一段苍绿的过往，一枚飘落的枯叶落入我的双眸，小心翼翼地拾捡起来，仿佛拾捡起光阴的剪影，登关远眺，整个枫桥景区尽收眼底，古老的运河，错落有致的建筑，渔歌唱晚的游船，古刹石桥的相依，恍惚中竟忘记了是归人还是过客。

只因渔隐二字便爱上了这个叫作渔隐村的小屋，篱笆院子，小木屋，如果居住在这样的小屋里，日出而作，日落而息，该是多么美妙的事情，临水而居，管他世事繁华，管他世道险恶，我只守着老屋，守着菩提时光，你享你的灯红酒绿烟火繁华，我过我的淡泊悠然禅意光阴，你又能奈我何。

沿着古运河道行走，沿河的夹竹桃开得极好，白的纯洁，粉的娇嫩，习习凉风吹过，阵阵花香飘散，如果不是路上游人的欢笑声串串，你会误以为闯入了陶令的桃源深处，蹲下来捡拾一地的落花，喜欢落花远大于喜欢枝头怒放的花儿，大抵是落花总会渲染凉薄的心境，一直走下去，一枝园映入眼帘，一枝园原是清乾隆时期的举人段玉裁在枫桥寄居时的宅园，入园首先看到的是一个孔雀园，园内一对孔雀闲适地啄着食物，更加体现了天人合一的境界。一直往里走，穿过厅堂，走过散发古香的门槛，看到的是极具中国古典建筑风格的庭院，亭台楼榭，奇石假山，苏州人善于造园，或许是巧夺天工的环境造就了这样的人与环境的和谐存在，可观可赏可居可游的住所，怎能不让人眷恋。

诗人张继乘船路遇枫桥，忽闻寒山寺钟声，写下一首传世的《枫桥夜泊》，乘船游枫桥似乎也成为一件诗情画意的事情。游船上张望那一座生动光阴的桥，桥上人潮汹涌，看惯了长安城内的繁华，这江南的柔情怎能不融化他的金戈铁马，想必当年张继看到这样的山水桥廊，一定也会在某个瞬间，渴望抛掷红尘万丈只求茅屋篱院。世事沧海桑田，如今，我的这张旧船票，是否还能登上你的客船，只是这船只，早已不是当年张继乘坐的小舟，故事，也早已不是当年的故事。

红尘相聚，聚也匆匆，别也匆匆，世间往来，来也匆匆，去也匆匆，就让这短暂的相逢装进空空的行囊，风干成一段永久的记忆。当我踏上归途，不要别离，寒山寺的钟声还在耳畔回荡，不曾为谁送别，枫桥下的流水亦不会为某一个过客停留。

生命只是一场由开始到结局的过程，不同的是，每个人演绎着独一无二的风景，或岁月静好，或惊心动魄，或天涯海角，或一场日落，许多年以后，谁也不曾把谁记起，那些或擦肩而过或铭心刻骨的故事，都不过是一段值得追忆的时光，一场生命的绽放。

木渎，枕着记忆入眠

生命本身只是轻薄的羽翼，是在路上遇见的风景，为它增添了厚度，也让生命从此不再单薄而有了存在的意义。我没有一纸一笔踏遍红尘路，也不敢以画为聘书为媒写进世间情，我与这红尘的相遇，是用手中的拙笔和相机把岁月点滴记录，装点微如尘埃的生命。

一场又一场遇见，一个又一个转角，生命是由这一场又一场遇见串起的画卷，光阴是由这一个又一个转角折叠的书籍。下一个转角，你我不知道会和谁遇见，也不知道何时转身成为彼此生命里珍贵的回忆。命运面前，我们永远都是俯首姿态，永远都渺若星辰，被时光遗忘在芸芸人潮里。

世间所有的遇见都有前世的约定，哪怕和一缕荷风、一株草木的邂逅，都有着深意。漫漫红尘，你我都不过是漂浮不定的浮萍，聚也匆匆，别也匆匆。如果可以安心地停留，谁又愿意选择马不停蹄地奔走，最好的归宿莫过于一座小镇，一杯清茶，一卷诗书，一段年华，只是你我都是离人，小镇的过客，在那一剪时光里枕着记忆入梦。

木渎。江南小镇中不起眼的一座。知道它，是因那句民间传言，乾隆皇帝六下江南，五次来到木渎。下江南，多诗意的词呀。纵使帝王又如何，你坐拥大好河山，所有人都对你俯首称臣，最后，也不过是江南过客。他来了，又走了，他走了，又来了，是前世的宿缘，还是今生的故事把他召唤。或许，每一次都有一样的心境，又隐约着不同的感情，风景还是原来的风景，只是旧人不在，故事落幕。

乾隆壬申年春立。几个醒目的字眼守着石碑看遍世事变迁，山石守诺言，纵使流年飞转，刻下誓言的人儿走远。自古多情是帝王，太多的离别，成为永别，命运中的偶然，谁都无法预料，太多的诺言，经不起流年岁月，海枯石烂的誓言终究败给了命运的棋局。

君当如磐石，妾当如蒲草，蒲草韧如丝，磐石是不是无转移。磐石无转移又如何，人走了，故事也将落幕，守着承诺的只是一块孤独的石头，那写下誓言的人儿，一去不复返，或许，他记得，记得这一段露水情缘，记得离别时含情脉脉信誓旦旦，可他毕竟是帝王，万民仰望的帝王呀，最后留给她的，也只是无期的等待，等待，那山水迢迢路也遥遥，盼来盼去魂也销。

听闻，木渎的每一座桥都有一段美丽的传说，香溪则是因西施在此梳妆满河生香而得名，小桥流水间，镶嵌着一座西施桥，大抵这座小桥也是因西施而得名吧，西施，那位风华绝代的美人儿，留下了多少动人的故事和传说。站在西施桥上，怀想在前世那位美人儿也曾是这般伫立，轻轻地抚摸桥梁，以为，可以和某段故事叠合，遗落在风的岁月里，等待有缘人来敲开记忆。

初见书屋在香溪街角，岁月静好的午后时光，一个人，一卷书，一段命里注定的缘分。人生若真的如初见，是不是就可以没有那么多的离别，人生若真的如初见，他仍做他的旷世明君，她仍是她的绝代佳人，最经不起的是流年，最躲不过的是岁月，初见的美好，也只停留在初见的刹那，时光散尽，留下的，只是斑驳的迹象，容颜老去，初见的美好只是瞬间芳华。

如果说人生的每一场际遇都是命运的安排，那么和木渎御游节的相遇呢？跟着乾隆游木渎，木渎首届御游节是一个不容错过的风景，碧水绿柳间，船娘摇着乌篷船，一身龙袍的“乾隆皇帝”手执御扇，身旁是穿着旗装的“格格妃子”，恍惚间真的以为回到了那个风花雪月的朝代，多情的乾隆帝带着他的宠妃爱女下江南。摇着乌篷船的船娘用吴侬软语唱着自改的木渎美，船娘的歌声慢慢飘远，留在记忆深处的，是这片动情的山水。

一些人来了，一些人走了，这个质朴的水乡小镇，始终以慈悲的姿态看烟火红尘，有人说，旅行是为了遗忘或者寻找，遗忘得了吗，寻找得到吗，不，记忆是永远不能遗忘的，远方是永远寻不到的。

命运把棋局布好，生死结局早已写下，不必刻意遗忘或者寻找，让那些过往的片段风干，装进行囊，偶尔记起，夏日的一株莲荷，深秋的一枚落叶，远方的聚散别离，留给明天去谱写，拥一溪碧水荷风，不做过客不做归人，在云端，抒一份云水禅心。

情归同里

礼佛的人讲求因果，一株花草，一片青苔，一湾溪流，一缕清风，都有前世今生的命运轮回。世间万物皆有灵性，故事的结局早已经被命运编排，哪怕微小的蝼蚁，也有生命的皈依。三生石上早已经把今生的相遇刻记，与江南，情深意切深深相依，同里小镇，记忆停留在千年前的那场艳遇。

江南的烟雨湿了游人的梦，小桥流水的那一户人家，升起的炊烟袅袅朦胧了记忆。令我魂牵梦萦的，何止是这座水乡小镇，还隔着千年的故事刻画今夕。

清晨，沉睡的古镇刚刚张开惺忪的双眸，行走在写满记忆的青石板小路，偶尔可以见到一两位阿婆提着菜篮子经过，脸上笑意盈盈。古镇很安静，这才是属于我的小镇。

踏上小镇，一点点地找寻梦里的痕迹，只是走走。每一条巷子每一片青苔都诉说着一段段被遗忘在前世的故事。明清街上的商铺还没有营业，旅行团还没有大张旗鼓地闯入，只有岁月的静好伴着安宁的心境。

小镇是在桨橹声中开始一天的热闹生活的。行走在小桥流水间，走一走象征平安吉祥的三桥。听闻，来到同里一定要记得走三桥：太平桥，吉利桥，长庆桥。这三桥，象征着平安吉祥幸福，这样的三座小桥，一定发生过太过动人的故事吧，在小镇的民俗中，姑娘嫁人，娶亲的队伍就会浩浩荡荡地经过三桥，那一定是小镇一道亮丽的风景，平安吉祥，是世间最美的心动。

走过小桥，穿过潺潺流水，行进一条弄堂又一条弄堂，古老低矮的民居临水而建，似乎每一座古屋都有一段故事。阿婆告诉我，这一条就是穿心弄。穿心弄，我不由得心中一惊，这里一定有过一段凄美的爱情故事。巷子的最深处，只能经过一人，你从巷子的那端走来，白衣胜雪，她低眉浅笑地经过，那一低头的温柔和浅浅微笑成了心底深深的烙印，挥之不去，夜夜思念。仿佛今生的姻缘早已经被命运安排，恰好遇见了，在那多情的烟雨小镇，在那幽深寂寥的古巷子。

古巷深处，老头儿搀扶着老太太的手走过，我安静地看着他们远去的背影。就这样吧，一辈子就这样吧，所有的繁华灯火都融化在这小镇的烟雨里，找一座小镇，临水而居，守着老屋，等到青丝染满白霜，等到岁月迟暮，你依然会牵着我的手，听一溪流水的歌唱，赏一株草木的凋零，守候一剪光阴的慈悲。老头儿和老太太的背影渐渐地消失在江南的烟雨里，岁月终究要回到平淡的一粥一饭，岁月静好的时光，最好的海誓山盟是细水长流的陪伴。

小镇渐渐地热闹起来，有了浓浓的烟火气息。商店里琳琅满目的民族风情衣饰为粉墙黛瓦的小镇增添了几许色彩，广场上同里古戏台播放着小镇情调，唱的是一段爱情故事，婉转的唱腔动人极了。

戏曲落幕，故事散场，只有那唱戏的人儿，入戏太深。原来艺人不是无情，只是用情太深，最后只能深情被负，徒留一地相思一生孤独。

所有人都一样，爱着莲花的清高，怨着莲心的苦涩，爱情也是一样，多少人羡慕那如花容颜如风少年，最经不起打磨的是时间，生活的柴米油盐消磨掉甜言蜜语的浪漫，留下的只是那颗枯萎干涩的莲心，却没有人会明白，莲心曾是一朵冰清玉洁的莲花。

生命是一场苦行，同里是这场苦行中最美的艳遇，关于爱情，关于前世今生。每一座小桥，每一缕清风，每一川烟雨，都有一段不能言说的秘密，从遥远的梦里淡出淡入，寂寥幽深一往情深。

绍兴古城不古，却自有风情

四月的芳菲尽，生生错过千千万万的花期，五月微风起，我寻你而来，老墙、灰瓦，还有关于那段幽幽的光阴。

大概是从课本上认识的绍兴，我想，那江南小镇的情结，也可以追溯到此吧。

鲁迅先生笔下那个风情的百草园，还有刻着“早”字的三味书屋，落魄文人孔乙已欠的十九文钱，还有看罢社戏摇着船归家的童年，中年闰土早已不再是少年，记忆早已随着流年走远，只是那寻梦江南的脚步，总也不肯停歇，尽管我已无从打捞，那些光阴碎片。

沈园

如果我说绍兴，你会想到什么？

“红酥手、黄滕酒，满城春色宫墙柳。东风恶、欢情薄，一怀愁绪，几年离索。错！错！错！春如旧、人空瘦，泪痕红浥鲛绡透。桃花落、闲池阁，山盟虽在，锦书难托。莫！莫！莫！”

“世情薄，人情恶，雨送黄昏花易落。晓风干，泪痕残，欲笺心事，独语斜阑。难，难，难！人成各，今非昨，病魂常似秋千索。角声寒，夜阑珊，怕人寻问，咽泪装欢。瞒，瞒，瞒！”

这个家喻户晓的爱情故事，让沈园成为心底抹不掉的牵念。本是才子佳人，琴瑟和鸣，却无奈，东风恶欢情薄，一怀愁绪，几年离索。错！错！错！爱情是这个世界上最美好也最伤人的字眼，世上有太多两情相悦却各自天涯的故事，梁祝化蝶，牡丹亭一梦香魂销。如果只有染上悲剧的色彩，爱才够轰轰烈烈，他们会不会更愿意做一对普通夫妻，不要风花雪月，无须琴棋书画，一粥一饭过着日子，踏实，长久。

走过许愿区，那挂在风中的木牌子，寄托着太多陌生人的心事。我像个偷窥者，又像个记录者，看着他们的心事和祝福，有爱有恨，有圆满有遗憾。五月的阳光炙热焦灼，风也夹杂着躁动不安的气息，木牌子像小小风铃，发出叮当叮当的声音，或者，是每个许愿者在五月的风中，絮絮地祈祷吧。

看着斑驳的字迹，早已被光阴偷走了离索，而每一个路过旅人，好像都会站在这段爱情诗下留念，但更多的只是拿别人的故事装点了自己的平淡日子，我们终究是平凡的，平凡地长大、恋爱、牵手、老去，唯一牵系两人的只是社会给予的责任和谨慎，就像左手和右手，不再谈情，不再说爱。但我们也该庆幸啊，还有那么一个人陪在身边，哪怕霜染了白发，依然不离不弃。毕竟，追忆再美，不如相伴。

江南的园子，假山亭台以及流水，从来都不会少。园子里还有满墙的爬山虎，门栏旧了，砖瓦旧了，就连故事都旧得追寻不到，那盛夏的爬山虎，大概会明白些故事里的事吧。

无论我们带去多少尘埃，都不过是这里的一个看客，看过了，别了，也就留在记忆里了。离开的时候，仿佛时光从未走远，故事从未离散，沈园的故事，留待你来后话……

小院里的杉树

云杉驿是我们这次绍兴行住的地方，走进小院，就看到林立在路两边的杉树，正值中午，阳光在杉树叶上跳舞，落在地上，洒下阴凉，如流动的小溪，浮光幽幽。

缪家桥 8 号创意文化园内，从热闹的中兴南路拐进一条临河的小巷，扑面而来的江南气息，一下子把人带入怀古的情调里。这家客栈就在这怀古中，不经意间让人与光阴撞个满怀。

园内有咖啡馆、茶室，还有木栈道和流水声。我们住的房间在三楼，没有想象中那么古意，但站在窗前可以看见楼下的小桥与人家，还有旧旧的砖瓦。喜欢一个人，因为你们之间有低眉颔首的相知，喜欢一个地方，因为这个地方与你的心境恰好叠合，云杉驿让我想起那个院落情结，有满藤的花架，有细碎的阳光和闲散的光阴，守着一隅到白首，任外面兵荒马乱，都与我无关。

每个人都有自己难以忘却的故事，而我的故事，是童年时落在瓦檐上的美好，分分秒秒都弥足珍贵。那是春天燕子会衔泥归来的岁月，老屋门前的凤仙花发了芽，屋顶的灰瓦上新长出几棵野草，阳光在微风浮动的光影里忽闪着，天空依旧蓝得精致，孩子的笑声像藏在云朵里的棉花糖，软软的又甜甜的。而云杉驿所在的院落，就有我童年时的那些美意。

晚上的院子很静，有皎洁的月光落下来，淡淡的水清气，凉凉的初夏夜晚。走出院子沿着缪家桥小河一直走，路灯昏黄，照着流水和小桥，竟生出许多恍惚，走过缪家桥巷就到了热闹的中兴南路，继续往前是鲁迅故居，吃了碗梅干菜扣肉面和绍兴臭豆腐，踏着月光回到客栈。

同样的风景，不同的心情与不同的时辰，就有不同的美。第二天早早起来，听见鸡鸣声，院子里静谧又清凉。无论去哪里，只要有了心安，就行，我在小院，便是如此。

鲁迅故里

少年时读鲁迅，只是因为课本需要，长大后我终于来到鲁迅的故乡，寻访那个励志的“早”字，还有百草园里的童趣。

鲁迅故居免门票，带着身份证就可以，但假期人还蛮多的，等了很久才看到三味书屋。这原是私塾，鲁迅先生曾在这里读书学习，而那个“早”字，早已被光阴蚀去了痕迹，书屋散发着幽幽的书香，鲁迅先生的座位被单独标示出来，来来往往的游客举着手机、相机咔嚓咔嚓，小小的书屋成了游客叽叽喳喳的场所。

百草园是个荒废的菜园子，现在里面还有些荒芜的景象。园子里杂草丛生，路也不太平整，就像小时候乡间的路吧，有灰尘，有石子。让人期待的是那几棵大树和蔓藤，叶子浓密，洒下半墙的阴凉。

鲁迅在书中写：“不必说碧绿的菜畦，光滑的石井栏，高大的皂荚树，紫红的桑葚；也不必说鸣蝉在树叶里长吟，肥胖的黄蜂伏在菜花上，轻捷的叫天子（云雀）忽然从草间直窜向云霄里去了，单是周围的短短的泥墙根一带就有无限趣味……”这样天然去雕饰的日子，朴素自然，让人生出深深遐想。在小村的童年，亦有同样的乐趣，菜畦、老井、蝉鸣、野花，还有很多很多搁浅在记忆里的风景，在长大后的浮沉中，生香着光年。

名人故居，老街旧巷，我们风尘仆仆寻来，亦不过匆匆而过。老屋门前的青苔又生出几圈，小桥流水不改当年模样，摇着船橹的旧事，已无从打捞。关于民族，关于文学，关于那个动荡的时代，也不过是后人茶余饭后的闲谈，唯有那几笔深深浅浅的文字，记刻在历史的烟尘中，不曾改变。

东湖　叠合江南的一川烟雨

乌篷船，碧波荡漾，绿林幽幽，清晨的东湖有着江南水的氤氲气息。

阳光柔和，斜射在湖波上，波光粼粼；岸边的美人蕉如临水照花的美人，袅袅婷婷；远山青葱，奇石林立，行与桥边或悠然与船上，皆如置身画中。

无论去哪座城市，最喜欢的依然是这样的青山碧水。

你不会明白，当我看到青绿青绿，又低垂的柳丝时，心头升腾起的温柔。

你不会明白，那夹杂着泥土气息的青草，在水中的斜斜倒影，带给我怎样的感动和震撼。

你不会明白，废弃的小木船，以及长满青苔的老墙，我对它们的痴迷。

旅途长长短短，风景千千万万。拥抱山山水水，偶尔似曾相识，偶尔又如陌路。当我赤着双脚踩在小湖边的石头上，清凉滑过心间，再没有那么一瞬间，我肆意而爽朗的笑，与拂过的风轻语问好，与打马而过的光阴握手言和。

他摇着乌篷船，时而听到他与游客的闲谈，时而又听到他自然的笑声。

他们摇着乌篷船，来来回回，时而遇见彼此，打个照面，继续向前。

湖水的灵动，离不开山的秀丽和船的古朴，这片湖，恰映着山，载着船。

而我对江南水乡的眷恋，亦是对乌篷船的眷恋。

小船儿在水中摇啊摇，坐在船上的人也跟着晃啊晃，缓慢悠闲，好像是遗落很久的水墨画。湖中来来往往的乌篷船，渡着船客。

他们从哪里来，又将渡往哪里去。这时候已无须知道得太多，只要知道你们曾在东湖相遇过，叠合过江南的一川烟雨，记忆就不会湮没。

兰亭　无关风月我题序等你回

无关风月 我题序等你回
悬笔一绝 那岸边浪千叠
情字何解 怎落笔都不对
而我独缺 你一生的了解

伴着周杰伦的歌声，我来到绍兴兰亭，尽管我知道，这兰亭非那兰亭，但微微的墨香情怀，无论因何都是浓得化不开。

绍兴市西南兰亭镇兰渚山下，回到那个一卷字留一段情的朝代，东晋大书法家王羲之挥毫泼墨，行书如行云流水。

这是一座抱山拥溪的园林，悠然的大白鹅临水梳妆，古老的石碑沉默不言，陌生的旅人来来往往，久远的故事代代传唱。

入园迎来阵阵清凉，那是山林原始的气息。三四点钟的阳光，在翠竹林间洒下影影绰绰，原本因旅途奔波略显疲惫的心情一下子明朗起来，自然的美，是可以让人找回快乐的。

山石草木，在生生灭灭的轮回里宠辱不惊，它们不懂得争抢，更不知道欲求，但它们生得明白，活得明白，春绿夏长，秋黄冬枯，这种秩序的美是会让人落泪的。每次远行，我去看那些生在各自角落里的植物们，都觉得是场回归，人生来就浮气重，唯植物清净，尽管风景万千，我们都只是匆匆而过，但只要有那么刹那的心动，就是幸福的。

“鹅池”两个大字落在眼前，据说这块碑亭是父子合璧而作，“鹅”字为王羲之所书，“池”字为王献之所书，所以这块碑亭还被称为父子碑。碑亭对着鹅池，池内几只白鹅戏水，山林野趣尽展其中。想乡下生活莫不如此，小池塘大白鹅，几丛绿林，几间屋舍，还有几寸清淡如水的光阴。池内的水不是很清澈，飘着几片枯叶和枯枝，这样的朴素，反倒取了天然去雕饰的美意。

只听“曲水流觞”这四个字就让人生出无限遐想，而且是兰亭景区内的著名景点。流觞和曲水在一起有了轻快的感觉。记得很早的时候，有个文友，笔名叫曲水流觞，他的文字带着淡淡的愁绪却并不哀怨，正如他的人，清秀干净。他亦习字，落在宣纸上，笔笔隽永，后来是怎么失散的，自己都记不起来。人与人之间的缘，有聚有散，聚时珍惜，散时祝福，已足够。

关于曲水流觞的故事，就要回到那个东晋年间。王羲之邀请当时的文人墨客，临着茂林竹影，伴着潺潺流水，在此饮酒赋诗，听风谈笑。这样的雅事，真是偷得浮生半日闲呀。流觞亭是为纪念曲水流觞的活动而修建，亭子里陈列着“兰亭修禊图”“曲水流觞图”和当年流觞的用具，虽然都是复制品，但依然有那份心动，仿佛王羲之曲水流觞的场景再现眼前。

在兰亭，邂逅的那大片小野花，让我驻足良久。远处是山，眼前是明晃晃的小花，它们灿烂热情地开在清风中。置身这样的花田，我总想起古老的岁月，关于小村，关于那伸出手就能摘到天上棉花糖的记忆。我们总觉得日子还长，用力地跑啊跑，跑出抬头望天空低头弄花影的时光，却在汹涌的人潮里失了魂，所以我们又开始疯狂地寻找，那曾经的不屑一顾，其实不过是为年少时的任性找个出口，因为我们明白，回不去的终究回不去。

蝴蝶心无城府地飞来飞去，一会儿采采这朵花，一会儿又亲亲那朵花，你想要追着蝴蝶，却发现手中早已没了那把扑蝶的扇。尽管如此，你还是爽朗地笑，尽情地向风问好，与花闹。蜿蜒的小路上青草蔓蔓，山与水，梦与花田，此刻，就好。

后来走到兰亭书法博物馆，在这依山傍水的馆内，陈列着中国书法简史。墨香伴着山水，大概就是我们常说的怡然自得吧。

兰亭临帖 行书如行云流水
月下门推 心细如你脚步碎
夕阳余晖 如你的羞怯似醉
摹本易写 墨香不退与你同留余味
一行朱砂 到底圈了谁

尾声

我不是寻梦人，只是路过你的美；
我不要打捞记忆的碎片，只是想参透你古老的秘密；
我不懂你，但我愿意走近你；
绍兴，再见。再见。

第四辑

怎不忆江南

早春风景里的浅吟低唱

江南的春天总是比别处苏醒得早，你看那梅花盛开，在料峭的早春季节，向所有遇见的你诉说风情。

犹记得去年从杭州回来，M 姑娘发来消息：小隐，苏州的春天最美丽。那时候已是烟花三月，本来要去扬州看看那二十四桥明月夜，在瘦西湖边听春风低吟，却因旅途颠簸，便搁置在了心里。

江南早春的雨也温柔，淅淅沥沥，让我突然想到两个字——春寒。

那日清晨下了柔柔的春雨，我撑了荷花伞，看着落在地上的雨丝，把天空洗刷得如此洁净。在楼下的早餐铺子买了包子，咬下去是青菜馅的，味道很好。有女人拉着孩子的手，等公交车送孩子去学校。还有在站牌下避雨的路人，眼神里有些许茫然。早春的雨还留有冬的寒凉，我扯紧了衣衫。这场雨和雨中的陌生人，组成了这个烟火的尘世。

江南这片烟雨蒙蒙之地，是太多人心里的梦。二月早春，疏影横斜的梅花点缀着江南幽情，随便地走走，便邂逅一缕暗香。

寻了周末，约三五知己去赏梅。

西山的梅园是我最期待的赏梅之地，最初识得梅园，是因作家白落梅的文字。她写梅痴梅念梅，宋代的林和靖曾是梅花知己，而今我想白落梅也称得上是梅花的知己。她曾写过每年都去梅园赏花，于是我便对那片园子充满了期待，总想在某个回首落梅花的季节里，邂逅那场圣洁的美景。

去年从杭州回来后，梅花基本上已经凋落。我在心里悄悄许下心愿：愿在江南的有限时间里，能和梅花相约同行。

今年春节过完就匆匆地回到江南。清晨上班的公交车经过人大国际学院，就在那片校园里，植有几株梅花。

那日我并没太注意，只是在车子驶过的时候，一簇簇雪白闯入我的视线。我不由得在心里惊叹：花都开好了呢。当时只远远地观望，并不知那便是梅花，只觉得春天真好。

休息的时候霜儿来找我，本来约着去梅园，后因给朋友画画把上午耽搁去了。去梅园又路途遥远，我突然想到校园里的那簇簇花开，便和霜儿带着相机出发。

学校里没有纷纷扰扰的游人，到底清静了很多。下车后走近，才仔细地看到了芬芳着的花朵。果然是梅花。梅花花瓣长相娇俏，冬天的时候去看过蜡梅，但早春的梅花和寒冬的蜡梅并不同。蜡梅贵在冷香，黄色的小花儿在寒冷的冬日，有种清冽的美，这个季节的梅却多了几分温婉，恰如江南的柔美。粗糙的枝干上，簇簇梅花相拥着，远看，是大片的白，近看，则可以感受到生命成长的过程。小小花瓣就这样簇成了朵朵梅花，在枝头对我们微笑。

除了白色的梅花，在教学楼下还有两株粉红色梅花。那两株粉红色梅花倚着红砖墙，旁边是四季常绿的香樟树。透过阳光洒落的斑驳碎影，我用镜头记下这株梅的俏。梅开花的时候叶未生，所以我用旁边香樟树的绿叶烘托出梅的影，这样的红花绿叶，看得让人心里瞬间明媚。

打开朋友圈看到梅园的梅花，那大片的白色梅花像仙境一般，令人向往。其实我并不遗憾，江南的梅花开到三月初，下个周末再寻去，也未尝不可。而今日我看到的梅花，虽然没有那样的磅礴，但也娇俏得很，有小家碧玉的美。

江南之春从二月开始，烟柳抽芽，梅花、桃花、樱花、海棠陆续登场。记得去年的三月天，桃花开满整座苏州城，仅仅在观前街闲逛，就能被小桥流水岸边的桃花吸引。就在观前街前面的那条小河岸，粉嫩粉嫩的桃花，盛开着，直到凋零落了一地，也那样惊心。

夜深，我枕着江南梦，回到你打马而过的故事里，浅吟低唱。

我打江南走过
那等在季节里的容颜如莲花的开落
东风不来，三月的柳絮不飞
你的心是小小的寂寞的城
恰若青石的街道向晚
足音不响，三月的春帷不揭
你的心是小小的窗扉紧掩
我达达的马蹄声是美丽的错误
我不是归人，是个过客

白色的蝴蝶

满园的春色已经探入窗口，而我还未来得及拥春入梦，即便如此，姑苏城内依然绿肥红瘦。春天呀，就像披着绿纱的姑娘，你赏或不赏，她都翩然而至。

二月梅花雪似海，可是我并没有去看那朵朵花开，于是就走到了三月的春水暖。

梅花开到荼蘼，只留下光秃秃的枝干，应该接下来便是青绿的叶吧。你瞧，还是错过了花期，世间万物皆有轮回，你以为它会在原地等待，才早春呢，却不知花也惧怕光阴，它耗尽了最后的一缕香，终究没能等来你的回眸。错过的东西，只留下惋惜。花儿谢了还有明年依旧，可是人走了就再也没有回头。

清晨去上班的路上，看到满树的玉兰开花，高高的枝干上，大朵白色花儿喜眉笑眼。金鸡湖大道上也就那么几株，却因花儿的硕大而抢了所有的春光。

起初我不太喜欢玉兰，虽然花儿雪白，但还是不能抹掉它张扬的嫌疑。是的，曾经我不喜欢大朵的花，比如牡丹，比如玉兰。每个姑娘都有属于自己的花，而我自小便觉得自己应属于梅花、幽兰或者是叫不出名字的小草。张爱玲曾这样形容玉兰："邋里邋遢的一年开到头，像用过的白手帕，又脏又没用。"玉兰花儿又大又肥，还招摇过市地开在枝头，好像在炫耀着什么似的。玉兰开败的时候，更让人觉得心凉，片片花瓣落在地上，还不知收敛，非要铺满整个路面，望过去都是白，都是它那惨白的身影。

无意间在网上看到这样的信息：玉兰又名木兰。看到木兰两个字的时候，我突然为自己从前的偏见感到羞愧。木兰这个词真美，可能和四爷与若曦的故事有关。

去年我收到一枚木兰簪，那枚木兰簪和电视剧中若曦的同款，送簪的人说：不知要送你什么礼物，后来偶然看到你提到木兰，便做了这个簪子予你。我回：木兰簪很漂亮，可惜我至今没学会绾青丝。再后来，送簪的人说：我是这个世界上第三个离开你的人，三年陪伴，愿未来你能幸福。而我还是笨拙地从未用过那枚簪。我把簪子搁置在老旧的信封里，随时光掩藏。有些故事，只能留给记忆，有些人，只能擦肩而去，有些梦，只能越筑越低。

是从那个时候，我开始慢慢地欣赏玉兰花。当某些人承载着你心底的故事，他也就成了你的念念不忘。花儿也是这样，当它曾出现在你的生命里，再看也觉得可爱了起来。

前几天看到朋友圈有人拍了姑苏老街上的玉兰，许是因了斑驳老墙的映衬，再加之玉兰的白，看起来竟有些清绝之美。灰墙黛瓦，老街上一株玉兰开得正好，光秃秃的枝干，只有它，在春风的轻抚下微微摆动，偶尔送来阵阵清香。我看朋友拍不同角度的玉兰，有逆光的，有恰好映衬着老墙的，还有落在黛瓦上的，不论是哪个角度，玉兰花都娇而不媚，静谧地开着。

今日我去老城听书画课，公交车路过里河新村，路边也植有三三两两的玉兰，隔着玻璃窗，我看到硕大的白色花朵在风中轻舞，地上则是落了满满花瓣，如今再看，倒觉得似新娘礼服的拖尾，既圣洁又美好。风力稍微有些大，枝干上的玉兰花就会轻飘飘地落下，在下落的瞬间，我想到了蝶翼，对，那是白色的蝴蝶，在和春天嬉戏呢。

三月的江南，美如画，玉兰花已经渐渐谢幕，花开君惜，花落君是否会转身天涯。今夜，江南又下起了淅淅沥沥的春雨，不知那街边的玉兰，又零落了多少花瓣，在你的心上，写下一阕春相逢。

花下枕眠

桃花开了，那么粉艳；梨花微笑，那么清雅；樱花也出来凑热闹，还有点忧伤的情绪。是什么时候发现那岸边的垂柳堆烟？是什么时候看到菜花明灿灿？就在那回首的瞬间吧，好像再多的繁芜也抵不过此刻的诗情画意，而这诗情画意，在江南则来得容易了些。

园区的郊外真是桃红柳绿，楼下就是几株小粉花，我认不得是桃还是海棠，反正自顾自地开着。再往外走，就是大片的油菜田，这是我今年首次看到大片油菜花呢，心里不由得感叹春天真好，生活真好，阳光花朵真好。我家楼下的阿姨阳台上也有几株油菜花，前几日便开了的，但因地方小，那油菜花像是不情愿似的，花朵又细又小，开得纤巧又羞涩。我没带相机呀，但那又怎样，眼睛就是相机的取景器，心灵就是快门，咔嚓一下就是灿烂的菜花图。

郊外偏僻许多，因人烟稀少，就成了花草树木的天堂。沿河的绿柳，丝丝垂垂，仿佛纤弱无骨的少女，挥洒着曼妙的舞姿。今日风也欢喜，不住地吹着，都感觉到阵阵凉意，可还忍不住去看花。这里的风景可以随手拈来，垂柳紧挨着的是桃花吧，粉粉的，开得不争不闹，自有一种风骨。花是成排开着的，花树是成排种植着的，呀，偶尔还看到晚开的粉玉兰。三月末，大部分玉兰花都开败了呢，也只有稀稀疏疏的几朵还在风中摇曳，风力太大的时候，玉兰花瓣颤颤巍巍地打个旋儿，零落成泥。

樱花，上方山的樱花开着呢，找个周末去吧，在江南感受樱花雪飞的浪漫。这里是京都吗？你听樱花在唱着那首《风居住的街道》，可这里明明是小城苏州嘛！

花开的季节，我不扛花就去见心心念念的人。因为这里是苏州，哪里还需要扛花，抬眼低眉都是花，不小心就会碰一鼻子的花香。雪小禅老师的讲座上，遇见老去的枝，在凤凰传媒学院的门口，我们深深地拥抱，那种初次相见却犹如故人归的美意，三言两语真说不清。“最好的爱情是一生只爱一个人。”雪老师谈起爱情，这爱情里的柔情蜜意，只在苏州的春天，适合生根发芽。

晴儿说，再过几天我休了年假就到苏州呀。这场薰衣草之约，说了那么多年，终于要实现，虽然三月不是薰衣草的季节，可我依然满心期待。来吧来吧，还有芭蕉听雨眠，还有桃红伴柳绿，还有平江路上的鸡爪子，还有吴门人家的桨橹声。我写下这么多的江南，我们也终于在江南遇见，是多么浓的深情。

伊每日更新着她的小姑娘成长点滴，生活的深居简出，而我只是偶尔去她小村庄坐坐，连杯茶都不舍得讨，心里亦温暖许多。这么多年过来，有些姑娘嫁人，有些姑娘继续颠沛流离，到底哪种是最好的归宿呢？我说不清楚，就像我不知道错过的花期明年是否依旧。

莫辜负春色，这句话就像春天的咒语，迷惑着每个热爱生活的人。从刚来这座小城时的无所适从到如今有几位谈心的好友，想想心也知足，春雨寒，春风暖，随处地走走，便是花下的风景。春天的黄昏，邀你陪我到梦里的水乡，微笑是我们爱着的语言。

季节里的桃红柳绿

三月季末，时间真的是个奇妙的东西，总觉得还长呢，转身就是天涯。在苏州这两年，我寻着季节里的花期，总想在仅有的时光里把江南看遍，等到某天不得不离开，至少还有记忆封存，生动以后的年华。

春天的江南绿肥红瘦，随便走走就被各种花香绿草浸染，怪不得那么多人向往这片水乡呢。刚入春的时候，我就嚷着姐姐去观前街看桃花，我没见过哪个城市像苏州那样到了春天鸟语花香，所以在这里，你不愁寻不到春天。

那天下了课，我和姐姐坐上公交车去观前街，就为了看桃花。真不负情谊，花都开了，临河而立，风中有柳丝轻拂，小河水缓缓流淌，落了的花瓣在水中漂浮，人站在花树下，仿佛被桃花染红了脸颊。唐代诗人崔护有句诗写得好：人面桃花相映红，桃花依旧笑春风。这让我想到与爱情有关的故事。她和他相遇，在桃花开的季节，他用花瓣写书简，邀鸿雁捎去他的爱恋，只是花终会枯萎，姑娘收到书简的时候，已看不出他写下的满腹痴念，只有残留的暗香悠然，日子在春风秋雨里反反复复，桃花依旧和着春风灿烂，他却始终没有等到她温柔的回眸。

我坐在桥边，倚着满树桃花，笑得像个孩子，温柔的姐姐用镜头为我留下美好瞬间。熙熙攘攘的人在马路上穿梭，骑着三轮车的车夫招揽着生意。“姑娘，去园林逛逛吧，三块钱拉你们到拙政园。”“狮子林去不去，很近的，三块钱就走。”每当听到那些车夫亲切的攀谈，我都微笑着挥手说谢谢。市井的烟火，在观前街展现得淋漓尽致。我恰恰喜欢这样的市井，生活，就是由三三两两的市井组成。

桃之夭夭，灼灼其华。之子于归，宜其室家。桃花像个温婉羞涩的姑娘，从古老的《诗经》文化中缓缓走出，扎根在水润润的江南。在这之前，我已经去观前街寻过桃花。那时花还没开，都打着花苞，枝头像落着一个个小星星，身边很多人擦肩而过，没人会想到我是专门来看花的。那又怎样，只要花懂我，我知花，就够了呢。

在桃花树下拍完照片，我和姐姐去观前街附近的小店闲逛。

喜欢那些不知名的小店，几十块钱淘条裙子，正好可以和家里的白衬衫搭，还有简单的帆布鞋，鞋帮上有精美的碎花棉布装饰。有时候觉得自己像个拾荒者，边走边拾捡那些被人遗忘的美好。生活，不就是拾荒的过程吗，我们，恰恰是那拾荒的主角，等到生命走到尽头，那些经历过的美好、伤痛都将变成荒芜，留在记忆里。

写这篇文章的时候，桃花都已零落成泥，短暂的花期，只要芬芳过，又何须在意时间长短呢，来年，这里还是桃红柳绿，我却不知自己还会与江南相守多久。春风又绿江南岸，你是否会偶尔想起我，爱笑的眼。

忆江南

是那嘚嘚的马蹄声惊了旧梦，落花飞舞，流水潺潺，他只是个过客，却带走了她的故事。江南，字面意义为江之南面，它就这样悄悄地住进很多人的梦里，在四季轮回里，想要寻一江碧波，三两渡船，溯洄从之，抵达梦里的桃花源。

说不清到底是怎样的情愫，总在某个夜深的梦里，陷入江南的春花秋月里，园林里迷了路，灰墙黛瓦间忘了今夕何夕，烟雨中留了情，青石小巷内交付了痴梦。江南到底有多美，日出江花红胜火，春来江水绿如蓝，够不够你用今生忆江南？

春风化作绿波，温柔拂面，桃红点缀着水岸，生动心弦，你撑了梅花纸伞，路过烟雨中的石桥，走过千年深巷，无声的雨和纸伞缠绵，你可结着丁香愁怨？寻你千年，今生，相遇在江南，你的明眸浅笑，温柔了我的寂寞流年，那么你是否，还记得千年前的那次回首顾盼？雨是江南的灵魂，你是我的痴念，若不是前世五百次的铭心刻骨，怎会换来今生的遇见，踏过穿心弄的尘烟片片，沉默依旧是你给我爱的箴言。

拙政园里夏荷吐露新颜，望江南，莲叶田田，泛舟莲叶间，你的笑伴着花开颤颤，桨橹声摇醒梦的香甜，鸥鹭早已飞过万水千山。岸边的明月亭边，假山遮挡住你清秀的脸，只有时近时远的笛声伴着晚霞余晖，生动着这场还未开始的遇见。

城外小山坡上的银杏，含着秋心走到你的面前，秋叶深，秋夜凉，秋风紧，秋雨清，朵朵翩然的蝶儿呀，化作我心尖的印记，尘封成老旧的回忆。芦花飞扬，茫茫的水岸，你亭亭玉立，在秋风中弄影的衣袖，芦花丛中寻不到停泊的小舟，我溯洄从之，又溯游从之，抓住的却是几缕烟波，秋色连天。

冬，该拿怎样的素雅装点江南的诗意，耦园围炉煮雪，你轻叩门环，可听到前世的呼唤？雕花窗外雪花簌簌，凌霜的雪梅傲骨冷香，昨夜的灯笼还未熄灭，伏案的你又添几缕诗行，是否遇见了缘分里的白狐，共谱一曲华章。半开的窗，红袖添的香，你寥寥几笔，勾勒她的模样，今生，相伴相依不诉离觞。

你是否，愿做江南女子，哪怕背负太多山水，辜负太多情深，从不后悔；你是否，愿做江南女子，哪怕独守庭院，日日和寂寞的芭蕉做伴，从不后悔；你是否，愿做江南女子，哪怕只是短暂的驻足，收容过客的衣襟，从不后悔；你是否，愿做江南女子，哪怕打马而过，惊醒窗扉里的故事，从不后悔。

今生做江南女子，哪怕流年太沧桑，故事不再值得回味。

紫薇花开

在下班的路上，遇见几株盛开的紫薇花，朵朵小花儿含羞着，在盛大的绿叶间显得有些小小的孤独，可我喜欢这些不起眼的小花。

我们习惯了钢筋水泥，却总是忽略生活的小欢喜。春天的叶子什么时候开始萌芽，夏天的花树什么时候开始开花，秋天的银杏叶什么时候铺满小径，冬天的雪花什么时候落入梦乡，这些细微犹如空气中的分子，存在得那么平凡，平凡得让我们忽略。生活真的只有马不停蹄地追赶吗？其实所有的追赶都因为眷恋着静好岁月。

花不恼，你看或不看，你驻足还是匆匆擦肩，它都顺应季节开开落落。就算你不在意，还有蓝天白云泥土空气在意。很多花都是春天盛开，姹紫嫣红，紫薇却偏偏开在盛夏。

路上遇见的紫薇花有两种颜色，粉紫色和粉红色，风吹的时候，簇簇紫薇花在风中摇曳，尽管它没有桂花的香，荷花的清，但它依然固守着自己的小天地。这两天苏州天气特别好，大朵大朵的白云像童年时候的棉花糖，紫薇花在八月的棉花糖下尽情地开放。

小村外植有大片的紫薇花，每年的这个时候，花开成片，在四周都是绿意的田园里特别突兀。得有好几亩，四周是玉米田，只有这几亩花海在风中飘，在天幕下摇，有农人路过的时候，倚着花树拍照，质朴的笑容和花构成美丽的风景画。那片紫薇花林是小村西头的一对年轻夫妻种下的，他们种花树，美丽了村庄，维持了生活。树长成后他们拉到城市换些柴米油盐需要的钱款，都市的街道，庭院的小径，都是紫薇花树在城市的家，若是夜晚小窗未关紧，花香还会调皮地跑到屋子里，于是整晚的梦都是紫薇花香。

紫薇不仅是花，也是女孩的名字。看琼瑶的作品，那个善良美好的姑娘说：我叫夏紫薇，紫薇花的那个紫薇。后来她嫁给睿智帅气的尔康，当尔康要去缅甸出征的时候，她在他的盔甲上绣上一朵紫薇花。她的心时时刻刻为他系，她把名字缝在他的盔甲上，陪他驰骋沙场，尽管最后他差点儿放弃了她，她都爱得如痴如醉，幸好，爱情没有辜负这个诗情画意的姑娘，结局是美好的。

我有个远房表姐，是十里八村的美人，后来因为她妈妈的原因，嫁给大她好几岁的男人，男人家里重男轻女，婚后她接连生了三个女儿，婆家却为了要儿子让她把大女儿送到亲戚家带着。她的大女儿名叫紫薇，长得像她，大大的眼睛扑闪起来会说话。我不知道这个叫紫薇的小姑娘未来会有怎样的人生，她是那么可爱的姑娘，希望她永远保持孩子般的天真，不要让大人之间的无奈装进心里，永远像紫薇花那样美丽。

八月中旬，依旧每天路过紫薇花树下，有时会看到落在地上的紫薇花瓣，片片落花仿佛给冰冷的道路铺上了花毯，如果可以，我多么想用风做笔，天地做画布，描摹这幅盛大的紫薇落花图，轻轻地告诉你江南季节里的风景。

养生活　亦养心

窗台上的花开了，晚上弹琴的时候，花香时不时地窜入我的鼻中，好的日子，不就是这样努力着，安享着吗？

夜深。空灵的琴声和花香与我做伴。月儿圆，是昭君出塞的曲：《妆台秋思》。如果花草有灵性，它应该会懂得此刻的静谧和安宁。那些花花草草的气息，像极了我的故乡和童年。妈妈是我心目中的美人，她有长长的头发，会侍弄菜园和花园。那时候家里的花花草草都是种在泥土里，春有海棠，夏有凤仙，秋有线菊，冬有风干的鸡冠花。

以前不喜欢妈妈的那种状态，太平淡，几乎没有任何波澜，直到后来毕业工作远离故乡，才明白妈妈生活中的智慧，她把所有的爱都给了生活，所以现在的她是时光里的美人，可以静坐屋檐下，从午后到落英缤纷，吹麦田的风，看小院的花，与远离故乡的女儿通通电话。而我现在所有的努力，都是希望有天可以像妈妈那样无忧无虑地享受平静生活。

养植物的过程，是养心的过程。看着叶子一点点地发出嫩芽，突然有天，结了花苞，又过了几天，花香就不经意地溢满房间，那种感觉很奇妙，仿佛看到了清晨的第一缕阳光在窗帘上投下的光晕，世界一下子就变得美好了起来。再多的嘈杂和繁芜，在花草面前都不值得一提。小小的生命也有绽放的瞬间，莫在意绽放时间的长短，毕竟，花开就有花谢，如果你愿意，花谢也是一种美。

生活怎能没有负累，但我们不能因为负累就忽略了它的美好和良善。多久，没有抬头望一眼天边的月，多久，没听夜的星空低语；多久，没认真等待一朵花的盛开；多久，没好好想念过一个人。正是因为生活中的负累，才让美和好显得弥足珍贵。毕淑敏老师在《提醒幸福》中说：常常提醒自己注意幸福，就像在寒冷的日子里经常看看太阳，心就不知不觉暖洋洋亮光光。提醒幸福，亦如提醒美好和良善的存在那样，时刻低头看看身边的好，即便心有阴霾也会烟消云散。

养心的方式有很多种，一首优美的音乐，一次说走就走的远行，一株微小的花草，或者一项快乐喜悦的工作，都可以让心丰盈。

如今在异乡的我，会想念，会为生活所累，但我还是喜欢这生活，选择了就不要遗憾。在我觉得难过的时候会对自己说：苦难是化了装的祝福。生活就是这样，处处有负累，处处有惊喜。

一个人的性情，会随着光阴而变，少年时的不羁取而代之的是稳妥和平和。努力工作，认真生活，无论显现的是贫瘠还是富有，心灵都是不寂寞的。养生活，亦养心。

茶中相逢，你好吗

茶叶在杯盏中缓缓舒展，窗外风还在摇动树的叶，桌子上是几包刚刚收到的新茶，赠茶的人，我叫她莲。她是个温婉的姑娘，及腰的长发，甜美的笑容，我和她的初见是在书店，她坐在我对面，我们两个分别要了杯咖啡，谈读书和喜好，谈生活和美好。

莲是我朋友推荐认识的朋友，彼此加了微信，聊过三两句，知她如今在做茶，并且曾经学过古筝，但我并没想过会在夏荷初绽的季节里和她相见。

莲知道我弹古筝，便说她家里有本古筝曲谱，如今在苏州她已经很久不弹古筝，曲谱书放在家里倒不如送给正需要的人。于是我们就约在了平江路上见面。那天下午天气燥热，正值端午节，平江路上游人熙熙攘攘的，我们在“花无缺”干花店门前认出彼此。莲递给我手中的书，还有一卷古筝胶带，用蓝青花的亚麻布袋装着。人与人之间的缘分，真的很奇妙，那么多擦肩，却偏偏与你邂逅，那么多的辜负，却偏偏与你深情。我接过莲手中的书和蓝青花布袋，心里说不出的感动。

当两个人由生疏到熟络，需要彼此都有相同的气场，要不然那么多的人来人往，怎么会有转身陌路的说辞。我和莲不喜路上的热闹，就去了附近的书店。小巷深处，书店清幽，坐在二楼可以望见不远处的瓦檐和芭蕉，咖啡香在空气中弥漫，我们聊着聊着，一会儿便没有初见的那份生涩。

有些人即便是初遇都会有重逢的喜悦，比如我和莲。她说起自己的喜好，喝茶、看书，有时还会玩些手工艺。说起她的茶，她的眼睛里似乎闪着光，我知道她是爱茶的，虽然我不懂茶，有时和朋友坐在一起也只是听他们聊，但我知道，爱茶的姑娘身上有种贞静的气质，不浮不躁，这样的气质伴随她的音容笑貌，让别人在和她聊天的时候，可以放下心中的浮沉，在茶中窥见最真的自己。

道别后莲说有机会与我分享她的茶，没过几天，我便收到了她寄来的茶和用心写下的信。她的字清秀干净，用很好看的信纸书写，我想她在写这封信的时候内心也是快乐的吧。打开包装，就闻到了缕缕茶香。莲在信中说，这些茶有的是她假期和朋友去福建浙江游玩得到的茶品，还有些是她和朋友们亲自采摘炒制的茶品。我看着娟秀的字迹和溢满香的茶品，感谢莲的这份深情。

今日我取了些手制绿茶，冲泡的过程中看着茶叶在水里慢慢舒展，茶水由清浅不断变化，香浓的味道浮动再浮动，茶与叶，为这个夏季带来清凉。以前看过些茶人的故事，茶树在阳光雨露的恩泽下，长出一片片叶子，再经由采茶人的勤劳，采摘揉捻炒制，这其中包含的不仅仅是大自然的馈赠，还有茶人的性情。我相信每个人制作出的茶都会不同，但每个爱茶人都是相同的，都有平淡从容的心境。

茶微凉，风还在摇着树的叶子，漫长而躁动的夏还是原来模样，那个叫莲的姑娘，在江南的风景里，继续着她的茶梦，而我的江南故事里，从此有了茶的香，以及爱茶的莲姑娘。

三月江南，空气里都是花香

总有一些人，是你心头的朱砂，抹不掉；总有一座城，是你梦里的牵挂，挥不去。苏州，就是这样的一座城市，在千千万万人的魂牵梦萦里，在人家薄薄的瓦檐上，在丁香姑娘的愁绪心结间，穿越前世今生的执念。

三月，花儿们好似相约好的，陆陆续续而至。早春的梅花还在迟疑着该以怎样的方式道别，玉兰就这样大大咧咧地擎在了枝头，你还来不及与它道一声春天好，它就迫不及待地探出院墙，在斑驳的老墙与灰瓦的映衬下，喜气洋洋。我想，所有的遇见和故事，都该发生在，三月里的江南。

把郑愁予的《错误》读了一遍又一遍，你紧紧掩着的心门，是否住进了一场浪漫？不要问过客还是归人，既然已打那江南走过，何不，赏遍桃红柳绿再问结局。

那是清晨的平江路，人少，沿小桥漫步，流水里的清清气息，扑面而来。这是被水滋养的城市，所以它的灵魂里有着水的灵气与温柔。脚下的青石小巷，不知道收藏过多少悲欢聚散，忽闻阵阵花香，你转身寻觅那花香的源头，原来，是那灰墙黛瓦院落里的玉兰，招摇过市地把香洒得满街都是。风应该是玉兰的情人吧，一碰，那香就到处洒。

三三两两的苏州老人慢悠悠地走过，用软糯的方言相互问好。人与人之间，没有高楼的阻隔，突然就觉得亲切了很多，推窗，听得到邻居的欢声，推门，看得到邻居的笑颜。你痴迷这样的地气，好像那逝去的20世纪90年代，在小村，在日出日落的风景里。

天有多蓝，水中的倒影就是它的回答。垂柳亦吐了新芽，绿得可以掐出水来。幽幽。幽幽。是谁在翰尔园内抚琴？古老的声音好像从哪个朝代传来，历经风风雨雨，穿过唐街宋巷，蓦的传到今生，无喜无悲，静默安然。

抚琴的是个男子吧。沉默的气质，幽深的琴音，一定是个男子。还要穿着长衫、布鞋，明眸清秀。你已经不管他弹奏的是《阳关三叠》还是《梅花三弄》，入心的曲，心懂，何必留名。

陆陆续续有了烟火气息，老街上热闹起来。琴音若有似无，在热闹的街市中。他说：三月江南，空气里都是花香。

姑苏，适合发生一切美好

烟花三月，适合发生一切美好，何况，还是在细雨如烟的江南。你看，就连诗人，都落笔成诗：我打江南走过，达达的马蹄是美丽的错误，我不是归人，是个过客……

这场遇见是我们三月的约定，我早早地准备着心情，只等如期而至。那天，下了几天雨的苏州突然就出了大太阳，还有柔柔的微风。走过叶家弄，我们约在平江路相见。沿途很江南，玉兰花次第开放，迎春花临着小桥流水顾影自怜，垂柳的枝呀，比街上曼妙的女子还要浪漫，倒映在水波中缠绵成诗。

我与露茜在微信上认识多久了呢？好像真的记不起来。志趣相投的人，无论经过多少山重水复，总会在某个蓦然回首的瞬间，轻轻说：原来你也在这里。她远远地向我们招手，穿着蓝色裙裳，裙摆上，是静谧的手绘图案，仿佛大家闺秀，有着静气又不乏可爱的美。

虽然是初见，但我们完全就像是老友的重逢。露茜说："说了好久的相见，今天终于见着。"我亦特别的开心，整个三月，我都住在这场等待里，像等一个小小的梦，在日子里开出素雅的小花。

露茜是湖南姑娘，这次来苏州，是为她的新书采访几位手艺人，而这些手艺人的故事，将会收录在她的新作中。苏州这座城，有太多太多的手艺人，他们朴素、谦和，在这个处处都是浮躁的年代，坚守内心的选择，传承中国古老的文化艺术。露茜这本书，则通过她清丽的笔法，向读者缓缓道来那些内心丰盈的生活状态，以及古典文化的魅力。

我期待着她的新书，在风动桂花香的季节，馨香我单薄的书架。她说，到那时，再重逢。我说，那时候我依然在苏州，等你。

下午是大风唐琴社仲春雅集活动，我们一起聆听古琴大师叶名佩老师和她学生们的古琴演奏。春风习习的义风园，古老的大树下，琴声幽幽，阳光穿过叶脉，风吹过，叶影仿佛水中的涟漪，时而大树上的叶子哗啦啦地落下，怀古之意弥漫在园子的每一片砖瓦、每一株花木间。

听叶老师弹古琴，会有那么一阵的恍惚，忘记今朝是何夕，这便是经历过万千风景后的大智慧吧，宠辱不惊，平和、谦卑。听到动情处，真的要落泪，那慈悲早已化作力量，注入我们心间。雅集中，还听到了朋友致远的箫声。箫与琴的合奏，意境幽远。怀古，听曲，恰好在春天，恰好相遇，真好。

说到致远，他也是很棒的男生。自己做汉服，会吹洞箫，还会吹埙，见到他的时候，你会觉得想象里的温文尔雅大抵就如眼前这样吧。而你不会想到，这样的男生，竟然还是 90 后。当所有的年轻人都在追求浮夸的所谓成功时，他从心出发，不急不躁，认真且努力地筑梦圆梦。

相聚终有别离，别离是为了更好的相聚，在古老的琴声中，雅集接近尾声。因为第二天都有工作，露茜晚上乘火车就要赶回湖南。苏州火车站，我们再次拥抱，上午的拥抱是因相遇，下午的拥抱是为离别，但我们彼此都知道，重逢不会太久。露茜的新书上市后，她会在苏州做分享活动。那时候，应该有满城的桂花香和我们这些苏州的朋友们，等待她的归期。

|第五辑|

散落在风中的记忆

走过那么多路　只为遇见你

西塘，一座为爱而生的小镇，烟火着，生活着。青禾是来西塘旅行的，她趁着年假休息，一个人来到这座千年古镇，在这里，青禾遇见了南木，没有早一步也没有晚一步，只是她不经意地抬头，正好撞上他深邃的眼眸。爱情来的时候，想逃都逃不掉，何况在西塘。

1

十二月的西塘游人不多，江南的冬天，虽不及北方冷，却有着北方少有的寒。河岸的柳黄了，叶簌簌落下，像飞舞着的蝴蝶。古戏台上咿咿呀呀，唱着人间的悲欢离合。船橹摇啊摇，卖臭豆腐的小店阿姨热情地寒暄。青禾爱这座小镇，她走过一座座小桥，浓浓的烟火气在她镜头下定格。

青禾原本的西塘计划是三天，第四天就要出发去往另一个水乡——绍兴，却不承想刚到西塘就被这里的生活迷住，于是她把剩下的四天行程临时改变，全部安排在西塘。她要用赤诚的心来和这座小镇谈情说爱。白天，青禾漫无目的地闲逛，有时会在居住的幽莲客栈发一天呆，抑或和沿街商铺的老板娘随意地聊几句，晚上，青禾偶尔会去酒吧坐会儿。在忆寒酒吧，青禾遇见了南木。

青禾关上电脑走出客栈，西塘的夜，才刚刚开始。她在镇上走着走着。临街的民族风小店此刻安静了许多，灯光亮了起来，照着对岸老墙上的爬山虎，有着古朴的美。小桥在水中投射美丽的倒影，夜的光映在斑驳的白墙上，翘起的瓦檐泄露遗落的秘密，这个时候的闲步，总该有故事发生。她是寻梦的旅人，找不到靠岸的航船，他是无心走过的船客，却扬起了爱情的帆。

忆寒酒吧在塘东街上的小巷深处，酒吧不大，平时游人也不多，酒吧的老板是个留着短短胡楂儿的中年男人，他是个奇怪的男人，你来或不来，他都不温不火，从来也不会主动和你打招呼，只是坐在吧台那里唱着《南山南》。相比较塘东街上其他的酒吧，这里显得有些冷清。

青禾被忆寒酒吧的名字吸引，满大街的酒吧看得她眼花缭乱，那么的不真实，当她看到“忆寒”两个字的时候，心头仿佛被什么触动，她继续往深巷走，就走到了忆寒酒吧。酒吧的入口是木门，爬山虎的茎附着在木门上，似乎很古老。“你在南方的艳阳里大雪纷飞，我在北方的寒夜里四季如春。”青禾听着从木门里传出来的男音，那声音是干涩的，带着故事性。

青禾轻轻地推开虚掩着的木门，南木抬头，撞上青禾纯净的眼眸。他们就这样四目相对，没有说话。几秒钟之后，青禾匆忙地逃开那深邃的目光，走向屋内。忆寒的主人依然在唱着那首《南山南》不厌其烦。青禾找了个角落坐下，酒吧泛黄的灯光打在青禾的睫毛上，微微的慵懒。青禾环顾酒吧四周，客人极少，装修简洁古朴，这里没有塘东街上的酒吧那样纸醉金迷，也没有那么的灯红酒绿，如果不是忆寒酒吧的名字，你会误以为这里是某个文艺青年的居所。

青禾认真地听着那首《南山南》。卢泽，她在心中默念一个名字，那个她深爱了三年的男人，现在应该在北方的寒夜里吧，他那里下雪了吗？面对寒冷他是否已经学会了不害怕？三年前，如果她少一点点敏感，如果他多一点点挽留，是不是此刻坐在这里的就是两个人。

她还爱着卢泽，那爱像一根刺，拔不掉，但她知道，这根刺只能扎在自己的心里。有些爱情，注定是用来遗忘的，因为太过珍惜，反倒最后伤了彼此。

青禾有些醉了，但她的心里很清醒。“卢泽，我来了，这座我们心心念念的小镇，可是我一个人来了，你的祝福终究落了空，而我的祝福却成了你温馨的梦。”青禾在留言簿上写下这句话，便起身离开了忆寒。梦圆了，是时候说再见。

2

这世上原本没有交集的两个人，却被命运安排着走向彼此，原本以为可以长久的爱情，却总是被命运捉弄。青禾从没想过，还会和昨晚的那个男人再度相遇，但是缘分，我们谁也说不准。

第二天青禾起了个大早，清晨的西塘安静极了，少了游人的纷扰和街上商铺的热闹，仿佛这里已经不再是西塘。青禾走在初升的阳光下，冬天的阳光温情而柔和，洒在对岸的小河中，层层波光涟漪。

相比西塘的热闹，南木更喜欢这座小镇的清雅，而清晨看这座小镇苏醒对于南木来说，是这次旅行最值得做的事。南木在水的对岸，青禾在另一岸，他们看到了彼此，南木冲她微笑，做了个打招呼的手势。青禾也回应了他一个微笑。青禾怎么也没想到南木会从她身后走出来，就在她不知所措的时候，南木轻轻地说："嗨，早上好！"没有过多的寒暄，仿佛相识多年的旧友。

"早上好。"青禾轻轻地回应，脸上掠过一丝笑容。她悄悄地打量这个男人，穿着一件藏青色中国风棉衣，干干净净的脸上挂着微笑，他的眼眸深似海，让人猜不透。他或许是个有故事的男人。青禾在心里默默地想。

太阳从最初的红晕变得热烈起来，小镇也开始变得热闹。"我叫南木，很高兴两次遇见你。"南木自我介绍。

"我叫青禾，青青草地的青，绿绿禾苗的禾。"青禾礼貌地回应。

南木笑了笑："小镇开始热闹了，要不要随便走走。"

"我要回去了。"南木没想到青禾会是这样的回答，眼前的女孩儿，他那么迫切地想要走入她的生活，从忆寒第一次看到她清澈的双眸。自从佩琪离开后，再没有一个女孩儿让他如此欢喜。可是他和她只有两面之缘，他害怕自己的唐突会吓到眼前的女孩儿。

青禾说完转身离去。"我，送你吧，你住哪家客栈？"南木还是唐突地说出了那句话。

青禾愣了几秒钟，竟鬼使神差地说出了客栈的名字"幽莲客栈"。

听到青禾说出客栈的名字，南木惊讶得嘴巴张成 O 形。幽莲客栈，他住的客栈也是幽莲。如果说缘分是本书，那这本书里一定有一根姻缘线，牵引着青禾和南木相识相遇。

南木陪着青禾回到了幽莲客栈，路上的风景拉近了两人的距离，西塘，爱情发生的小镇。

青禾知道南木住在幽莲之后，便扑哧笑了。他们竟然住在同一家客栈，缘分这东西，谁能说得清呢。就像西塘“花制作”创意文化馆的爱情锁上这样写着：爱在西塘，把爱锁住。

接下来的几天，南木白天陪着青禾在客栈看书，偶尔去街上走走，感受着小镇的烟火气息，晚上则和青禾一起去忆寒酒吧，听店主唱那首《南山南》，他们两个俨然成了生活在这里的人。南木对青禾讲他的故事，他和佩琪之间的故事，青禾则偶尔轻描淡写地说说卢泽。

佩琪是南木的初恋女友，有着美丽的长发和眨巴起来会说话的眼睛，她总是喜欢逗南木，但南木就是喜欢她，即便经常被捉弄他也总是爱怜地抚摸她的头叫她傻丫头。他们高中相识，大学恋爱，两个人度过了很美的一段青春时光。南木对佩琪说：亲爱的，你等我，我们毕业就结婚好吗。佩琪甩了甩她的马尾辫：看你表现咯！可是谁也没想到毕业前半年佩琪却被病魔夺去了生命。佩琪刚离开的时候，南木颓然，后来在时间的鸿沟中慢慢治愈，只是他再也没有触碰爱情。

3

年假即将结束，青禾在客栈收拾行李，下午有回苏州的大巴。南木望着青禾收拾行李的背影，心里竟有深深的不舍。“青禾。”他低低地唤她。“嗯？”青禾扭过头望着南木。

这些天他们的点点滴滴，对于青禾来说又何尝不是很美的记忆，只是青禾以为，这座小镇只适合发生爱情，却不能滋养爱情。“必须要走吗？”南木突然开口问。

青禾笑：“当然，我要回到那个现实的城市继续摸爬滚打！”

南木没有再说话，只是默默地看着青禾收拾行李。青禾走了，南木的心也被偷走。

4

青禾没想到他们还会有任何交集，毕竟，他没有那句我爱你，她也没有那句我愿意。

2014 年的春天，青禾早已把那段西塘的故事当作生命里美好的珠玉往事，搁置心底慢慢咀嚼回忆。可就是这个时候，南木再次闯入她的生活。青禾像往常一样搭乘公交车上班。“嗨，好巧啊，还记得我吗？”突然一个男音从身后传来。青禾回头撞见了南木那张陌生又熟悉的脸。

“你，你是南木！”青禾叫出了他的名字，“你怎么会在这里呢？”

“公司有事我来苏州出差，很巧啊，没想到还能再遇见你。”南木笑着寒暄，“这一年你过得还好吗？”

“还好，你呢？”青禾不知道该说些什么，仿佛此刻再多的语言都显得多余。

这时候青禾的公交车到站，青禾看看时间，抱歉地说：“我要去上班了，公交车到了，再见！”

“我的电话。”南木把一个写着电话号码的纸条塞到青禾手中。“下班联系我，我住的酒店就在你家楼下。”南木说着挥挥手消失在人潮中。

青禾握着手中的小纸条，心里像装着几只小鹿乱跳。原本已经把西塘的邂逅当作美丽的记忆，却被这个叫作南木的男人再次扰乱。

青禾下班后就回了家，刚到家门前，看到了站在小区门口的南木，青禾惊讶得张大了嘴：“你怎么会在这里？”

“我怕你把纸条弄丢了，就在你家小区门前等你，可以去吃个饭吗？”南木挠着头不好意思地笑笑。

那张纸条，青禾摸了摸放在上衣口袋里的纸条。如果今晚不是南木在这里等着，像个小刺猬那样不懂得争取的她肯定不会掏出纸条拨通南木的电话。

青禾没有拒绝。南木轻轻地说：离开西塘后我一直在找你，我以为可以忘记那些天的欢笑，可是我却无法做到，你的温婉，你低眉的瞬间，我都记得。青禾微微笑，不知道该如何告诉南木这些日子来的思念，她像一只枯叶蝶，用小小的骄傲保护着自己。

南木要在茫茫人海找一个人并不容易，何况他除了和青禾在西塘相遇，对于青禾的生活、城市并不了解。后来南木的公司有家合作的客户，在某次谈话中他提到了青禾，而那个客户则是青禾的大学同学，于是他才知道了青禾的地址，寻她而来。他哪里是公司出差，这次苏州之行他便做好了准备，他爱青禾，这句话在他心里藏了太久，该说出来了。他只是害怕青禾怨怪他的冲动，才谎言称出差的偶然邂逅。

青禾静静地听着，南木絮絮地说着。青禾的心门早已打开，如果当初在西塘，他多几分挽留，哪怕只是一句为了我别走，她也会义无反顾。这份爱情，搁浅了这么久，终于没有被辜负。

5

青禾辞掉了在苏州的那份工作，南木陪着她来到西塘，经营生活，经营爱情。那是青禾一生的梦想，如今终于尘埃落定，在小镇的日出日落里和他携手到老。

爱了，便不离不弃。有些爱，需要等待。有些人，值得期待。走过这么多的路，只为了，和你相遇，在小镇的烟火里生生世世不离不弃。

栀子花开

遇见黎白的时候，栀子花浓得化不开。夏夏捧着大半个西瓜边吃边写编辑的催稿，这时 QQ 下角的小喇叭闪动，夏夏点开，原来是黎白发来的信息：夏夏，在干吗呢。夏夏正被稿子弄得焦头烂额，哪里有心情和黎白聊天，何况她和黎白又不熟，只不过上次在梦蝶的生日派对上见过。夏夏没有理会，继续码字。

黎白并没有因夏夏的不理睬而生气，后来有事没事就在 QQ 上找夏夏说话，尽管夏夏总是隔了好久才回复。从陌生到相识，从相识到熟络，漫长的过程，却用尽了黎白所有的运气。后来黎白对夏夏说。

黎白是个热情、浪漫、帅气的大男生，在遇见夏夏前，交过太多女朋友，最长的也不超过三个月，直到遇见夏夏，他想用尽一生来守护这个姑娘，可上帝却不愿意多给他一分一秒。顾漫在《何以笙箫默》中写：向来情深奈何缘浅。可这个故事的结局到底是完美的，赵默笙回到了何以琛的身边，何以琛就那样不将就地等着赵默笙。距离和误会都是暂时的，相爱的人总有天会再相聚，因为地球是圆的。可如果是生命呢？生命的短暂是永远无法弥补的。

给你推荐个电视剧呗。

什么电视剧。我很久都不看电视了呢。

《何以笙箫默》。

我才不要去看那些肥皂剧呢，都多大的人了，还看青春偶像剧。夏夏发了个白眼的表情过去。

不信拉倒。黎白敲出傲慢的表情。

……

自从来到这座城市后，夏夏白天努力工作，晚上认真写稿，尽管如此，她还是觉得时间不够用，哪里还稀罕看肥皂剧，何况夏夏从来都不屑那些电视剧，就现在的社会，哪还有那么纯粹的爱情。如果这世界上曾经有那个人出现过，其他人都会变成将就，而我不愿意将就。夏夏才不信呢，男人都是寂寞的动物，能为爱守候的不是傻子就是笨蛋。

不是夏夏不相信美好，她也曾义无反顾地相信过呀。可结果呢。如果人人都不将就，夏飞就不会娶了另外的她，如果人人都虔诚地信奉爱情，夏飞就不会犯下错误。连半年都等不了的人，还有什么将就不将就的谈，爱情就是个魔鬼。

赵默笙回到了上海，何以琛还在等着他呢。黎白发来消息，又是谈论《何以笙箫默》。

我又没看，别跟我讲电视剧。夏夏不屑地发了个动态表情。

哈哈哈，那你就去看呗。黎白似乎很得意地大笑。

……

后来每次黎白找夏夏聊天都要说到《何以笙箫默》，夏夏觉得奇怪，到底有什么好看的嘛。是的，黎白有着少年独有的阳光帅气，他当然会喜欢这样的青春剧咯。夏夏不禁在心里偷笑。最后竟鬼使神差地去看了这部电视剧。

电视剧里赵默笙和何以琛的欢笑哭泣，黎白和夏夏热情地谈论着，说不上是怎样的情感，从最开始黎白找夏夏聊天时夏夏的无所谓，到后来夏夏和黎白聊天时，夏夏可以卸下所有的包袱，无忧无虑。夏夏心里有些害怕，虽然她知道自己只是把这个男生当作老弟，可黎白未必。黎白开始每天发早安晚安，夏夏便明目张胆地叫他老弟。她怕黎白想太多，只能用老弟来让他安心。

很快到了春节，夏夏回到了老家，黎白依旧每天逗她开心，找她聊天。黎白说过，夏夏是个没心没肺却极易受伤害的姑娘。夏夏发出去大大的笑脸，喂，老弟，不许你看穿我。夏夏以为有了老弟的身份，黎白便会死心，可事实并非如此。夏夏生日的那天，黎白写了长长的信笺，还有暖心的生日一百句。夏夏读着手中的信不知所措。黎白突然说：夏夏，我其实不想做你老弟。不要。夏夏懊恼地回复。她害怕这个男生对自己掏心掏肺的好，她想要的是一份成熟的爱情，而如今这样有些孩子气的感情，她不想再尝试，不顾一切肤浅的快乐是短暂的，生活终归要回到现实。

从那后夏夏开始有意无意地避开黎白的消息，可黎白似乎并不退缩，依旧每天早安晚安。夏夏故意每次聊天说着说着人就离开，不告一声别，黎白却并不生气，傻傻地等着。都说爱情中女人的智商为负数，谁知男人陷入爱情中同样会降低智商。

如果有个男人无条件地包容你的小任性，即便每次你犯了错他也会宠溺地对你笑，你多么的无理取闹，他都会爱着你，那么，亲爱的好姑娘，不要辜负了这片真心。这是后来夏夏终于明白的道理，可是都太迟太迟了。就像刘若英在歌里唱的：后来我终于学会去爱，可惜你早已消失在人海，后来我终于明白，有些人错过就不再来。

黎白的胃不是很好，可谁也没想到会有噩耗。夏夏故意不回黎白的消息，在聊天的时候也总无端地耍着脾气。冷战争吵开始后便是绵绵无休，因为过度的争吵，黎白胃疼得厉害，终于在胃病再次复发的时候他去了医院进行全面的检查。检查结果却是胃癌晚期。多么可笑的事情，当她准备用心去接受这个男生的好时却被命运捉弄。

黎白看着手中的检查结果，他绝望痛苦，他才二十几岁呀，怎么能面对沉痛的死亡。医生终于下了最后的结果：最多不超过三年时间。黎白知道，病魔是无能为力的事情，可他放心不下她，她是那么敏感，那么脆弱，他害怕她以后遇见的人对她不好，可他却不能用仅有的三年耽误她。黎白下定决心，离开夏夏，至少在夏夏还没完全爱上自己的时候，不会太过痛苦。

黎白去了巴黎，去看了普罗旺斯的薰衣草。那里的薰衣草大片盛开着，那样风情，那样浪漫。黎白站在薰衣草花田，任风轻轻地拂过耳畔，如果此刻夏夏在该多好，可他不能将这里的美丽分享给她，他怕再次放不下。他想这样的离开或许会慢慢地淡忘掉很多事情。黎白在国外生活了几个月，直到身体越来越无法支撑，只好回国。回国后便是无休止地住院维持。

夏夏偶尔会发句问候，给黎白力量，告诉他要坚强。可有什么用呢，生命是如此脆弱，如果力量能唤回生的希望，就没有那么多的生死离别。梦蝶知道黎白的病症，她对黎白的感情曾经藏得那么深那么深，原本以为就这样看着他，只要他找到自己的幸福，只要他快快乐乐，就足够，可是如今这样的结局，她竟不知道自己还能为他做什么。

黎白说：如果我还有机会，我想一个人去拉萨看看，因为夏夏说过她希望有天和爱的人去布达拉宫听听当年仓央嘉措的爱情。

梦蝶说：所有美好的事情都有个悲伤的结局，因为这世界从来都没那么完美，尽管如此，我们还是要相信美好，相信爱是这个世上最美的存在，哪怕是藏在心中的爱。

夏夏说：天上的一颗星就是地上的一个人，能牵手的时候请别肩并肩，能相爱的时候请别只是牵牵手。

人总是这样，当你拥有的时候，不知道珍惜，总以为永远的就不会消失。夏夏知道黎白每次都会耐心地等待，哪怕她多么无理取闹，他都不会生气，所以她那么肆无忌惮地挥霍着他的爱，可是她却不知道，爱经不起等待，命运有太多未知的无奈。

薰衣草女孩

她坐在阳台的藤椅上轻轻翻阅手中的书，那是一本线装书，由于年代久远，已经泛黄。他爱怜地看着她，窗外的风柔柔地吹，有不知名的小鸟叽叽喳喳唱着动听的歌谣。

六十年前，也是这样一个春暖花开的季节，她遇见了他，收获一个细水长流的爱情。遇见本身，就是喜悦。有些人，你苦苦追寻，却未必能够长情，我们都是上帝的孩子，每一场遇见，每一场擦肩，都是命中注定，所以，她注定遇见他，他注定爱上她，他们，注定执手相看，相濡以沫。

江南的春天来得很早，二月，河畔的柳枝舒展着风姿。苏州是一座适合发生爱情的城市，枕水人家，老旧的青苔，浓浓的烟火气息。这是她来到苏州的第三年。三年前，她毕业，带着一台相机，九件裙裳，义无反顾地奔赴江南。她知道：江南之于她，就像前世之于今生。

那天的阳光真好，她穿着一件孔雀绿的裙子，穿过古城的车水马龙。那是一家花店，有个很好听的名字“普罗旺斯记”。她被这个名字吸引，停下来脚步，看着橱窗里的每一束鲜花。女孩子对花天生就有一种情怀。普罗旺斯记，她在心里默默地念着。普罗旺斯的薰衣草，浪漫的爱情故事，一定美极了。

他并不算漂亮的男孩子，却有着让人欢喜的清秀模样。

那天他原本要去赴一个姑娘的约，那个姑娘是母亲为他安排的相亲对象，他并不喜欢这样的安排。听母亲说：那姑娘是母亲单位院长的女儿，生得蛮漂亮，只是从小比较娇惯。他手中拿着一束薰衣草，路过普罗旺斯记花店。相同习性的人哪怕万水千山，也总会有重逢。他怔怔地看着花店的名字，竟忘记了赴约的时间，手中的薰衣草散发着淡淡幽香。这天是情人节，来来往往的情侣，满大街都是爱情的味道。

薰衣草之于他就好像江南之于她。

二十四岁那年，他离开故乡去了浪漫的法国留学。在那里他有过一段刻骨铭心的初恋，那时候他还是少年，她最喜欢的花儿是薰衣草，他最爱的国家是法国。大学毕业后，他要去法国留学，她说我等你。爱情中的距离，往往产生的不是美好，而是越来越严重的不信任、争吵。在他即将结束法国学业的那一年，她穿上了嫁衣，新郎不是他。回国后的他伤心至极，所有的精力全部投入事业，一晃竟到了而立之年。父母开始没日没夜地为他张罗着相亲，却没有一个让他怦然心动。

就在他恍然明白已经失约的时候，他看到了她。她正好抬起头，四目相对。她慌张地闪躲，提着微长的裙摆转身走开。他痴痴地望着她的背影，有种熟悉的情怀莫名涌上来。是的，她太像了，太像他出国前的那个她，像他曾经的薰衣草女孩儿。他没有再去赴约，捧着那束薰衣草往家的方向走去。

重逢是在一周后，她还是穿着过脚踝的裙子，在普罗旺斯记花店附近的一家书房。

那天他恰好休息，开车路过普罗旺斯记花店，他想起了一周前邂逅的女孩儿。百无聊赖的他拐进距离花店不远的书房，要了一杯清茶，随手翻阅着架上的书籍。她坐在书房的一角，桌子上放着一杯清茶，很认真地在看书。他不敢相信还能见到她，虽然，他在心底祈祷过很多次重逢，也会嘲笑自己的自作多情，世界上哪有那么巧合的事情，不过是自己胡思乱想罢了。但很多事情仿佛冥冥中的注定，花店的邂逅，书房的重逢。

他走了过去："嗨，你也在这里啊。"后来他自己都觉得当时多么的唐突。

她抬头，是他。她在心里想。露出浅浅的微笑。

"我叫陆青，你呢?"他开口自我介绍。看到她手中握着的那本《永远的普罗旺斯》。"你也喜欢薰衣草?"他开口又问。

"你好，叫我白笙就好。"她平静地回答，脸上依然是不变的浅笑。"听说，站在薰衣草花田许愿神灵就会听到，很容易实现。"

"那天，在普罗旺斯记花店……"他想要说些什么，却止住了。"哦，我在法国四年，那里有我最美的青春和遗失的故事，所以我对薰衣草十分钟情。"

"真幸福，你能见证过薰衣草的浪漫。"她轻描淡写地说着。

他真真切切地看着她，有一种秋水长天的美意。清瘦的面容，眼眸清澈，略施脂粉。他轻轻地坐在了她对面，细细碎碎地聊了起来。她很少说话，更多的时候是他说她听。她很认真地在听，那种认真，仿佛孩童般纯净。午后的阳光透过书房的雕花木窗，斜射在他们身上，书房里播放着轻柔的音乐。

她从来没有想过自己会在多情的江南邂逅爱情，虽然在这座城，到处滋生着爱情。当他捧着九束薰衣草对她说："你愿意陪我一起看薰衣草花开吗。"她湿了眼眶。

他带她回家，带她去见他的母亲。那一年，她二十五岁，他三十岁。她为他披上嫁衣，成为他的新娘。婚后的生活充斥着柴米油盐的世俗，但他依然每个情人节都会为她买九束薰衣草，他说那是他们爱情的见证，他说九束薰衣草代表长长久久。后来他们有了一双儿女，女儿像她，一样乖巧美丽，儿子像他，有着清秀的眉目。他们在江南小镇，守着岁月，寂静欢喜。

六十年了，他从未忘记每年的情人节。她坐在摇椅上静静地回忆着。如今他们的女儿已经出嫁，儿子毕业后去了国外定居。这个家，只剩下他一直在，陪伴着她不离不弃。

她抬头轻轻地说："若有来生，你还会送我薰衣草吗？"声音早已不再如当年那样美妙，皱纹也爬上了她清瘦的脸庞。他拉起她那被时光亲吻过的左手。"你永远是我的薰衣草女孩儿。"声音低低的。

十　年

多年后，她以他同样的身份回到熟悉的校园，早已泣不成声。

十四岁那年，她在小镇的中学读书，初二。那年，他二十四岁，是她的语文老师。

他大学刚刚毕业。清秀的脸庞，总爱穿散发着淡淡青草香味的白衬衫。她从他身旁走过，淡淡青草香伴着阳光的温暖，让她的心里好像装着羞涩的小鹿，屏住呼吸。

她是班里的语文课代表，语文成绩总是年级前十名，数理化却差到不忍直视。她性格孤僻，不喜与人交流。在这个学校里，只有她的同桌和她极好。她没有女玩伴，所有的心事只讲给她的同桌和那本带密码锁的薰衣草笔记本。

她记得和他的初见。

大家好，我叫杨泽，是你们的新语文老师。这是他站在教室的自我介绍。带着刚刚大学毕业男生的青涩。她抬头，看到他的脸，高高的鼻梁上架着一副镶白色细边的眼镜，眼底是望不透的深邃。

请问语文课代表是哪位同学。他继续问。

青禾。老师叫你呢。同桌用胳膊碰了碰她。同学们齐刷刷地指向她。

她站起来。低着头。

你叫什么名字。他问。

青禾。她答。继续低着头。

青禾。我叫杨泽。以后希望我们共同把咱们班的语文课带好。他说。

青禾抬起头。遇上他浅浅的微笑。回答。好。

班里又是热烈的掌声。他示意她坐下。

她不知道什么时候开始喜欢上他的，只知道那些日子，他的课她都会认真地听讲，认真地做笔记，45分钟的课似乎变得很短。她有些讨厌下课铃声，她希望可以多在他的课堂上停留几分钟。有时候两节课连着上，课间的时候，她倚着窗户静静地看着他，就那样安静地看着他，心亦是喜欢的。

十四岁少女的喜欢，单纯青涩。她去给他送作业本，总会穿上好看的裙子。

她原来只穿牛仔裤的，只是因为那次给他送作业本，看到他的书桌上摆着一张女孩的照片，女孩穿着白色连衣裙，笑得明媚温暖。那就是他女朋友吧，那么美。她这样想着。就算是他女朋友又有什么关系呢，她只要每天能安静地看到他，就足够。

可爱情似乎不该是这个样子，爱情从来都不是个人的事情。爱一个人，总希望对方知晓，哪怕懵懵懂懂知道自己的心思也好。

他有所察觉，怎么会不知道呢。但他们不应该，不可能在一起。

他的心，已随着苏青死去。

如果苏青没有离开，他们会在小城继续相爱，教书种花，还会有个可爱的女儿或儿子，默默相爱寂静欢喜吧。他这样想着。陷入与苏青的回忆。

他和苏青大学相识相恋，计划过很多美好的未来，可就在大四的最后半年，苏青永远地离开了这个世界，病魔粉碎了他们所有美好的向往。

答应我，好好活下去，好好爱。这是苏青对他最后的祝福。

苏青离开后，他独自来到这座偏远的小镇。远离熟悉的环境，他只是想让自己暂且忘却过去的伤痛。

她依旧每周去他办公室送作业本，穿上干净的白裙子。她在笔记本里记录着他的欢喜忧愁。那个带密码锁的紫色笔记本，整整记下了她对他所有的爱恋。

同桌懂她的心思。晚自习下课后，她和同桌坐在校园的操场上，满天的星星像萤火虫那样发着微光，皎洁的月光如她的心事那样清凉。

你喜欢他。同桌轻轻地问。

她没有说话，低着头。她总喜欢低头。

你们不会有结果的。同桌认真地说。

我不管，我只要可以看到他就足够。她突然抬起头坚定不移地说。

同桌不再说话。操场上很安静，只有两个十四岁的女孩安静地坐在草坪上，寂寞月光与星空相伴。

他不相信自己会对这个十四岁的姑娘产生情感，他不确定这是爱还是怜惜。微凉的夜，他翻阅她的作文本，他的心被触动。除了苏青，再没有如此让他心动的人，对她的文学天赋，对她的缜密情怀，他又怜又爱。但是他不能，因为这样会毁了她的，她才十四岁，人生的路程还很长很长。

初二的第二学期就要结束，而她也将迎来她的初三生涯。她突然害怕再也听不到他的声音，看不到他站在讲台上讲课的模样，望不到他独自站在廊道里落寞的背影。

最后一次送作业本的时候，她在自己的本子里夹上了一枚信笺。信笺很短，淡紫色的信纸上散发着雏菊的清香，藏着十四岁少女的心事。

杨老师，我喜欢你。

这么多年她始终记得那枚小小信笺上短短的几行字。她把信笺夹在她的作文本里，递给他，头也不回地跑掉。

他拿起作文本，信笺滑落下来，他拾起信笺，拆开，短短几个字直抵心间。他起身准备去追她，迈出去的脚步又挪了回来。不能这样，她才十四岁。他叹了口气，把信笺放回抽屉。

她跑到操场，眼泪不争气地流下来，这些日子深藏的暗恋，像决堤的河水无法控制。

接下来是期末考试。最后见到他是在考场上，他监考，她抬头看到他深邃的双眸。低头继续做题，谁也不会知道她的泪早已流在了心里。

初三开学。

我们去操场走走吧。同桌轻轻地说。

到了操场。同桌拿出一枚小小的信封。喏，他给你的。

她惊讶地拿过信封，拆开。一枚枫叶书签掉落下来。她抱着同桌泣不成声。那是去年深秋，她在校园里捡的一枚秋叶，她精心地把这枚秋叶做成了书签，在为他送作业本的时候，悄悄地放在了他的书桌上。原来他早就知道，他早就知道那枚书签是她搁在他书桌上的，他早就知道她喜欢他，喜欢得那么轻，那么轻。那么他也喜欢过她，不是吗。信纸上是他清秀的钢笔字。他告诉她要好好读书。

他向领导申请调到了别的地方教书，他知道我们的关系好，托我转交给你。

同桌平静地说。

哭吧，难受就哭出来。

那天她哭得像个泪人，她的初恋，她的小情怀，就这样被搁浅。长大后她再也没有如此撕心裂肺地哭过。她把他的信收好，夹在那个写满他的日记本里，开始认真地学习难缠的方程式。因为他最后对她说：好好读书。

后来她考上市里最好的高中，又考上理想的大学，填报专业的时候，她选了师范类。谁也不知道，选专业只因为他。毕业那年，她如愿回到了曾经就读过的中学教书，当语文老师。二十四岁。

十年后，她延续了他的人生道路，做了小镇中学的一名语文老师。去学校报到的那天，她跑到操场，那些青春的年少过往，像老旧的电影，不断回放，不断重演。

若有来生，让我早生十年吧，你我之间，再也不要隔着十年的距离。今生，让我们彼此祝福吧，感谢十四岁遇见你。

飞蛾扑火

她爱他，爱他纤尘不染的声音。

初春的黄昏，窗外有植物的清香，她打开电脑，一个人，一首歌，这是属于她的黄昏。她喜欢电台里的音乐，因为可以漫无目的地听。听电台，你不会知道下一秒会播出什么，也不会拘谨某首曲子或者某位歌手，随心随意。电台里偶尔是一曲过时的老歌，或者一段美妙的故事，总能打动内心的柔软。

他是电台的主播，有着干净清澈的声音。她最爱听他的节目，他的声音里有着尘世的美好，他的声音，让她不安的心得到安宁。她知道，自己喜欢上了他，纵然这喜欢那样的没有安全感。

她在这座小城没有多少交心的朋友。她时常一个人待在家里听他的声音，写一个个美好的故事。

她靠写故事维持简单的生活，却不是作家。她只是向某些报纸杂志投递文字维持生计罢了。她听他的声音。夜里，她会梦到他，梦里的他用干净的声音讲述着一段又一段爱情故事，梦里的他有着好看的轮廓。梦里她对他说，我爱你。他不说话，对着她笑，他笑起来真是好看。

早晨的第一缕阳光透过厚重的窗帘跳进小屋，她还不愿醒来，因为她只能在梦里见到他。

她写字换回的稿费不高，但她要精致的生活。在租住的小屋里，除了一架实木书柜和写字必备的电脑书桌外，几乎都被植物包围，每天为植物浇水，和植物说话。她告诉郁金香她想他，她轻吻铃兰告诉它她爱上了他。

她没有想到自己会有勇气奔赴他的城，只为了见到他，甚至只是看他一眼。

一次偶然，她听到了他所在电台的地址。她曾写了很多情书，都是为他而写，却从未寄出。那些情书在她书柜深处小心翼翼地珍藏着，就像她的小心思，只能对屋子里的植物讲。

她收拾了简单的行李，退掉租住的房子，拿着积攒下来的积蓄，带着两年来写下的所有书信，来到他的城市。她只知道他工作电台的地址，其他的一无所知，而他，根本不知道这个世界上还有一个她，一个因他的声音而迷恋了他两年的女子。

下火车的时候，她嘴角露出欢喜的笑容。这就是他的城，这是有他气息的城。辗转多时她才寻到了他家住的小区，那个叫作幸福花园的小区。极普通的小区名字，对她来说却是温暖的。谁也不知道她心底的秘密，她在幸福花园租住了一套一居室的房子，只为了离他更近些。

她依然不停地写字，因为她要靠微薄的稿费养活自己。在有他的城市里写字，笔尖仿佛也有了暖意。

他会偶尔在小区的花园里碰到她，也会偶尔在上下楼梯的时候遇见她。但是他们并没有交谈，因为他并不知道她是谁。他不知道她只是为了能多看他一眼才时常在他回家必经的花园小径假装路过。他更不会知道她迷恋他，为了他独自一人来到他的城，却从不敢与他说句我爱你。

他曾经有个美丽的妻子，他们在大学相识相恋，毕业后两人结婚并在幸福花园买了这套房子。可上帝总是善妒的，这样的幸福来得并不长久，婚后的妻子查出患有遗传性白血病，最终撒手而去。

那段时间是他最痛苦的日子，除了在播音的时候可以暂时忘却痛苦，其他日子就独自待在家里听妻子生前最爱的音乐，活在过去的生活里无法自拔。

岁月是消减记忆的良药，随着日子流水般的过去，他慢慢地走出了痛苦，但他却不敢再碰触爱情。

如果没有那次的情不自禁，他们还是像两个平行线那样没有交集，但这个世界没有如果，爱情是奇妙的感情反应，爱得够深，就再也不怕世俗的困扰。午后，风送来花的香，他路过小区的花园，她在花园散步。本以为爱他可以远远地望着他就足矣，可这一刻，她突然渴望与他说话，哪怕仅仅是一句你好吗。

园中的花儿散发着幽香，就像她对他的爱，微小却单纯。她追上他的脚步。你好吗，她突如其来的问候让他停下脚步打量着眼前的女子。

你是……他疑惑地问。声音依然那样干净美好。站在眼前的女子，眉目清秀，海藻的长发不加修饰地披散在肩，额前几缕刘海儿在风吹过的空气中不安分地飘动，麻质的纯白色连衣裙裹着女子瘦弱的身体。恍惚间他以为看到了多年前的她，他温婉的妻子。

多年前他与妻子的相遇，也是在有风的黄昏。那天他刚刚从校园广播站的播音室里走出，迎面一个姑娘撞来，海藻的长发，干净的眼神，棉质白色长裙，后来他们很自然地相爱，毕业后她成了他的妻。

她站在离他不足一米的地方，缓缓地说：你的声音真好听，我喜欢听你干净美好的声音。因为局促，她干净的脸庞上拂过一丝红晕。她不知道自己哪里来的勇气，她不安地等着他的回答。

听到女子低低的声音，他怔了一下。他听得出女子说话时候内心的喜悦，虽然这是他们第一次交流。谢谢你的聆听。他朝她微笑。这笑，她可是期盼了许久，望着站在眼前的他，这个她迷恋了多年的他，她的心底仿佛藏着几只不安的小鹿。

他开始慢慢地注意到她，每次经过小区的花园都可以看到她。他们开始简单地交谈，越来越熟络。她会把写下来的故事拿给他看。他会把她写下的故事放在节目里分享给听众，也会偶尔讲起他和妻的故事。她总是安静地听着，这是他们彼此交流的方式。他们谁也没有说出那句我爱你。她怕，她怕说出来会错失了这份安静的美好；他怕，他不确定自己是不是真的爱上了这个单纯美好的女子，他的心底仍存在着妻子的影子。

她的书出版，出版社为她举办签售会，签售会在另外的城市。她向他道别，他们拥抱。我等你回来，他说。她浅浅地笑。

她离开后，他突然感到慌乱，没有她在的生活，总少了许多美意。他开始每天思念，想着他们的点滴，有时会忍不住笑出声来。自从妻离开后，他几乎不曾笑过，遇见她，他每天都生活在喜悦里。

心中有了牵挂，就有了爱。三天后她从外地回来，他去接她，远远的，他望见她，依然是白色的麻质长裙，长发散落双肩。嗨，他对着她招手。她在熙熙攘攘的人群中望见他，旅途的劳累顿然消失。她冲他微笑，欢快地跑到他的身边。

当他捧着美丽的百合温柔地对她说出那句在一起的时候，她感动得流下泪。这泪水是幸福的。她等了那么久，以为这辈子他们都不会有结果，却听到了他干净的声音：我们在一起吧。

她紧紧地抱着他，害怕这只是一场梦，若真的是一场梦，她希望可以好好地抱紧他，至少让梦醒得晚一些。

这不是梦，这不是梦。他伏在她耳边轻声呢喃。

她退掉了租住的房子，搬进了他的家。她把写给他的情书给他看。他手捧着这份沉甸甸的书信，一封一封地读，干净的声音洒落整个房间。

亲爱的，感谢你的千山万水，不负此生。他说。

她幸福地笑。这场飞蛾扑火的爱情终于修成正果。只要有爱，飞蛾扑火也不悔，因为爱情。

十年守候一生相伴

因为爱情，生命不再沧桑，因为爱情，十年也不过一瞬间。

用二十年的时间遇见，用三年的时间相恋，用十年的时间守候，用一辈子的时间相伴。

她二十岁，他二十二岁。

刚刚大学毕业的她因为对文字的至爱应聘到初音杂志社，那个时候，他是杂志社的主编，情感文学畅销书作者。

十八岁时他就开始把自己交付给社会，四年的努力，他从一名小小的编辑做到了杂志的主编，陆陆续续地也出版了几本书籍。

是他面试的她。刚刚走出校园的她还是一身稚气，坐在他的对面。

是什么时候开始爱上她，他也说不清楚，只觉得眼前的女子让他有种要保护的欲望。

当他向她表白的时候，她没有拒绝。是的，她是喜欢他的，他的沉稳幽默和谈吐让她沦陷在爱情里。

她骨子里始终是不安分的，她还是没有选择就此停留。当他告诉她我们结婚吧，她愣了一下，决定逃离。

他们已经在一起三年，却抵不过她骨子里的固执和野性的力量。

她终究还是离开了，没有留下一丝言语。他找遍了所有可以联系她的人都不再有她的消息。仿佛突然之间她就在人间消失了一般。

朋友家人开始忙着为他张罗相亲，也劝他不要再等她。他只说：我要等她，她一定会回来的。

能为爱情坚守十年的男子不多，十年后能回到原点的女子更是少数。她一个人走遍所有城市，陌生的街头，陌生的人群，与之相伴的只是蓝天白云和对他的思念。

十年来，她就像人间蒸发了那般，消失得彻彻底底。他找过她一年，后来他不再找她，只是安静地停留在原地，等她。他相信：她会回来。

单飞的大雁终要归巢，自由不过是另一种束缚。

这个世界，一个人独行久了，总是渴望平淡的细水长流。她也不过是生长在红尘的女子，所以，她终究也要回归安稳。

或许，婚姻也是另一种自由，安稳也是自由的升华。

她风尘仆仆地归来。她从背包里拿出钥匙，门开了。十年了，他竟没有换锁。她心中涌起一股暖流。

他在屋内，和十年前一样，他起身抱住她。你终于回来了，我知道你一定会回来的。他附在她的耳畔呢喃。

她早已泣不成声。他竟然等了她十年，人生又有多少个十年，而他，愿意把最美好的十年拿来等她，等一段未知的爱情，等一只流浪的大雁。

你，就这样等着我。

是。我就这样等着你。

如果我这辈子都不再回来，如果这辈子我都在流浪呢。

你走十年，我等你十年；你走二十年，我等你二十年。我知道，你会回来。

我们结婚吧。泪水早已模糊了她的双眸。

婚礼在亲朋好友的祝福中进行。从此，她为他洗尽铅华勤俭持家。他紧紧地握着她的手，仿佛握着一场海誓山盟。

他九十九岁，她九十七岁。儿孙环绕在他们膝前，他紧紧地握着她爬满皱纹的手，仿佛回到了五十多年前，他也是这样紧紧握着她的手，这一握，就是一辈子，再也没有松开过。

爱情，是冥冥中注定的事情。他们注定要相伴一生，哪怕十年不曾相见。命运的安排他们无法改写，恰巧，也无须改写。

他的稚气是他们独有的美丽

“喵，起床啦，笨蛋。”打开枕边的手机，是他发来的短信。

“傻瓜。”她甜甜地笑着，拿着手机回复了两个字。

“怎么又傻了。”他看到回复，心里很开心，但还是佯装生气地回了过去。

“傻了可爱啊，你看小猫咪不是傻乎乎的很可爱吗?”发送出这条短信，她开心地起床穿衣。

这就是他们每天早上互道早安的方式，爱着的时候，再矫情也不嫌烦。美好的爱情，如果被柴米油盐冲淡，少了矫情的浪漫，则会慢慢地枯萎。但我们很多人往往都会犯这样的错误，他对你说甜言蜜语，你觉得他很幼稚；她对你撒娇卖萌，你觉得她无理取闹。

最初的时候，她也觉得他太幼稚。她去闹，质问他为何不够成熟，都那么大的人了，还像小孩子过家家的样子。听到她闹他也委屈，但他从不生气。她开心的时候，他陪着她；她难过的时候，他则扮成小丑努力让她笑起来。

两个人相处久了就成了习惯，她不再嗔怪他不够成熟，慢慢地接受这种恋爱方式。有时候他偶尔贪睡，没来得及给她发早安，她心里就无限失落。她问他爱不爱她，问了无数次，其实她心里明白，但她就想去问，想要亲口听到他委屈的道歉，她心里笑成了花儿。她想过，如果他真的面对自己成熟稳重，他们的爱情将失去多少乐趣。

生活慢慢地磨掉我们的棱角，那些步入婚姻的人也在日子里失去恋爱中的诗情画意。钱锺书在《围城》里写道：外面的人想进去，里面的人想出来。人永远逃不掉生活的怪圈，你觉得结婚便是稳妥，偏偏结了婚的人却在向往单身的自由。

婚姻不是长期饭票，自由也未必只能停留在单身的时候。繁芜的柴米油盐中，总有人把平淡过出美意，让枯燥无味的婚姻生活经营出鸟语花香。

破碎的感情有各种各样的原因，但幸福的婚姻都有一个共同点——始终保持对生活的稚气。

他们结婚十年，她还像个小孩子，看见冰糖葫芦哼着要吃，在他面前扮各种鬼脸，睡觉的时候喜欢把布娃娃放在床边。每当看到他无奈又宠溺的笑，她都在心里暗暗发誓：此生就做他身边的小女子不离不弃。这个男人，宠了她十年，如今依然在身边。而他则不嫌弃她的稚气，在他的眼里，她就是给糖吃就快乐的孩子。

有对结婚五年就闹到离婚的夫妻向他们请教：如何才能保持初恋般的热情。

其实很简单。我们先把时间划分，除去工作和睡觉，真正属于自己和家人的时间每天不超过八小时，既然时光匆匆，何不在相守的时光里留下快乐呢?！工作中我们小心谨慎，因为我们需要面对老板和客户，但在生活中，我们面对的是最亲最爱的人呀。如果还不能卸掉盔甲，生活将多么枯燥无味，每天仅有的八个小时也被辜负。

恋爱中的孩子气是蜜糖，婚姻中的小调皮则是幸福长久的计量器。在爱人面前，姑娘永远不需要学会成熟，男人也无须时刻保持稳重，那些都是给外人看的伪装。试着在某个清晨，吻醒她的笑容，让波澜不惊的婚姻激起层层涟漪，(她）他的稚气，就是属于你们的美丽。